U0690670

知青小说代表作

丛书主编 孟繁华

方圆四十里

王小妮 著

中国青年出版社

图书在版编目（CIP）数据

方圆四十里 / 王小妮著 .— 北京 : 中国青年出版社 , 2019.1
（当代新经典文库 / 孟繁华主编 . 第一辑）
ISBN 978-7-5153-5376-0

Ⅰ. ①方… Ⅱ. ①王… Ⅲ. ①长篇小说－中国－当代 Ⅳ. ① I247.5

中国版本图书馆 CIP 数据核字 (2018) 第 245320 号

责任编辑：申永霞

*

中国青年出版社 出版 发行
社址：北京东四12条21号　邮政编码：100708
网址：www.cyp.com.cn
编辑部电话：（010）57350501　门市部电话：（010）57350370
北京中科印刷有限公司　新华书店经销

*

710×1000　1/16　19印张　220千字
2019年1月北京第1版　2019年1月北京第1次印刷
定价：　58.00元

历史的证言　心灵的传记

——《当代新经典文库》第一辑序

1968年——50年前的中国，发生了一场重大的社会历史事件，这就是大规模的知识青年上山下乡运动。这场运动延续了将近十年，有两千多万的知青与这场运动有关。十年之后，数字巨大的知青通过招工、参军、高考和其他途径，又都纷纷返回了不同的城市。上山下乡运动结束了，但是，关于这场运动的文学书写却如火如荼至今没有终结。被称为“知青文学”的这一现象，已经成为中国当代文学史上重要的篇章。知青作家通过自己的创作，一方面形成了“知青文学”汹涌的大潮，将一个重大的社会历史事件用文学的方式得以表达；一方面这一现象也造就了日后中国文学强大的后备力量。时至今日，许多重要的知青作家仍站在文学创作的第一线。他们的作品和文学经验，也成为这个时代“中国经验”重要的一部分。

知青上山下乡，对这代人来说，是一场空前的精神洗礼和思想裂变，对他们的成长和后来的人生有关键性的作用。他们后来成了国家各行各业的栋梁之材。在文学领域，他们引领风骚40年不衰。他们至今仍然是文坛的主力阵容而难以被超越。他们的文学创作拥有如此漫长的生命周期，应该是一个奇迹。这个奇迹的发生，与他们下乡经历一定有关。现实生存的艰难、煎熬或漫长的等待以及情感世界的创伤、欢乐、矛盾等，铸就了他们理想主义情怀和坚韧不拔性格的同时，也为他们提供了持久的文学灵感和生活基础。这里编辑的《当代新经典文库》第一辑“知青小说代表作”，更多的是这代人亲历历史的文学表达，他们是这段历史的见证者。因此这些作品也更具精神和情感价值，也可以称为是这代人的“青春之歌”。知青一代是深受50年代理想主义精神哺育的一代人，他们对毛泽东时代的红色革命思想有着极深的集体记忆，他们相同的经历和教育背景使他们的“代际”特征相当明显；另一方面，“文革”和十年下乡的经历，他们中的先觉者又率先获得了反省、检讨这一历史事件和理想破碎后重新寻找新方向的强烈意愿和能力。尽管如此，这代人浪漫的理想主义精神仍然根深蒂固印痕鲜明。

知青一代的文学创作始于“文革”期间甚至更早，但形成文学潮流并为批评界所关注，则是70年代末期以后的事情。知青文学一开始出现就表现出了与“复出”作家即在50年代被打成“右派”一代的差别。“复出”的作家参与了对50年代浪漫理想精神的构建，他们对那一时代曾经有过的忠诚和信念有深刻的怀念和留恋。因此，当他们“复出”之后，那些具有“自叙传”性质的作品，总是将个人经历与国家命运联系起来，他们所遭受的苦难就是国家民族的苦难，他们个人们的不幸就是国家民族的不幸。

于是他们的苦难就被涂上了一种悲壮或崇高的诗意色彩。他们的“复出”就意味着重新获得了社会主体地位和话语权力，他们是以社会主体的身份去言说和构建曾经的过去。知青一代无论从心态还是创作实践上，都与“复出”的一代大不相同。他们虽然深受父兄一代理想主义的影响并有强烈的情感认同，但他们年轻的阅历决定了他们不是时代和社会的主角，特别是被灌输的“理想”在“文革”中幻灭，“接受再教育”的生活孤寂无援，不明和模糊的社会身份决定了他们彷徨的心境和寻找的焦虑。因此，知青文学没有一个统一的方位或价值目标，它们恰如黎明时分的远足者，目光迷乱地在没有边际的旷野茫然奔走，这种精神漂泊激情四溢，却也写出了真实的体会和感受。

知青一代过早地进入社会也使他们在思想上早熟，他们后来表现出的迷茫如同早春的旷野，举目苍茫料峭，春色若隐若现。也许正是这种“不确定性”成就了他们独具一格的文学品格，使那一时代的青春文学呈现出了独特的“心灵自传”的情感取向。较早出现的长篇小说是竹林的《生活的路》和叶辛的《蹉跎岁月》。小说虽然在伤痕文学的层面展开，但因其文学的真实性而汇入了思想解放的时代潮流，受到读者的欢迎和文学前辈的肯定。张梁、谭娟娟和柯碧舟、杜见春，也成为改革开放初期最早的知青形象。因此，这两部长篇小说的价值应该大于小说本身：它们引爆的知青文学大潮随之爆发。张承志、史铁生、梁晓声、张抗抗、韩少功、王安忆、肖复兴、吴欢、陆星儿、陈可雄、阿城、乔雪竹、晓剑、严婷婷、陈村、朱晓平、郭小东、陶正、邹静之、张曼菱、范小青、池莉、李晓、邓一光、邓贤、储福金、王小波、老鬼、王小妮、徐小斌、潘婧、张梅、肖建国、李晶、李盈、杨少衡、王松、韩东等，构成了不同时期知青文学的主力阵容。张承志的《骑手为什么歌唱母亲》《黑骏马》《金牧场》；史铁生的《我的遥远的清平湾》《插队的故事》；梁晓声的《这是一片神奇的土地》《今夜有暴风雪》；张抗抗的《北极光》《隐形伴侣》；韩少功的《西望茅草地》《归去来》《日夜书》；阿城的《棋王》《孩子王》；王小波的《黄金时代》；张曼菱的《有一个美丽的地方》；王松的《哭麦》《葵花引》等，构成了知青文学具有代表性的作品方阵。

张承志的《骑手为什么歌唱母亲》发表于1978年，它是“文革”结束后较早书写知青的短篇小说。小说显示了张承志不同的气象和格局。当控诉的泪水在文坛汪洋恣肆之时，张承志却独自在草原深处为额吉感动并为她祈祷，他在那里完成了精神的蜕变。因此，“歌唱母亲”是他感动至深的文化信念的宣喻，是一个“骑手”拥有了强大的内心力量的告白。从那个时代开始，张承志就有幸成了一个“敢于单身鏖战”的作家。也正是在这样的意义上，《骑手为什么歌唱母亲》于作者说来才重要无比。《黑骏马》则是一篇游走于大地的理想主义小说。在一首悠长古老的蒙古族民歌的旋律中，那个忧伤的蒙古族青年踏上了漫漫的寻找长途，他要走遍草原去寻找心爱的妹妹，白音宝力格对爱情的寻找，即是对归宿和理想的寻找。但骑着黑骏马的白音宝力格对历史和现实的认知，视野似乎更为宽阔。民族文化的深层积淀在这个蒙古族青年的视野和经历中被展现出来。于是他获得了检讨和反省自己肤浅和轻狂的意识和能力。对人民和土地的倚重，对古老传统文化的重新认识，使主人公终于找到了能够安放自己心灵的归宿。张承志的小说成为几代读者的必读之书。梁晓声的《今夜有暴风雪》是当年知青文学社会反响较大的一部作品。小说的背景设定于知青返城前夕，在如何面对“去”与“留”的重大选择中，有三十六个知青毅然决然地选择了留在北大荒。这种悲壮的选择连同牺牲的战友、广袤无垠的土地和风雪交加的自然环境，一起构成了小说肃穆、凝重和崇高的文学气氛。英雄主义、热血青春是响彻小说的高昂旋律。虽然知青在北大荒历尽了生存苦难和命运挫折，但作品却通过自然环境的渲染，在展示知青与命运抗争的同时，也转化为了审美的对象。这一写作模式与红色经典构建起了历史联系，这也是激情岁月理想迸发的最高潮。张抗抗的《北极光》是一部典型的具有知青理想主义色彩的作品。“北极光”这个意象不仅是自然奇观，更重要的是它给人一种超凡脱俗远离尘世的联想。主人公陆岑岑的北极光想象隐喻了她高洁的内心和拒绝与俗世同流合污的精神信念。她的爱情履历并不是寻找爱人的过程，而是寻找精神同道的过程，她与三个男青年的关系就是对“完美”和理想的想象关系。她最后钟情于一个青年管道修理工，预示了她并不在意现实社会的身份地位，管道修理工坎坷的经历、丰富的思想以及对国家民族的深切关怀的形象，既酷似保尔，也类似牛虻。这一选择和意属，既表明了作家在那一时代对理想和完美的理解，同时也表明了她所接受的文化理想和文化认同。这个时代留下的青春文学，应该是最动人的文学景观之一。他们对理想主义和英雄主义以及价值观、人生观的探讨在今天仍然让人怦然心动；那些浪漫、感伤或多少有些戏剧化的悲壮故事，真实地反映了那个既贫瘠又富有的青春时代，它是一代人对生活、对人生以及对社会诚实思考的记录。

阿城的《棋王》虽然也是知青题材的小说，但它发表时知青文学的大潮已过，它被文学史家纳入“寻根文学”。当知青文学经历了悲喜交加之后，阿城从平常人生的角度重新书写了知青生活场景，并在日常生活中衬托了中国传统文化的深厚底色，无论在人生境界还是在修辞炼句上，也多从古代传统小说中汲取营养。从而使这部作品一时洛阳纸贵好评如潮。《棋王》对中国传统文化的皈依，也从一个方面终结了知青文学在社会性和文学性写作的单一。从此，知青文学向四方离散，从题材到书写方式，都发生了重大变化。

知青文学发展至王小波的时代，无论是社会还是作家自身，都意识到了文学的有限性和可能性，王小波使文学的面貌焕然一新。《黄金时代》无疑是王小波最好的作品，这部作品不止因获台湾《联合报》文学大奖而使王小波名噪一时，同时也为90年代以来的大陆读者格外重视。如火如荼、激情万丈的癫狂年代，在作者的叙事中仅仅成为一种底色和背景。作品对“文革”反人性的揭示，是隐含于文本之外却又是更为深刻的，从而也证实了王小波作为一个小说家超前的先锋性。

王松的“后知青小说”，发表于2004年之后。他的小说超越了知青文学经历的不同潮流。在王松的小说中，“文革”或知青下乡只是小说的整体背景，他主要讲述的是知青在乡下的生活状态和心理状态，是一种具有“原生态”意味的知青生活。当知青在乡下度过了短暂的理想主义想象之后，精神与生存的双重贫困，使知青迅速放弃了脆弱的理想主义，精神上陷入了极度危机之中，与贫下中农的师生关系也迅速形成对峙关系。民粹主义的想象在现实中坍塌，乡民的质朴、友善、诚恳也伴随着狡诈、自私等。因此，与乡民在心智上的“较量”，就不只是年轻人的恶作剧，同时也潜隐着一种恶意的报复或无意识的叛逆成分。《葵花引》

中的小椿，用蜂蜜涂抹在母牛的鼻子上，母牛为躲避蜜蜂走进池塘，当只剩鼻孔在水面呼吸时，小椿用精准的弹弓打在牛鼻子上，致使母牛溺水而亡。知青们对待牲畜的非人性态度的扭曲，在《哭麦》中得到了更有效的诠释。知青们把黄毛藏起来之后，恶作剧地将一张狼皮粘在了羊的身上，然后给它吃田鼠。这个披着狼皮的羊懵懵懂懂改变了习性，温顺为攻击所替代，食草改为食肉。村民骚动人人自危。知青人性残酷性的改变过程，与羊的性情变化就构成了一种隐喻关系。因此，王松的知青小说在本质上就是知青生活的寓言。

知青文学是这代人历史的证言，是他们心灵的传记。无论如诉如泣、慷慨悲歌还是渡尽劫波心如止水，如果用诗史互证的方法，通过知青文学，我们也大抵可以了解到那段历史的某些方面。因此，知青小说不仅塑造了大批有价值的文学形象，再现了某些历史场景，还原了那一时期社会，尤其是青年的普遍的心理状况，并通过知青文学提供的无数历史细节，呈现了一个时代的真实面貌。如果是这样的话，那么，包括知青小说在内的知青文学，就远远超越了它们自身的文学价值而流传久远。还需要指出的是，社会历史的发展和巨大变化，知青一代作家后来大多离开了知青题材，不再书写个人知青经历，他们拥有了更广阔的视野和书写对象，但知青经历对他们的文学情怀和关注对象的选择仍然意义重大。

由于规模所限，《当代新经典文库》第一辑“知青小说代表作”没有收入更多的作品，这是非常遗憾的。收入作品的选择尺度也一定是见仁见智。略感欣慰的是，找到已经出版和还将陆续出版的关于知青文学的选本并不困难，读者自有选择的巨大空间和可能性。书系在出版过程中，得到了诸多知青作家的热情支持，每每想起总有一股热流在心中流淌。一个群体的情感和情怀总是如此相似并且持久，这让我——作为编者的老知青非常感动；李师东先生既是组织者，也是严格的“审查者”，作为老朋友，他的认真、坚韧和“苛刻”，给我以深刻的印象。可以说，没有他就不会有这套丛书的诞生。因此我感谢他。

孟繁华
2018年8月5日于北京酷暑

孟繁华
山东邹县人。沈阳师范大学特聘教授，中国文化与文学研究所所长，中国人民大学、吉林大学博士生导师，中国当代文学研究会副会长，北京文艺批评家协会主席，辽宁作协副主席。鲁迅文学奖获得者，茅盾文学奖评委。主要著作有《孟繁华文集》（十卷本）等。1968年至1978年在吉林省敦化县插队。

王小妮

王小妮

1955年生于吉林长春市。1982年毕业于吉林大学中文系，1985年迁居深圳至今。

曾任职电影制片厂、海南大学人文传播学院。

出版有诗集《有什么在我心里一过》《我的纸里包着我的火》，随笔集《上课记》《上课记2》，小说集《1966年》《方圆四十里》等三十多部作品。

1974年插队，1977年底参加高考。

（1975 年，吉林省九台县插队时期）

目 录

第一章　农历粽子节

1. 陈晓克今天手痒

陈晓克梦见一道蓝光。后来天亮了，炕上突然有人挺起光着的上身说："今天是粽子节，我馋粽子蘸白糖。"睡着的知青都给吵醒，骂说话的人："做梦吃粽子吧，不出工，还不多榻（睡）一会儿。"这个时候，马脖子山三队集体户后坡上正有人一路滑下来，有人的身体扑到黄泥的后墙上。陈晓克从炕头跳起来，浑身的血绷得很紧。他说："后山那伙小犊子又来挑事儿了，想把我们全堵在炕上，削他个老实的！"知青们都很紧张，乱七八糟地起身找裤子。陈晓克已经跳下地，他听见后山上有人拿刀尖挑开松树枝，是电工刀子。而且来人必穿白色回力牌球鞋。

陈晓克用力踏住炕沿，蹬上他的高筒胶靴。打开门，漫天遍野的雾汽抱住了陈晓克，他什么也看不见。集体户背后挨着后山的陡坡，坡上长满了渐渐向上的松林。可是，现在连一根松枝也看不见。恍恍地看见三个本队的农民，其中一个说："陈儿，不睡早觉吗？"

2

他们马上走到雾的深处，满屁股是落叶，说话的那人在手里捏住一只野鸡温热的翅膀根，野鸡发出蓝光的尾翎在发颤。这些陈晓克都没看到。

陈晓克很生气，特别想飞起脚，蹬到某个人的膝盖骨上，不管这人是谁。

雾非常大，陈晓克的手非常痒。走近小路边的一棵松树，他拿手掌用力拍树，黑鳞片儿一样的树皮裂开，露出了发红的木质，松树香呵。再向前走，一个人也没遇上，走到了队部，队长正在井台边的饮马槽里哗哗洗脸。陈晓克闻见新鲜马粪味，他想走。队长看见他了，两只手快速倒腾着往井下放辘轳。

队长说："陈晓克，公社王书记捎话儿，让你去交检讨。"

陈晓克说："检什么讨？"

队长说："打架都打到后山，打到外公社了，你还想不想抽走？趁今儿格过节，户里买粮，你去低个头吧！"

陈晓克看见地下卧着的一只老牛。陈晓克说："牛，你爷爷想抽走回城呵。"但是，他又特别想打一仗，打到双方都冒出血才好。从马脖子山三队到后山有一条砍柴人走出来的路，陈晓克站在越来越浓的雾里。他说："人毛儿都没有，后山的犊子都蔫了。"

回到集体户，陈晓克叫小刘去队里要马车，他站在炕沿上找军帽。陈晓克说："我的脑袋呢？"知青大权马上放下脸盆，帮他找帽子。它在一条软塌塌的玉米面袋上。陈晓克找到女知青屋里，她们都没起来，慌忙拿棉被围住肩膀，只露出头。陈晓克说："纸和笔谁有？"她们说："什么时候我们有过那玩艺儿？"陈晓克看一眼知青小红水蜜桃一样的脸，出了女知青的屋。

知青小刘从队里牵回来的不是马车，是牛车。牛是土黄色的，背上有几条不规则的白斑。雾使小刘和黄牛淡淡地融合在一起，只

3

有等待装粮食的布袋微微地贴着地面拂动。陈晓克拿根烧火棍出来说："操，给老牛，舍不得套马，走吧，牛。"小刘说："没拿鞭子。"陈晓克说："烧火棍比鞭子顶用。"牛看见烧火棍黑细的一头，向着湿漉漉的马莲丛里移动了半步。**牛想：要走了。**

集体户里男女知青都出来，贴住黄土墙站成一排。过节不出工，牛车拉回米来，能吃上一顿大米饭，他们一个个全笑得很傻。陈晓克转着军帽，捏着帽沿，让它挺实，又有弧度。

知青们说："咱们陈户长多像电影里的军官。"

大权说："像个敌营长。"

陈晓克说："是敌司令。"

牛车在雾里走，吱嘎乱响。小刘爬不上车，他的腿像捆了沙袋一样酸疼。陈晓克说："看你像个娘们儿。"小刘说："迈不动腿儿。"陈晓克算算小刘下乡到锦绣公社有两个月了。他说："两个月算个屁，没拔过大草，没脱过土坯，没割过庄稼。像我，盯架（始终）耪了七年地，浑身上下哪儿也不疼。"

牛闷着挺大的黄脑袋，向着雾团里钻，陈晓克紧闭了精薄的满是烟色的嘴唇，一直向前面看。下了马脖子山的南坡，起风了，雾突然退掉，大地一层一层露出来。整个锦绣公社平展展地绿了。身后的山像一匹高头大马的脖颈和头，锦绣是马宽大肥硕的身体。这匹皮毛绿油油的马，被剖开，摊在大地上，还活得这么好，这么舒展滋润。麦子最绿，种的最早。谷子，豆子，高粱玉米，都发了很壮的苗。雾退净以后，村屯和林带都显现了。陈晓克躺在牛车上，把脚尽量伸出很远，让路边的草不断给他擦亮黑色的胶靴子，亮晶晶的苍耳们，蒲公英们，打碗花们，马莲们。

小刘看见几个骑车的人飞快地接近牛车，小刘说："户长，后面有人。"陈晓克又感到手痒血紧，他坐起来。破自行车们在车辙很深的泥沟里弹跳着过来，是马脖子山大队的几个小干部，前脖子上挂着书包过去，很快骑远了。陈晓克又躺在牛车上，观察自己闪亮的靴子。**陈晓克想：多像夏伯阳的皮靴。**

麦浪上都是露水珠，稀溜溜地一会向东一会又向西。突然，陈晓克挺直了脖子，冒出了两句京剧：

> 这一带常有匪出没往返。
> 番号是保安五旅第三团！

2. 反动标语

锦绣公社大院里有三棵杨树，特殊地能生长，叫快杨。三棵快杨叶子最先感到了平原上的风力。农民说，早雾晴，晚雾阴。早雾散去，天空蓝得透明，蓝得人总想扬起脸去看看它。年轻的公社小协理员经过快杨们，到处喊赵干事。锦绣公社主管知青的赵干事正在有炕的办公室里搓两条布裤脚的泥浆。他说：“你叫魂儿呢。”

小协理员跑进办公室，脚下沾着挺厚的两张泥饼子，他说有个知青来汇报，一群人正围在大墙外边看反标。

知青只有十七八岁，剃了光头，穿一件胸前印着“团结”两个字的红色背心，站在快杨下边，看见赵干事披件衣服出来，知青很紧张，说要保护现场，还说要去照相馆找人来拍照，还说经过他研究，反标是破布蘸纯蓝墨水写的。赵干事并没看见一群人，两个背粪筐的中学生站在大墙根笑。

公社大墙外面稀稀松松地写了一排字：**知识青年　爱干不干　四肢发达　大脑简单**。

赵干事推穿红背心的知青说："我们处理，你去吧。"几个挑着扁担的农民经过，根本不看墙上的字，一直向供销社走。是去卖小猪的。知青发现公社的干部并不着急，赵干事和小协理员还互相凑上点了烟。**知青想：重要的问题是教育农民**。知青走了。赵干事说："这是啥日子，又魂儿画儿地乱写，这小子我早晚按住他。"他告诉小协理员去食堂要点米汤，用红纸把墙糊了。

一九七五年农历粽子节，主管知青工作的赵干事本来可以放假一天，坐二十分钟火车回他在另一个公社的家。可是，这天，又有六十多个城里学生给安置到锦绣公社插队。赵干事看见天亮，就靠在炕上，计算这一天里面的事情。小协理员糊那些字，刚好剩了最后一个没遮住，是个"单"字。小协理员看这个孤单的字不算反动，才回到院子里，往树皮上抹手掌里的米汤。**快杨想：为什么呢？**赵干事急匆匆向公社食堂走，整个后身散着土炕上的热气。赵干事问："面发了没？"

3. 两个引人发笑的知青

天空像只蓝底无花的陶瓷盆，半罩着看不见边际的好庄稼苗。

一个知青走出集体户。他说："阳光灿烂呵。"

第二个知青也走出集体户说："阳光乱颤呵。"

两个人都站在猪拱起来的一摊泥前面，不出工的日子反而不知道该做什么。推自行车的大队干部正好叫住他们。大队干部说："今儿格，又下了一拨儿学生。”知青说：“下呗，关我屁事。”大队干部让他们两个去大队部抬炕沿，送到田家屯七队新集体户。知青说：“抓壮丁呵，不去！”大队干部着急了，提起自行车，用力往泥地上掼。他说：“去年，你们这拨人下来，还搬了我家的酸菜缸，眼下人都到了，还没炕沿，快溜儿去，算每人出两天的工！”

两个知青说：“算我们倒了血霉了。”

现在，田家屯五队的这两个知青快乐地各牵一匹马。左边的枣红马，右边的浅灰马，在蓝天底下走。开始队里的更倌不给马。知青说：“大队的官儿都撂下话了，你算老几？”更倌说不相信，知青让更倌看东边那片麦地头走远了的骑车人。

两个知青想爬上马背，但是马非常不情愿，炯炯有神的大眼睛瞪住。他们只好牵着缰绳走。牵着马悠闲地走感觉也很好。一个知青凑近了马脸，观察马的视线，他从那里看见凸起变形的黄豆地，豆叶肥大晶亮。两个人放声歌唱，唱的词都是骏马。

大队部窗户下面一根旧炕沿，磨得油红油红。两个知青把马一前一后牵开，准备让炕沿两端搭在马脖子上，可是马不高兴，仰着脖颈把绳套甩掉，好不容易把炕沿搭进绳套，马调转身，甩着头嘶叫，炕沿结结实实落在地上。马脖颈上胀出了粗壮的血管，像一些皮条拧成的管子。两个人不可能挣过两匹倔犟的马，大队部的小院子里全是马蹄子刨起来的土块，炕沿还是不能挂上马脖子。

一个知青说：“操，牲口不干，只能咱们两个干了。”

两个知青重新结了绳套，套上自己的脖子，再弯下去搭炕沿，很顺利地同时喊一声，起了！到了这时候，他们还必须要分别牵着他们的骏马。绳套的重心高，炕沿随着两个知青的步伐左右摇晃，走起来，他们才发现步子要整齐，这么复杂的劳动，马怎么可能理解呢。从大队部到新集体户有一里半路，经过一条榆树林带，几个年轻农民从谷地里扛着锄头跑过来，他们说：“这是干啥？”

马想：两个傻子。走在后面的知青戴着眼镜，**马又想：还有一个是近曲眼**（近视眼）。农民坐在榆树下面，终于看明白了两个知青正用脖子抬炕沿。抬炕沿又牵马，农民笑得肋都酸了。后面的知青说：“眼珠快要压冒了，歇歇吧。”前面的主张再坚持一百步，起码离林带边那伙人远一点。马故意向着路边走，吸着鼻子闻青草的香。

新集体户是五间房，东西北三面墙垒的泥坯，南面砌了红砖，农民叫“砖挂面”。新房子的玻璃一块也不缺，东墙上还有红绿两条标语。两个知青把炕沿使劲摔在院子里，蹲下喘气，脖子后面都勒成紫红的。一个知青问：“你有屎没有？”另一个说：“这会儿没屎。”往炕沿上拉屎的想法没能够实施，只能敲碎墙上的红砖，在门框上用力写字：

> 我操你们新来的祖中（祖宗）。

脖子上没了炕沿，全身空空荡荡的轻松。出一天工收入一角二分，两天工，二角四分，算算也不是太吃亏。太阳升到头顶上，两个知青又牵着马潇洒地走过麦地。顺着南边来的风，他们闻见马屁股上铠甲一样的泥壳发出臭味。牵枣红马的知青说：“哪儿有这么臭的骏马？”

4. 我们去锦绣

贯穿锦绣公社的土路被农民叫国道。从锦绣公社的挂图上来看，这条国道是锦绣的中轴线，像这片油绿叶子上的主筋脉。很多年前，俄国的骑兵攻进中国的北方，经过这条路。亲眼见过毛子兵的人已经稀少了，在锦绣只剩下片断的传说。毛子兵骑在马上，有一对快塌进去的绿眼睛，跟两块玻璃似的。农民的母亲们抽着很长的烟袋，用大拇指头按住铜烟袋锅里的火星，她们说："谁知道，长那么个眼珠子，能瞅真着（清楚）啥呢。"几十年了，锦绣人农闲的时候总要讲俄国人的眼珠，两只手闲着，就想到了毛子兵。

早雾散掉，天蓝得引人想伸手去碰碰它，再端详自己的手指头有没有给染蓝。国道边上的柳条沟屯在天晴以后，洗衣裳的人都跑到井台那儿，弄得地上都是稀泥浆，柳树丛上搭满衣裳。柳条沟屯在锦绣是有名的地方。七年前，它最先有了知青，五年前，又最先接通了电。当时的锦绣公社书记姓杜，五十多岁，几乎不识字，戴四片毡子缝合成的棉帽子，农民叫"四片瓦"。杜书记接第一批知识青年那天，顶着冷风，往一片积雪很厚的高冈上走，他按着他的"四片瓦"说："学生们，我们欢迎呵，在我们锦绣最好的柳条沟屯给你们建个具体户（集体户）。"从那个冬天开始，锦绣的人一直把集体户叫具体户。现在，公社换了新干部，都识字，戴有剪绒的棉帽子，会骑自行车。有了三十几个知青集体户以后，锦绣变得太快了。

柳条沟屯的女知青都在往脸上擦雪花膏，胖脸上全都喷香喷香。大队供销点来了新货，雪花膏刚盛进一只大玻璃瓶，量中药的药匙做计量工具，二分钱一半匙。卖雪花膏的姑娘把整个上身都探到窗外去喊："打雪花膏啦！"五个知青合买一匙。下乡半年以后，女知青的脸都鼓胀起来，现在，她们站在一片野草里，脸又紧又香。男知青故意不望她们说："哪个好心人，帮忙洗两件衣裳呗。"女知青都说："你做梦吧！"她们香喷喷地回集体户。炕上只有唐玉清一个人坐在行李上拆一件红毛衣。有人提议到公社去，买根蘸糖的炸麻花吃。唐玉清说，她也要去公社，她穿一双大红袜子，在炕上急急地收起给两只膝盖撑住的毛线扎。

9

唐玉清和另外两个女知青向国道上走，遇见早起来采艾蒿的妇女们，离开了根的艾蒿柔软多了，三个女知青每人要一枝艾蒿别在扣眼里。这一年邪毒气再不敢接近她们。

太阳把国道照得又高又亮，刚才走过一片高粱地，后面来了一辆手扶拖拉机，驾驶员戴一顶露棉花的破棉帽子。高粱苗都长到一尺高，这人还戴棉帽子。知青们喊拖拉机：“蚂蚱子！蚂蚱子！”驾驶员一点也不用费口舌，把拖拉机靠着国道突突突突停住。三个知青非常敏捷地爬进车厢。拖拉机沿着道边慢行，和走路的速度差不多。知青说：“车坏了吗？”驾驶员说：“我的车不能让你们白坐，车斗里有几块石头，一人给我压住一块，别叫它们乱颠乱窜，整我一早上都闹心。”女知青按着有棱角的石头刚想坐稳，拖拉机猛然开得飞快。

女知青说：“这个戴棉帽子的，缺心眼儿。”

驾驶员在座位上给颠得弹起来，向后张着很大的嘴。驾驶员说：“我是啥人，刚猫了月子，脑瓜仁子怕风。”

女知青说：“这人缺德，别搭理他。”

手扶拖拉机在车辙里跳，石头在车上跳，人很难坐稳。唐玉清把她的书包带挂在脖子上，吃力地扶住很浅的车厢板。一个女知青想站起来，她说：“停！不坐这个缺德鬼的破车啦！”驾驶员根本不回头，女知青和石头在国道上飞奔。

锦绣公社大院围墙上，用白粉写的字已经看见了，拖拉机丝毫不减速。三个知青一起喊下车，驾驶员突然把拖拉机停在公社墙外。“跨黄河，过长江，誓为革命多打粮”几个字非常大，非常清楚。

驾驶员说：“抹了哈玩艺，一道上都闻着挺香。”

女知青下车，用力踢一脚满是泥的轮胎。她们说：“你缺德吧，一会就让你翻车，四脚朝天栽到沟里去！”

现在，平原上的锦绣小镇，到处是黄豆油炸面食的特殊香味。

扎着油围裙的人从供销社里出来装麻花的扁木盒，这是一个老人，眼睛突着，胳膊下夹着一叠紫苏的叶子。老人的手比麻花还油亮，他把紫苏的叶子拍在每一条热麻花上。柳条沟屯的女知青站在供销社门前的空地上吃麻花，三个人的头发毛刺刺地向外飞扬。靠着供销社的旧砖墙，坐了十多个男知青，半眯着眼睛晒太阳，把腿和脚伸出很长。有女知青过来，他们会把帽檐微微挑起一点儿。其中一个手上戴一截肮脏的护腕，敞着衣襟，看见她们吃麻花，他笑着说："三个红元帅（苹果名）！"

这个时候，有几个人从国道上俯冲下来，前面两个逃，后面三个追。农民说："又是具体户的炸庙儿（闹事）！"靠墙晒太阳的知青们突然兴奋了，非常响亮地朝两伙人吹口哨。**农民想：整的啥声儿？剜心。**

唐玉清让两个同伴先走，说她还有点事情要办。她两只手捋顺着头发向东走，供销社东边是公社，再向东就是庄稼地。站住不动的两个女知青说："她上东边干什么？"现在，那个方位升起一团白云彩，和大地比，这云彩太小了，大地是反扣过来的巨大盘子，有庄稼，有村屯，有树，有冈地和洼地。大盘子是彩绘的。

前一个秋天收庄稼的时候，唐玉清从外地转户到了锦绣的柳条沟，无声无息的一个人，行李箱子都是旧的。人们猜她在乡下五六年了。她经常坐在自己的行李上，呆呆的，空心人一样。从来没人听唐玉清说过，她从什么地方转过来，好像她是从一块隐秘的地方落到了柳条沟集体户。唐玉清的箱子里有墨水瓶和笔，她腰上挂着钥匙，钥匙又挂着锁，唐玉清经常这样，伏到箱子上写信。三个年龄最大的知青在洗脸的时候说："要走人，也先轮到我们！这条沟蹲了四五年了，想加塞儿不行。我们雪亮的眼睛容不得沙子。"

中午，国道上的人最多，筐里装了盐和煤油的农民从怀里摸出玉米饼来吃。一个老头出现在国道上，穿长袍，袖口垂着两只铁秤钩一样的手，老头的脑后着一条花白的细辫子。晒太阳的知青都站起来，他们惊呆了，锦绣最后一个奇人，到一九七五年还留着辫子的顽固老头，正目不斜视地走进供销社，他要买二钱白萝卜籽。知青们抖擞着裤裆，感觉见了大世面，这个特殊的日子，什么人物都上锦绣了。

5. 雄鹰

小刘缩在牛车里睡了一觉，天空正对着小刘的脸，出现了三片白云彩，像三个孪生兄弟。陈晓克脱了靴子，让太阳给他晒那双白脚。牛车走到冈上，全锦绣都摊开在眼前，绿毛毡一样的庄稼隔开了远处的村屯。小刘下乡以后，第一次下山，第一次看见这么宽敞的庄稼地。

两个光上身的年轻农民站在田埂上。肥大的裤腰裤腿把他们的上身显得又紧又小又结实。他们想看看国道上什么人赶着牛车过来。陈晓克说："看你娘的腿！"农民搓着红紫色胸脯上的汗泥，调转身，向玉米地里走。挨着国道住的许多农民，都认识马脖子山的陈晓克，他打过最著名的一仗，被人从肩头扯掉了整条袖子，还瘸了腿。光上身的农民走进玉米地小声说："穿的跟要饭的花子似的，张狂啥！"

陈晓克突然用烧火棍狠狠捅了两下牛屁股，牛猛地加快了速度，它不明白为什么挨棍子。从很远的松树林后面都能见到，一头黄牛拉着车，四只蹄子同时离地飞奔。几分钟以后，牛慢下来。陈晓克说："今天，要是赶两匹马出门该多好，一直站着勒紧缰绳，锦绣唰一下就到。"他以为道边上的农民是笑话他的黄牛车。小刘说："怎么今天还有人下地？”陈晓克说：“他们铲自家的秧歌地。”小刘这才明白，他听人讲了两个月的“秧歌地”就是自留地。陈晓克像个哨兵，挺直了跪在车上，向四面八方眺望，没有望到一个人，东西南北，各望出了十几里。**陈晓克想：干巴枯燥哇，还要交什么检讨，烦死人！**

小刘圆溜溜的后脑，使陈晓克感觉小刘像自己一年以后将要中学毕业下乡的弟弟，陈晓克说：“小刘，咱们都从一个城市里下来，这叫一个坟头上的，锦绣这地方复杂，知青都分帮派，各有坟头，咱们户的大权小红一帮是从矿山来的，是矿山的坟头。矿山算什么城市？地耗子一样天天下洞，男的是恶鬼，女的是妖精。在锦绣有两种人不吃亏，胆小的和不要命的。你记住我这话没错儿，你慢慢才知道我说的贼（绝对）对。”

小刘问：“户长，你说干几年能抽回去？”

陈晓克说：“半年就走的都有，名册上记着，人根本没到锦绣的也有。像我，七年了，还坐着黄牛车悠。我这样的，都不急了，照样活的自在，哪个坟包不埋人呢。”

小刘想看看陈晓克的脸，想看见他是不是真的连回城都不着急了，但是陈晓克背对着小刘，拿烧火棍敲着车板。小刘在三月下乡，当时，向阳的坡上正在化雪，到处是湿滑的稀泥。小刘和两个女同学给送到了马脖子山，离公社最远的地方。马脖子山有七百米，或者六百米高，它的南面全是山，一座比一座高，高得不慌不忙，像楼梯的一层层台阶，那是其他公社其他县其他省。刚和马脖子山知青打过架的就是后一座山上的知青。小刘下乡那天，公社的赵干事给一个女同学扛行李，走在最前面，踩起来的泥一直溅到他自己的背上。小刘看见房子前面站着几个人，有男有女，男女都戴杂色长毛的狗皮帽子，凉风一层一层掀开狗毛。他们的脸上根本没有表情。集体户的窗户飞扬着破碎不堪的塑料薄膜，是钉上去防寒的。赵干事喊陈晓克，小刘看见叫陈晓克的人正往军帽沿里面垫一叠报纸，为了把帽子撑起，城里的中学生也这样弄。赵干事说：“马脖子山户一直没有带头的人，陈晓克你当户长吧。”陈晓克说：“赵干事，你耍我，拿我当猴逗？”赵干事把鞋底的泥都刮在门槛上，他说：“你干不干吧。”陈晓克把帽子扣在头顶上说：“干，我没说不干。”第二天早上出工，陈晓克对小刘说：“今天刨粪，把鞋带扎紧了，粪渣子灌进去我可不管。”出门之后，看见清晨里发出黑青色的后山，刚下乡的女同学喊：“那是什么，正跑呢！”陈晓克说：“叫什么叫，野兔子也稀罕。”站在结冻的粪堆前面，陈晓克把尖头镐刨立在地上，朝天上狠狠地唱了一句：“太阳呵，光芒万丈。雄鹰呵——”下面没有词了。天上飘着小米粒一样的雪。

现在，在牛车上，小刘想到陈晓克那嗓子干苦的雄鹰。

陈晓克问小刘：“检讨的检字怎么写？”

小刘说：“别问我，我提笔忘字。”

三片孪生兄弟般的白云走远了，小刘望着陈晓克想检字的写法，加个土字，加个木字，加个手字，究竟加什么？白云急忙向一片黑绿的松林里退。

6. 事先闻到了肉香

乘降所后屯有一个单身农民，知青全叫他“逻辑”。几年前，他与屯里的知青因为封地道口的一卷草帘争执。知青说：“你是什么逻辑！”农民生气了，他说：“你骂谁是逻辑！”他以为城里人把骡子叫成逻辑。

现在，逻辑一边在屯子里跑一边呼喊："拔根大葱，拔根大葱，拔根大葱。"他的脚趾头用力趿住那双黑布鞋，鞋后跟早给踩成了一块黑泥饼。

人们问逻辑："你跑啥？"

逻辑说："预备葱，具体户要杀猪了。"

人们都不太相信知青能杀猪。逻辑围着屯子跑了两圈，没有找到超过手指头粗的葱，季节还早，葱都没有长壮。乘降所后屯生产队长的父亲老石墩走出自家的院子，他说："早起就闻着肉香。"老石墩驼背，但是，照样是个高个儿，凡是人们说出来的事情，他一定会表示自己早就知道了，显出先知先觉的样子。老石墩不喜欢呆在自己家的院子里，他走过每家每户的柴禾垛，到集体户去。他说："这地方豁亮，离老爷儿(太阳)近。"乘降所后屯集体户养的猪已经很大了，变得很懒，总想躺在泥里。老石墩看着户长沈振生，他说："这猪杀得了。"沈振生打开猪圈门，叫猪的名字，它眼睛都不睁，只是呼吸。它叫礼拜三，是某个礼拜三抓回来的猪崽。

队里会杀猪手艺的人给公社喊去干活，沈振生说，猪等两天再杀。知青都等不及，都说馋虫早到了嗓子眼儿了。他们想请老石墩动手杀猪。队长说："我爹不行。"老石墩在山里做过土匪，亲口说他灭过五条人命。队长说："他下山以后发过誓，不再杀生。"集体户的男知青都看着沈振生，一齐说："自己干了。"

老石墩听人喊拔葱，赶紧往集体户去。

黑猪给按在小道上。有一个知青说："我按不住了，手上有油，滑。"另外的知青说："猪还活着，哪来的油！"猪被压得非常难受，脸顶进泥浆里，一只眼睛看见地面上有水珠和砂粒。**猪想：动不了啦，这辈子到头啦**。它扬起长嘴巴，挣扎着尖叫。老石墩蹲在树底下，全身收紧，随着知青们的动作使劲。他说：“拿杠子，削迷糊了，捅一刀就得。”

知青们一起喊：“拿杠子！拿杠子！”

没有人给他们递杠子。集体户的女知青全都躲到屯子另一侧农民家里，欣赏女主人绣在枕头上的腊梅花。她们故意躲得远远的。前一个春天，是她们用柳条筐把小黑猪从锦绣挎回来，杀它，她们都不忍心。老石墩递过一只粗把的铁锹。嚎叫的猪看见铁锹和刀，开始哭诉，人听起来，不过是胡言乱语。

猪血很快流在沈振生捧住的脸盆里，他的手感到了热哄哄的下坠。沈振生想把脸盆扔掉，好像怕它停留在手上。这种热，他坚持不了多久。

老石墩看到着急的时候，起来又蹲下，然后再起来。这时候他见到柳树丛里有个女的，似走非走的，不是乘降所后屯的人，一张陌生的脸。猪不挣扎也不哭诉了。老石墩说：“不善（不错）！”

远处高过一切庄稼地的火车路基上，两条铁轨发出金属的强光。陌生的女人又出现了。老石墩叫过沈振生说：“我瞅出来了，那边的丫头是召唤你呢。”

柳树丛后面，唐玉清的花衬衫一明一暗。**沈振生想：她怎么来了！**

逻辑夹着小葱和一杆带铁钩的秤，他准备帮忙称肉。两个腰上扎一条长布带的农民去收拾猪了，酬劳是得到它的全部内脏。男知青们都站在原地，几平方面积内的草和泥全揉在一起，地下留下几个大漩涡。一个知青说：“后背发麻。”另外一个知青说：“礼拜三，浑身是劲，吃糠咽菜的礼拜三呐！”

老石墩又说：“尿性（有能耐）！”

7. 有梗的烟叶儿

李英子在浓密的雾里进进出出挑水。然后，坐在团结七队集体户的屋檐下，细细地卷了一支烟，抽着烟等待大雾散掉，露出天空。她要拆洗被子。这个曾经名声响亮的“样板戏户”像这样安静，已经很久了。过去，每个晚上都点一百瓦的大灯泡，每个晚上都吹拉弹唱。屯子里的农民改了吃过晚饭就上炕的习惯，他们把没洗的饭碗插到温着水的锅里，关了屋里的灯，急忙地走，说占个好地场，听唱去。

上一个冬天，团结七队集体户还有三个知青。招工通知是由一个夹着鞭子的人冒着大雪带来的口讯。李英子坐在炕上缝她的棉手套，因为招工和她没有关系。另外两个知青说：“赵干事怎么没来？”送口讯的人戴了棉帽子又围了一条线的围巾，半男半女的，满头白霜在冰窖一样的厨房里跺着脚。他说：“大雪刨天的，当官的都冻缩缩了。”两个女知青的行李箱子都送给关系好的农民。队里派的毛驴车在雪里停着，毛驴长叫了一阵。驴的叫声不像动物，像某种坏掉轴的大机械。天上又飘雪花。李英子戴一双红毛线手套抽烟，抽出了糊羊毛的气味。她把手套脱下来，拍了拍又戴上。天地昏黄，毛驴不再叫。一个女知青只带走了她的口琴，装在一个草绿色的布袋里。她们对李英子说：“走了。”好像实在想不出比这个再复杂一点的话。毛驴车在新雪上压出很深的车辙。开始，团结七队的农民以为李英子不离开“样板戏户”，是因为她唱得太好了，因为房子缺儿根椽子不能怎么样，没有房梁肯定不行。到户里只剩了李英子一个，农民去问大队的干部，他们说：“一个姑娘挺三间空房，不孤吗？”大队干部说：“这事不怪咱屯下，是城里头闹哄的事儿，她妈是有名的唱唱的。她爹又是畏罪自杀。”农民说：“城里的事咱可真猫不准！”他们抄着袖子回屯，妇女队长听说这些，捂着脸呜呜地哭，她反复说：“不走了！不走了！不走了！”妇女队长把自己当成了李英子。

现在，团结七队的妇女队长揣着两只刚从锅里捞出来的鸡蛋到集体户，走到门口才看见李英子坐在雾里面。妇女队长说：“屋去，英子，过节了吃鸡蛋。”她坐到炕上，让李英子在炕席上滚动鸡蛋，说滚滚运气。李英子说：“滚也没用，我不信。”妇女队长要替她滚，按着两个红皮鸡蛋在炕上滚起来就不停止。妇女队长有非常浓密的头发，每天早上，她都把辫子盘在头顶上，戴一顶细白布的帽子。团结七队的妇女都戴白帽子干活，几年前向女知青们学的。妇女队长把辫子放下来，两条油黑的辫子扑簌簌地垂落。

雾正在稀薄，世上现出一棵纤细的小海棠树。李英子说她弄了一些好烟叶，她和妇女队长抽着浓烈的烟，看着雾退去。李英子的烟荷包镶了金属拉链。农民是第一次见到这东西，他们都来拉。他们说：“这就是早年听说的拉锁，拉上就锁住，啥啥也掉不出来！”烟叶儿有烟梗，卷起来的烟没那么匀称。团结大队的书记进门的时候，看见两个女人正抽着不太好看的烟卷。

书记说：“英子，户里又要热闹了。我要了十二个学生。”

李英子问：“什么时候。”

书记说：“就是今儿格。”

李英子急了，光着脚跳到地上。她说：“团结七队集体户散了半年，碗筷不足，口粮都没留，这三间房子不是集体户了。”

书记说：“缺啥补啥。全县名的样板戏户，说散就散，不中，我这回要的学生都是能拉能唱，我要样板戏户‘活泛’（再兴旺）过来。我还想听唱儿呢。”

书记和妇女队长走了以后，李英子把一片纯蓝墨水片放进盆里，水渐渐地融化着墨水片，水变得微蓝，浸着白的被单。手放盆里也变成青白色，李英子想到了母亲。母亲洁白的手握住，手背向上，用职业话剧演员的嗓音说："过来英子，掰开手看看。"李英子想看母亲手里的东西，又不太想接近她，能闻到母亲身上的花露水味。在屋子里撣了茉莉花香型的花露水，然后，母亲对邻居说，我家里养的茉莉全开了，闻见没有，香得厉害。一九六六年，李英子看见母亲把一只玻璃瓶硬给了父亲，要他拿住，拿到他自己的房间去。父亲被迫喝了瓶子里的水，几个小时以后死掉，父亲是被母亲所杀。李英子下乡的那个早上，同样天降了层薄薄的雾，她对着画了许多翻卷的蓝色海浪和红日的楼房发誓，绝不再进母亲的家门。

大队书记派来送碗筷的人刚走进门，送柴禾的车和人也到了，都是屯子里的妇女，戴着白帽子，跟上她们的是满屋子的孩子。她们向李英子要烟叶，都说："这烟有劲儿，就是有梗子。"女人们都坐在炕沿上抽烟，一个孩子尖着嘴咳嗽，所有的孩子都开始咳嗽。女人们说："具体户这不又热闹了！"李英子脸色很不好。

8. 喜欢机器的小个子

桃花李花杏花都落净的季节，还生火炉子的，只有锦绣农机站的几个师傅，他们总让农机站的火炉烧得特殊地旺，在煤里撒一些油渣。粽子节上午，他们把冬天腌制大白菜的缸旋到院子里，准备泡热水澡。

有人提着水壶说："差不离了，谁先泡？"

现在，第一个师傅已经蹲在缸里，皮肉鲜红，他喊：“褪猪毛了，快兑凉水！”其他的人用大搪瓷碗泡糖水喝。一个师傅不断往碗里捏糖，他说：“这玩艺补呵，我在城里的二哥得了肝炎，见月都多领一张白糖票，白糖必是补肝。”缸里的人又在叫加热水。太阳直照着农机站院子里的三台拖拉机，最高大的那台，驾驶座位很高，座垫是土蓝色的人造皮革，给照得软软的。院子的角落里是铁犁和拆散开的一台废拖拉机，下雨天流出来的黄锈像一幅铁红色的图纸。

这个时候，院子里突然有一辆拖拉机突突突地发动，向天上喷了几小团黑烟，喝糖水的人都跑到院子里，洗澡的人从缸里探出精湿的头。一个人正从最高的拖拉机轮子下面跑掉，猫一样钻出了院子。

农机站的师傅们看见逃跑的人个子不高，穿蓝上衣，跑到杨树荫下面，两手不断地抓着裤裆扇动。他们回到屋子里继续捏糖说：“又是那个爱捅咕拖拉机的小子，哪个具体户的呢？也不怕热皮子烫腚！”

喜欢机器的知青跑出几十米以后，镇定了，正常地走，迎面遇上一个面熟的知青问：“你们户吃什么了？”小个子说：“没吃什么。”面熟的知青说：“不吃好嚼咕不放臭屁，你直抖落后裤裆干什么！”他又往回走，一定要追问小个子吃了什么。

9. 粉蝶会飞了

雾和露水干了以后，热的地气升起来。烧锅屯集体户的杨小华把装粘高粱米的笸箩放在明亮的院子里，呆呆地看着天和大地相连接的那条线。有农民趴在泥垒的墙上说话："小杨子，菜园子上了粪精（化肥）吧？"杨小华说："哪儿来的粪精？"农民说："没粪精，菜咋长得发黑，劲叨叨的。"杨小华种的菜给烧锅人看着，他们奇怪，什么种子经了她的手，都能长出全烧锅最好的秧苗。农民说："人家那双手长得巧。"

杨小华的手出奇的小，七年前，刚到烧锅屯集体户，每次洗头发，她都要哭。手太小，拢不来太浓密的头发。现在，粘高粱里有许多草刺和苍耳的种子，落在她的布鞋鞋面上。**杨小华想：没有多少头发了，两根辫子也比不上当年一根辫子粗。**一只大个儿牛蝇叮在杨小华背后的黄泥墙上，无声地长时间地看她簸着米里的杂物，四野里安静极了。

围住烧锅屯集体户的是一些努力向东南方向倾斜的向日葵。从国道上正好看见集体户下陷的后墙。陈晓克和小刘都下了牛车，牵牛下国道。骨骼宽大的牛也开始疲倦，牛在想水。

陈晓克告诉小刘，烧锅集体户的知青个个都是他的"小师傅"，陈晓克拍着黄牛的脸说："我干活，铲掉一根该留的豆苗，我心虚，拿锄板勾点儿土把苗给埋上，烧锅户的小子们进了地，顺着垅，拖根锄头溜达，一直从地那头钻出来，草和苗，碰都没碰。"小刘说："打头的不骂？"陈晓克说："谁敢！他们在锦绣拔横横（强横）。"

菜园的高粱秸上挑着十几只大头鞋，冬天趟雪穿的。陈晓克隔着墙外的几垅葱地里喊，金榜！

捧上簸箕的杨小华出来，她的个子那么小，脸和眼睛都黝黑有神。杨小华说："陈儿，今年还没来过烧锅吧？"

陈晓克说："尽装孙子啦，整天眯着干活，老猫都给憋成死耗子了。"陈晓克介绍小刘："我们户新下来的，我的腿子。"

牛把大头沉到盆里喝水，响声很大。很快，牛的舌头舔着盆底摔掉了漆的一朵牡丹花。杨小华给牛添水，她说户里现在只有她一个人，另外两个女知青请了长病假，住在城里，金榜他们走了几天，不知道又逛到什么地方去了。烧锅是个大屯子，人多地少，农民认为知青不出工正合适，农民怕知青对不起庄稼，负责出勤的小会计每天都给金榜等人画上出工的记号，只是到秋天这些记号会作废，不能折算成工分，兑换成口粮现金。谁来问烧锅知青的表现，队里人随口说："还中。"再问是不是每天下地，他们含含糊糊地说："没许唬儿。"

烧锅集体户的房子过去住地主的儿子，后来给赶跑了，听说在更北的荒甸子上开一块土地种麦子，睡三角形的草窝棚，整晚上听着狼围住窝棚叫。杨小华下乡的时候，这房子已经空了两年，后墙已经下陷，经过了几个冬夏，房子更陈旧了。队长找到锦绣公社去说："具体户坍了顶，可别怪我们没朝上汇报。"公社书记说："你想咋的，直说吧。"队长的想法是烧锅不想再留知识青年。公社书记说："全国家的大事业，你们一个屯想不收就不收？"烧锅的队长推着破旧的自行车离开公社，队长叹气说："请神容易送神难。"

陈晓克说："牛，走吧。"他去牵牛鼻绳的时候，杨小华很明显地靠近他，用矮小的身体隔开小刘。

杨小华说："有没有什么消息？"

陈晓克想：女人这东西真温暖呵。

陈晓克说："每年都是割了庄稼才有消息。"

杨小华又问："征兵呢？"

陈晓克低下去，看着杨小华的额头。

杨小华说："是我弟，他插到这户快两年了，男的好走。走一个是一个。"

22

陈晓克说：“有消息，我务必告诉你，哪怕从马脖子山专门下来一趟。”

牛车又吱吱叫着上了国道，一些翅膀很薄的白色粉蝶翩翩地围着牛的两只耳朵飞，这些生在一九七五年又会死在一九七五年的小生物，飞得多轻灵。天上满是云彩了，陈晓克又躺在牛车上说：“小刘，你看刚才这个女的，杨小华，以前是多好看的小姑娘，人不经造（折腾），七年，成了秋天的干巴菜叶子。”小刘拉动两条又沉又酸的腿，不说话，拨开眼前乱纷纷的粉蝶们。

杨小华的簸箕里再没有杂物，她仍旧看着地平线。她不知道她弟弟杨小勇和金榜他们能不能在粽子节这天回集体户。跟随牛车走了一段的粉蝶又飞回来，在半空中欣赏那些冬天的大头鞋。**杨小华想：能哭出声来多好**。杨小华没见过早死的母亲，父亲已经在床上躺了两年，枕头边摆着不够洁净的小便器，这个和蔼的中学看门人瘫痪了。按规定，他可以留一个孩子在身边，但是，他听说，这种留城的人只能安排在街道的小工厂，缝手套或者糊纸盒，而从知青里招工可能进有宽阔大门高墙的国营大工厂，学习锻造或者钳工等手艺。他对女儿说：“咬咬牙，七年都过来了，让你弟下到你那儿，你管着他，他先抽回来最好，你凭年头儿了能回来。爸求你啦。”

父亲身上盖着棉门帘那么僵硬的棉被，他问女儿：“今年评上先进没？”

杨小华说：“评上了，奖状都领了。”

父亲说：“那就快了，快透亮了。”

杨小华想到父亲的时候，有人在外面叫她，是和屯子里农民结婚的女知青亚军。亚军撑着腰站在向日葵里。杨小华问亚军怎么了。亚军说：“肚子里的小崽子乱蹬。”亚军见了杨小华总是低低地说话，在结婚摆席那天，她穿一件花棉袄跑到集体户，新鞋踩了一些鲜马粪，亚军说："杨儿，我有多可恨，我没挺住，我不是人！"说了这些，她又往回跑。现在，亚军在向日葵里定了一会，才进集体户的院子，两个人吃亚军从城里带回来的黑话梅糖，然后，她们望着天空出神。

10．垂柳和病猪肉

沈振生怕唐玉清被人看见，他迎住柳树丛，越走越快。唐玉清的脸给柳条上的光搅得毛糙。沈振生想；我的女人啊，头发什么时候这么乱过？一辆装满原木的火车经过，脚下的大地跟着铁轨发颤，那些合抱粗的大树，被截断了，用铁丝箍住。火车差不多有二十节。

沈振生说："不是说定了，不能见面吗？"

唐玉清有点迟疑，她说家里来了信。

沈振生抓住唐玉清的手臂，往柳树丛深处走，那儿有一片垂柳，树下有非常细腻的泥土。现在，沈振生是拉着自己女人的手臂，可是，他像拉一节树枝，连她的温度都感觉不到，**沈振生想：也许是刚才端猪血端的，也许总也不见她，已经陌生了。**唐玉清的胶鞋在前面发出类似阴雨天里蛙叫的那种水声。

唐玉清说："家里来信，说今年秋天孩子要上学了，咱们得给她起个正式名字。"

沈振生从春天起，留了胡子，露在背心外面的肩膀长着瘤子一样结实的肌肉。他说："不是说过，叫沈早？"

唐玉清说："学校问孩子，你爸姓张，你怎么叫沈早？还是随她姨父姓张，叫张早吧。"

沈振生说："一撇一捺组成个人字，坐不更名，站不改姓，我的女儿就叫沈早。"

唐玉清突然哭了，她把眼泪抹向鬓角，使那儿闪烁着光。她说："孩子自己也要问，我为什么姓沈！"沈振生坐在柳枝下面，看家里的来信，信中间夹了一张方格纸，有她的女儿写满的字："我爱祖国我爱北京天安门。"每个字工工整整写一行。沈振生说："字都会写了。"他奇怪自己也流了眼泪，落在胡子上。他同意女儿用张早去报名，因为孩子一直以为姨和姨父是自己亲生的父母。沈振生告诉唐玉清，以后天塌下来也不能见面。他说："事儿要是露了，谁也没机会回去，我们的孩子永远都不知道我们是谁。"

唐玉清越过火车轨道，原路回去。沈振生刚说："梳好你的头发。"她就被路基遮挡了。沈振生发现有很多的话没讲。他甚至没有仔细地从正面望望她的脸，这种见面太慌张太急促。**沈振生想：我和她永远像特务接头一样**。在柳丛里呆站了很久，心里空荡荡的，柳枝柳叶，风吹柳树干的响声，什么都没有惊动沈振生。

乘降所后屯的知青正到处找沈振生。猪已经被褪尽了毛，剖成两半，平卧在一块案板上。一个知青抓着一把荆草，驱赶蝇虫。沈振生从腹部向上卷起背心擦脸上的汗，他说："天热了，不快割肉，找我干什么？"知青们说："老石墩看了猪，说是豆猪（囊虫病）！"沈振生感到皮肤上的汗顿时给身体吸回去。他说："从抓猪羔养到这么大，我不信我们养的是头病猪。"老石墩从集体户房后的厕所里出来，张着嘴，他说："豆猪，没跑儿，我看不走眼。"

知青们问沈振生："户长，这猪能不能吃。"

沈振生说不能。

知青们垂着凝着血的手，蝇虫都来叮它们。知青们说："眼看自己伺候大的肥猪，最后吃不上肉，这不是活活气死人吗！"

25

队长听说知青的猪杀出了病，拿了那杆有钩的秤来和沈振生商量，把猪肉尽快处理给队里的农民。沈振生说:“豆猪肉谁也不能吃。”队长说：“屯下人不信啥虫，吃条虫子只当多吃一块肉。”沈振生还是不同意，队长说他自己吃了不下十次有囊虫病的猪肉，一点事情也没有。原来准备卖一块四毛钱一斤的肉，无论肥瘦一律五毛钱一斤卖掉。队长和沈振生说定以后，乐颠颠地去通知农民。

隔着火车轨道的乘降所前屯农民头上顶着黑泥瓦盆，穿过谷地和路基，都跑过来称便宜猪肉。队长腰上扎一条女知青的花围裙，农民的孩子在肉案下面钻，尖声地叫：“过年啦！”

最后，案板上只剩下一条肉，有个女人想要，但是她没有钱也没有鸡蛋，她摘两片向日葵叶子把肉裹住，说别人不能动了，这肉是她的。然后，她跑回家，拿来一块长方形的镜子。知青说：“镜子换肉？美的你！”女人说她家里鸡都没开张（下蛋），三个孩子哭着要吃肉。她拿衣襟用力擦亮镜子，靠右侧的镜面上有一行红漆写的字：奖给乘降所后屯集体户。知青说：“这本来就是我们的东西！”女人拍着肮脏的案板说：“老具体户散的时候送给我当家的，我天天吐吐沫擦它，擦了三年，咋又成了具体户的东西！”沈振生劝知青们，他说：“女知青喂了一年多猪，换一面镜子给她们。”

农历五月初五粽子节，太阳升到了正头顶，乘降所前屯后屯到处飘荡着煮肉的香味。准备做午饭的女知青用膝盖垫住一大捆干玉米秸，往房子里拖。沈振生说：“我们吃鸡蛋。”拖着柴的女知青看见沈振生，哇哇地哭，哭的时候又不停地说话，她讲的大意是，早知道是这个结果，就不该杀那猪，她愿意永远喂着它。**沈振生想：感情呵！**他也拖了一捆柴，哗哗哗地响。大片的白云彩越过南面的马脖子山，一直向天边走。**沈振生又想：孔雀东南飞，云彩西北飞。**

老石墩提着马莲扎的一条肉回家，对儿媳妇说：“使刀背拍拍这肉，拍松了才进滋味盐酱。”女人的短发都垂在脸上，手拿着颤颤的肉，脚往灶里添柴禾。她并不知道肉里有囊虫。

下午，沈振生借了队上的铡刀铡谷草，他们要在碎草里存放用猪换回来的鸡蛋。干了一会儿，他就向屯子里望望，两个卖肉的知青一直没回来。谷草埋住了他的脚，他看见树底下两个人油光的嘴巴。

沈振生放下铡刀，谷草给他踢起来很高，沈振生问：“你们吃肉了？”

两个知青说：“没吃。”

沈振生说：“撒谎。”两只手变得又飘又大，沈振生突然想动手打人。沈振生说：“吃豆猪肉，你们不怕出事！”

一个知青说：“户长，咱都天不怕地不怕了，还怕豆粒大的虫子！”

另一个知青小声说：“户长，馋呐！”

沈振生看着两张有了油水的脸，心像一块破布软下来。他克制着，往房子背后一片苎麻地里走，碎谷草紧随着，洒浇在地上。沈振生的心里涌起那种为人之父的复杂感情。

11. 锦绣

锦绣小镇在全公社方圆四十里的地界里，是农民眼中的明珠。小镇上的住户和公社所属单位，很少有糊窗户纸的。晴天，在火车上看锦绣，一片玻璃窗的明亮。农民形容锦绣供销社啥啥都有，县和市对农民没什么魅力，只要有锦绣，他们以为足够了。

最漂亮健壮的牲口锦绣也有。配种站里拴着一匹毛色黑亮的种马，它永远都面向国道，站在一片纤细的扫帚梅花丛后面。从西进入锦绣小镇，要经过木桥，桥下的河叫五道沟，水清澈又急，漩涡多。过了桥是红卫照相馆，农机站，供销社，粮站，公社大院和乡邮所，最东侧是卫生院。这一年，小镇周围的土地都种了玉米。早雾里，已经有小脚老太婆靠住木桥发黑的槛杆卖自己家的鸡蛋。一个年轻女人带两个孩子卖樱桃，她不吆喝，只是蹲在桥头，守着装满红樱桃的筐，两个女孩每人头顶蒙了一条蘸湿的毛巾，使黝黑的脸变得更小，她们吆喝。

锦绣一带的风俗，农民家都起平顶的泥房。每年春天到荒甸子上挖一些碱土，加厚一层屋顶防漏。一年年的挖掘，把甸子挖得越来越乱，越来越低洼。下雨的天一片白茫茫。锦绣公社翻盖房子，起了脊，铺了大块红瓦，显出了权威和气派，在公社起红瓦房之前，只有锦绣公社东北方的火车乘降所才有起脊的房子，它像黑塔一样，怪异地立在火车轨道边上，是日本人侵占中国时候留下来的。日本人在的时候叫乘降所，后来一直没改过。

农民带着快成年的儿子上锦绣，很远就看见了玻璃和红瓦，男孩子越走越兴奋。农民停在路上说："瞅瞅锦绣，青堂瓦舍，成的（确实）带劲儿！"

年轻的公社小协理员抱着竹扫帚扫公社大院。一个高瘦的农民使劲裹着黑棉袄的两襟进来，在棉袄里面，他什么也没穿，是皮肤和两排对称的肋骨。小协理员说："出去出去，上哪儿眯着不好！"农民说："寻摸（找）个人。"小协理员说："你找的人不在这，麻溜儿给我出去！"农民放开怀，棉袄在光裸的身上晃，他说："我找当官儿的，不在这在哪儿？"小协理员说："都下乡了。"农民搓着一条肋骨走出大院。

小协理员从大院门口倒退着扫，半个大院像水面一样光。他看见国道上走的人，马上叫喊："刘队长，你过来！"荒甸子屯的刘队长说："召唤我没好事，我知道又给我们具体户加人了。到秋，别怪我们吃反销。"刘队长给叫进大院，坐到快杨的阴影下面，脱下破布鞋，很显眼地摆在阳光地里。刘队长说："我八百年前就说了，荒甸子屯敞门欢迎具体户，归其（最终）这是啥，这是觉悟。"

刘队长五十多岁，精明。农民都说矮子高声，刘队长不高个儿，特别能骂人，又抵制化肥，反对科学方法套种庄稼，所以，他一直不是党员。有一天，他在场上，许多人都在，他骂人还站到了磙子上，会计叫他消消火，他说："我怕啥，不入那鸡巴玩艺儿，不就得啦。"刘队长说了这种话，他离党必然更远了。荒甸子屯的土质在锦绣公社里最差，有一半碱地。刘队长连续几年都以接收知青最多来和公社讲条件，拿反销粮食。小协理员继续扫院子，刘队长说："靠树荫呆会儿，真滋儿（舒服）。"公社的王书记和刘队长有远亲，人人都略微敬让着他。

方圆四十里的锦绣，最忙乱的地方是公社食堂，公社王书记和主管知青的赵干事都在，几个妇女在瓦盆里洗猪肠，白白的扯得很长。赵干事不停地看表，不足五分钟一定会看一次，他还摇晃手腕，怕表停掉。两个卷起袖子的妇女在拆下来的门板上揉大团的面。

王书记说："面这么黑！麸子太多了。"

妇女们都说；"不黑，嚼着挺筋道。"

赵干事召唤小协理员去找锦绣公社的挂图，挂到光荣室里去。小协理员在一铺没有席子的土炕上找到了灰尘里的挂图。**小协理员想：这张锦绣图是啥人画的，像个破鞋底子，成的（非常）不好看了。**从食堂里跑出来透风的妇女们见到刘队长，都说："就（等）会走，大屉蒸包子。"刘队长在挺拔的快杨下面睡着了。

王书记说："整走他，长脱脱的躺这旮儿，像个啥！"

12. 有腊梅花的搪瓷盆

锦绣供销社新到了蓝市布。农村妇女都围上来，她们喜欢扯这种布料缝制有整幅前襟的旧款式褂子，她们早在冬闲的时候就盘出了精致的黑扣襻。平时做着粗糙劳动的手掌都想抚摸布匹，供销社的人说："别摸索了，摸起刺儿，不好卖了。"农民问："瓷实不？"供销社的人说："你用手摸，这还不瓷实！"农民抚摸了很久还是放下了布，他们说："韬（不结实），还是趟子绒（条绒布）瓷实。"供销社的人不高兴人们不买布，却摸着布不放，他抓住布匹中心的硬纸轴，把抚摸着的手都抖下去。

供销社里顾客最多的时候，锦绣三队集体户的王力红正在卖搪瓷盆的柜台前面，她把胖的上身全部扑到柜台上，锦绣供销社全部售货员都认识这个女知青。卖盆的人说："大王，你还没睁开眼睛就来我们这儿点货了。"锦绣三队集体户其他的知青和供销社里的人并不熟，她们自恃有着城里人的高贵，来供销社逛，却总是不屑于详细看它的货。王力红到了锦绣七年，已经不像个城里的人。每一个售货员都和她开开玩笑，那些穿涤卡衣服的男售货员也喜欢招呼她。

王力红和杨小华、陈晓克、李英子在同一天戴着比胸脯还要大的纸花下到锦绣，当时的供销社只有两间泥房，一间卖日用品，一间卖农具。七年的时间，连布匹挂钟都能卖，售货员也换了几个年轻的。女售货员们在下午人稀少的时候猜测王力红的年龄，有人说二十七，有人说二十九，有人说看王力红走路，左一拐右一拐，骨盘子是散的，像生过孩子的妇女。说这种话的人立刻遭到谴责。她们说："糟践人还能怎么糟践，人家也是离爹离娘，下到咱这地场儿多少年了！没有功劳还有苦劳。”售货员们经常低伏在柜台上重复说这些话。

王力红说她要买脸盆。只有一种花色，盆底是一枝干的腊梅，花上压着红的字：“风雨送春归，飞雪迎春到。”王力红选了一只色彩最鲜艳的。捧着新脸盆，王力红还巡视了供销社的全部柜台，包括马嚼，马鞍，木耙，连枷和两种盐，一种是七分钱一斤带土块草末的马料盐，一种是一毛四分一斤的食用粒盐。两只一尺长的小花猪沿着柜台的边缘欢快地练习追逐奔跑。王力红懒洋洋地离开供销社。

有人问：“大王，抱个盆子干啥？”

王力红说：“买个尿盆儿。”

王力红想：这么大长的天，还能做点什么？锦绣三队集体户就在公社大院背后不足一百米。锦绣这地方在很多年前叫烧锅，意思是出产粮食烧酒的作坊，在出烧酒以前，是绝无人烟的无边荒原，五道沟两边长满芦苇，白毛毛的，迎着四季全无遮挡的风。一九四八年，烧锅在秋冬交替的季节改叫了锦绣。当时，烧锅来了土改工作队长，农民叫他张八路。戴着眼镜，说话的时候，镜片慢慢蒙上一层霜。他擦着镜片说：“这么好的黑土，能攥出油，改个新名儿叫锦绣吧。”农民们稀稀落落地站在坡下，夹紧了破棉袄。他们说：“做个近曲眼是不易，那玩艺儿在眼前起霜。”从张八路以后，再没外人来，一直到知青下乡。知青刚到锦绣，年轻的王力红把行李放在锦绣三队，和几个女知青去公社找老书记，要求转到艰苦偏远的地方。老书记说：“毛主席告诉我们，知识青年到农村去，没说知识青年都到吊远的地场去，这么冷的天，你们快回去！”其他集体户的知青说：“锦绣三队的人下的什么乡。口袋里有钱随时能花出去，没有这么享福的知青。”因为这话，几乎挑起了方圆四十里规模最大的打斗。铁锹镐头都提到了旱道上。王力红回忆那场面，只说四个字：“唬 × 朝天！”当年锦绣三队的知青只剩下王力红一个。

锦绣三队和公社大院之间隔着一座永久性的粪堆，有人民公社那年，已经有它了。春天、夏天、秋天，知青躺在炕上总能闻见发酵的马粪味。王力红抱着新脸盆绕过粪堆，特别肥沃的粪土里生出肥壮野草，开了密麻麻的白花。集体户里几个女知青本来在刷洗一只咸菜缸，她们发觉缸底能收拢和美化人的声音，争着把脑袋伸到缸里面，憋出细声唱歌，每个人都头朝下唱一遍“翻身农奴把歌儿唱”。猪到她们脚下钻，嚼着玉米秸中间残留的玉米棒子，猪的牙齿简直太好了。

王力红进门以后说：“谁也别碰我新买的这盆，这是我的专用尿盆儿。”

女知青们都听见了，有意地不理会王力红，继续唱歌，她们都晚于王力红下乡，年轻时人有优越感。

王力红放平自己的被褥枕头躺下。**王力红想：坐着不如倒着，还有比倒着更舒坦的事吗？**最近一两年，出现在王力红梦里的物体全部又肥大又松软又懈怠。睡了一会儿，王力红看见太阳还在天顶上，她躲在房门后，换了几件衣裳，最后决定穿那种没有袖子的花短褂，几乎是女知青们睡觉才穿的那种“小衣裳”。现在，王力红走到门外，最耀眼的是她的两条精白的胳膊。

锦绣三队集体户的几个男知青在大粪堆前面。郭永光着上身，蹬住一辆手扶拖拉机的后厢板。他正用心地卷出一只特长的烟，有二十厘米长。他们轮流传递这支长烟抽，一起吐出水母一样飘浮不定的烟圈。王力红白晃晃地过来了。

一个知青说：“瞅瞅咱户那人，穿件什么衣裳出来！”

郭永把抽了一半的烟递出去说:“知识青年的脸都让她给丢尽了,挡住她,不让她过去!”

男知青们挡住了路,除非王力红从粪堆顶上或者路边的沟底绕过去。

郭永说:“压道机太宽,不能过!”

另外的知青们说:“苏修坦克休想过去!”

王力红说:“好狗不挡道!”她的胳膊被几个人掐住,他们说:“全是荤油!”

13. 热闹

两辆解放牌卡车直接从城里开到了锦绣,新知青全从车厢里往下跳,扑着身上的尘土。上车的时候,人人都领到了红花,他们不把它挂在胸前,反而拴在新领的生活用品上、笊篱、铁锹把、汤勺上。车一开动,红纸花被高举起来飞舞。还没出城,有的花已经挂到树上,碎了一朵花,车上一阵跳跃狂呼,到锦绣的时候连红纸屑都没了。

六十多个新知青满院子走动,见到树,见到墙都摸摸。现在,王书记站在一把椅子上讲话,他讲到用力气的地方,椅子也随着他用力。

一个头发很长的人,非常敏捷地翻进了空着的卡车车厢。

司机从后视镜看见了,司机挺起来说:“你上来干什么?”

翻车的人抱一只大书包,努力缩在不被人注意的角落,他说:“叔,我一年多没回家了,把我捎带回去,看一眼我爸妈。”

司机说：“也不吱一声儿就扒车，你先下去，我还没送完这帮，你上来搅什么！”

长头发的知青缩得更小了，他说：“叔，你看我这么瘦，靠在哪儿都是个扁儿，丁点儿不占地方，我蔫巴地就搁旮旯里蹲着，叔，你别撵我！”

司机心软了，闭上眼睛听王书记喊话。王书记从椅子上跳下来，新知青拥向食堂，每个人领四个肉馅包子，一只包子占满一只手，只能拿衣裳托住热包子，就地坐下。人到了这么宽阔的地方，随处都可坐可躺，跟家一样。吃过包子，上厕所的人多了，女知青们看见后院粪缸里的蛆，吱吱叫着跑出来。

赵干事吃过了肉包子，脸上有了光。他说：“妇女们不能怕茅房，以后都在大地里方便，想找这样分男分女的地场儿都找不上。”王书记对赵干事说的话不太满意，**王书记想：干部！说话没有政治水平，嘴上没派站岗的**！王书记站到汽车驾驶室的踏板上，他说：“大家都吃饱了，有了劲儿，唱一支革命歌曲！”一个脖子上围条白毛巾的新知青说：“头儿！刚吃了包子，想喝水了，嗓子发干！”王书记只好又跳回地上，他安排赵干事带大家去光荣室参观。光荣室在一间空房子里，墙壁上展示了锦绣历年得过的奖状。而新知青都去看锦绣公社的挂图，图上所有画了五角星的就是知青集体户，一共三十六个，他们都问赵干事，自己将给分配到什么地方。

这个时候，有一个脑壳比较大、剪很短头发的新知青挨住满手是包子油的王书记，他说话的声音极小却又极清晰。他说：“书记，要化肥吗？”王书记马上转过身，盯住新知青的脸。

王书记问：“你说化肥？能整多少？”

新知青说：“咱换个地方讲。”

赵干事对乱哄哄的知青们说："咱们锦绣公社，方圆四十里。"赵干事介绍锦绣的时候，王书记领着大头短发的知青到公社小走廊的尽头，抹过白粉的墙壁上到处是鞋底蹬踩的黑脚印。由于头发剪得短，新知青的脸盘显得非常大。**王书记想：这孩子多么年轻**！

新知青说："你要多少，说个数目。"

王书记说："啥时候到？"

新知青说："你想什么时候到？"

王书记说："眼下就要。"

新知青说："得回去找我爸。"

王书记奔跑着到了供销社，叫起正睡午觉的拖拉机驾驶员。书记说："有个人，你给我送乘降所，要赶下晌的火车！"大头大脸的新知青一点也不急着上拖拉机，他向王书记要一份证明，要求写清，他由锦绣公社派驻进城办理公事。王书记急忙写。**王书记想：现在，城里人越学越精了，呆在城里还要写证明**！王书记问："你叫啥名？"新知青说："高长生。"

两个健壮的农村妇女抬着巨大的蒸笼穿过公社大院，新知青们全从光荣室里跑出来，他们给这件大东西吓了一跳。很多的鸡都随着蒸笼跑，啄上面的面丁儿。

赵干事拿着新知青的名册，看见有人叫马列。他说："谁叫马列？有叫这名的吗？"马列正在井台上试镐铲，放着柳罐。他说："到！"马列是个瘦高个儿，背黄帆布书包。赵干事说："真有这人，真是叫啥名的都有，还有敢起名叫马列的！"

从解放牌卡车开进公社大院，一直有几个人靠住公社大墙坐着，懒散地平伸出很长的细腿，破洞的裤子露出两块结实圆滑的膝盖骨，半眯着眼睛抽烟。小协理员挨着墙边过去说："坐这旮干啥！"

他们说："看热闹。"

赵干事呼唤新知青重新上车。两辆卡车将沿着国道，分别向东向西，把他们送到集体户。院子里尘土终于消散，看热闹的知青拍着屁股到食堂去搜索露馅的包子。他们说："捡点狗剩儿吃。"荒甸子屯的刘队长也坐在灶前吃包子。知青们说："我们亏了，下乡那天吃掺榆树叶子的忆苦饭，这帮小犊子，吃上肉包子了，忘了本。"

小协理员问刘队长为什么不跟上汽车回家，刘队长呜呜地说："不稀得（不屑）看见退伍兵，他今儿格正起房梁上房架，我瞅他生气！"食堂的老师傅递过白铁酒壶。老师傅说："没有看那小子不来气的，喝酒！闹腾完了喝口酒解解乏。"

14. 半块增白肥皂

外来的人不明底细，像锦绣这种小地方，不配有一间红卫照相馆。团结七队集体户到全县巡回演出"沙家浜"的时候，有一个会翻跟头又会照相的知青，戴四块瓦棉帽子的老书记喜欢会唱会跳的。他说："样板戏户就要干样板戏，不用下地。"团结七队集体户走了半数以上的知青，没法唱全出戏了。老书记把会照相的知青叫到公社，腾一间房子，让他给人们照相，附近百里的农民带着老小都来锦绣，照了平生第一张照片。老书记走掉以后，照相的知青也回了城市，照相馆还在。这时候公社换成了王书记，他叫自己的侄子王树林接了照相馆。

王树林刚从农村中学毕业，买一件有四只口袋的上衣，一双新胶鞋来到红卫照相馆。他的脸颊两侧都是紫红色的皮肤，仔细看是密乱的毛细血管。王树林经常站在照相馆门口没有事情做，感觉照相馆太没意思了。他想停止营业，随时就把门上的铁栓闩上，向地里走。

看见庄稼地里休息打闹的人们，围着林带疯跑，王树林才知道人闲着才最难受，他经过几棵桃树到王书记家说："三叔，我一个人闷在黑屋里没有啥出息，你把我整到城里，整到矿山也行。"王书记说："你能给我占住照相馆就是福分。我最不爱听谁说，锦绣丁大点儿的地场也烧得开个照相馆，你好好呆住，这和进城没啥分别，城里人最享福的就是闲呆着，不出力气还拿一份钱，你现在不正是这样？这是共产主义好生活了。"王树林听了一些训导，晃着出了王书记家，井架后面躲着一些孩子都知道他的绰号。孩子们喊："王大干净！王大干净！"

王树林的母亲坠着腰，移动着最大号的黑瓦盆，她准备在好太阳底下晾晒豆酱块儿。她居然也不叫王树林的名字。母亲说："大干净你过来，帮我搬酱块儿。"王树林故意慢走。母亲说："滞扭啥你滞扭！跟具体户那帮人学不出好胎子，领子洗得比脖子还白，不扎眼吗？你跟人家比，人家能抽回去，你能上哪儿？抽筋拔骨的，瞅见你就窝火。"王树林在任何地方都不愉快，他到供销社去，售货员马上说："王树林，又来买增白肥皂了？我切去一溜儿，只剩半块。"

现在，王树林坐在照相馆里，看见一个女人带着两个孩子从国道上下来。女人说："能不能照相，在相片上写字。"王树林说："写啥都能。"女人给两个女孩拍合影，王树林说："娘仨照到一块儿多好。"女人说她不照。王树林拿圆珠笔问写什么字，女人说："写第七年。"王树林说："这叫啥，不成个话，人家都写峥嵘岁月啥的，火红年华啥的。"女人说她就要写第七年。王树林说："交钱吧，四毛。”女人说，该到领照片的时候才交钱，王树林不同意。

女人说：“你是老农的规矩！”

王树林说：“你不是老农，你是个啥？”

女人放下四毛钱，拉上孩子走了。

后来，红卫照相馆又寂静了很久，王树林坐在门外的树墩上看国道。一辆挂了三匹马的大车经过门口，车上坐满了人，后车板上坐着三个，一看就是知青。王树林看他们的军帽都洗白了。三个人突然跳下车说：“你！照相馆门口那犊子，你瞅什么，肉皮子发紧，爷爷是给你瞅的吗？”他们步伐奇怪的大，跑下国道，一个人抓掉王树林的帽子说：“犊子还垫帽沿，装什么大辫蒜！”另外两个用力踢了王树林两脚，回身飞快地去追马车。王树林摔打着帽子，心里堵闷，他拉上门栓回家。母亲在门框上窗棂上都插一撮青艾蒿，连箱盖上的毛泽东瓷胸像两侧肩膀也搭着艾蒿叶。母亲看住王树林，淡淡地瞥眼睛。

15. 谁叫你写检讨书

陈晓克和小刘赶着牛车到锦绣已经是下午，连四野里的庄稼都不再精神油亮。陈晓克交待小刘到粮站买粮，是向第一年下乡知青供应的大米和面粉。小刘说：“缺一条口袋。”陈晓克说：“你找根儿麻绳，见过葫芦吗？在中间扎上，小米在下装截儿，面在上装截儿。”小刘说：“你上哪儿，户长？”陈晓克说他有点要紧事儿办。

陈晓克跑到供销社，到柜台上要一张白纸，借一支笔，找块有玻璃的柜台写检讨书，写不该动手打仗，以后不犯之类。认识他的女售货员说："就写这么三两行？你得加上扎根农村干一辈子革命。"

陈晓克说："你推我下枯井吗？"

公社大院里只有食堂的老师傅在晾晒洗锅的刷束。老师傅也认识陈晓克。他说："晚了一步，碎包子，我给你收点儿。"陈晓克说："我操，吃屎都赶不上热乎的。"老师傅说："又下来一拨具体户的，赵干事往下送人了。"陈晓克说找王书记。老师傅说："许是走了。"陈晓克举检讨书说："我给他捎的信。"老师傅说："你瞅屋门，没上锁的就是他的屋，给他搁桌上。"

陈晓克进到无人的走廊里。他说："就这屋没锁。"他用劲踢开门，王书记正和几个人围坐在炕桌周围。王书记皱着脸说："你干啥！"

陈晓克慌了。他说："当是没人呢，谁知道一屋子。"

王书记跳下地。书记说："你到底干啥吧？"

陈晓克说："我来交检讨书。"

王书记说："啥检讨书，啥事检讨？谁让你写检讨书你找谁去！"

陈晓克拿着那张纸，走到大院里快杨下边。**陈晓克想：没检讨书这事儿**？他把检讨书上的名字用唾沫弄污掉，把整张纸倒贴在公社走廊的一块玻璃上。现在，陈晓克身上轻松多了，飘飘忽忽。他是饿了。

小刘和黄牛都在粮站门前的草沟里，陈晓克看见小刘提着中间扎住的粮食口袋，他说："快来吃包子，肉馅，白拿的。"

小刘蹲下开始啃包子，连手指头都给咬了，啃到第五个碎包子才定住神，看见陈晓克蹲在十米以外的青草里，腮鼓得浑圆。又过了一会儿，陈晓克站起来，才看见站在前面的小刘手上空了。

陈晓克说："没少搁肉。"

小刘说："回户吗？"

陈晓克说："不回户上哪？哪要咱这号儿人。"

黄牛认出了回家的路，主动又快乐地快跑，黄牛想象着草料里的碎豆饼和高粱粒。陈晓克说："马脖子三队队长，看我哪天把你撂倒，一棒子闷蒙你！让你满脸淌血，让你唬弄老子交检讨！"

16. 学习抽烟吧

柴禾填进灶里，火炕上无数看不见的缝隙里挤出淡黄色的细烟。团结七队集体户的新知青有点不想把行李放在炕上。李火焰说："好像一个大炸药包。"这个时候，院子里来了许多农民，他们说："真有拿弦儿（乐器）的。"李火焰把他的笛子从行李里抽出来，站在最靠近窗的农民马上向后面传话。农民们一齐说："还有笛儿！"李火焰感觉炕上的黄烟有某种奇怪又很深长的苦味。是搭火炕的黄泥坯被烟火燎出来的味。他放了行李到院外去，没想到大地里的空气会那么新鲜，**李火焰想：这是刚生产出来的空气**。一个农民拿根剥光了皮的长树枝过来，胸口洒了一些水，是个智力有问题的人。囊虫寄生在他脑子里，把人给搞糊涂了。

农民说："你是哪个堡子的？"

李火焰不知道堡子的意思。他说："我没堡子。"

农民说："连堡子都没有，算啥人！你啥也不算，上我们堡子干啥？"

团结大队的书记从土道上过来对这个人吆喝。书记说："去吧，靠边去，你个傻子！"

书记进了集体户。外面的农民也跟进来，书记穿的新军裤，把人显得特别耀眼。书记说："能拉能唱的都到了，先唱几段，给男女劳力们听听。"农民全张开嘴笑，好像已经听到了最好的歌。等待上炕的人把鞋脱下来提在手上，用脚后跟站着。窗台上放满了鞋。男人开始往烟袋锅里面按烟叶，宽身子的女人卷好一支烟，在炕上连续迈过很多人的头顶走，她喊："哪儿有取灯儿（火柴）？"炕上坐满了人，新知青站在地上看一个非常年轻的母亲向啼哭的孩子脸上喷一口烟，孩子马上安静了，把黄头发的脑瓜依在渗出乳水的衣襟上，他在吮一只扣子。

拉小提琴的知青打开琴盒，用拇指拨弦，它们全走了音，炕上的人听见琴弦声，全部静下来。**农民想：以前的样板戏户，又来啦。**拉提琴的知青攥了攥指头，感觉很陌生，两只手都不再像自己的，它们僵硬憨厚，他说："清唱吧。"

新知青里站出个小姑娘，她说："我先唱，我叫关玲。"炕上的人都说："多大方的丫头！"关玲刚唱了第一句，人们同时发出惊奇的响声，他们都望着她歌唱的喉咙。**农民想：小丫头，怎么发了这么怪的粗声？**他们感觉到遗憾。大队书记说："你这是啥唱法？"关玲说中音。书记说："好，大伙瓜叽瓜叽。"农民把手上的烟叼住，鼓掌。

关玲唱过歌在院子外面见到李火焰，李火焰让她闻空中有什么味道。关玲非常认真地吸气，李火焰说："是冰糖味。"屋子里又鼓掌了。他们叫刚才拿笛子的人，李火焰被叫进去。

那个智力不好的农民走开又回来，现在，摇晃着，拿树枝敲着路边的青草和柴禾垛，他扭过脸问关玲："你是哪个堡子的？"

关玲问："什么？"

农民说："你上我们堡子干啥来了？"

关玲有点怕，想躲开。农民举起树枝抽着风说："哪有我们老具体户唱得好，根本不如！"说过这话，他气愤地往一片低矮的菜地走了。

书记听了几个节目，他说："中了，今儿格到这儿，劳力都下炕，让人家拆行李，以前老具体户叫样板戏户，现在不兴了，咱叫文艺户行不。"人们乱嘭嘭地找鞋，女人都说要回家烧火，她们走得比男人还快。半路上遇见赶鹅回集体户的李英子，她们拉住她说："英子，说实的，新来这帮唱不过咱老户。"然后，她们飞快地回家。快落下去的太阳光照耀十几只鹅，它们全挺着脖颈，好像各穿着一小块灰褐色的锦锻。

关玲问李英子，附近有没有叫团山的地方。李英子说："东南，离锦绣一百多里。"关玲告诉李英子，她姐姐在今天插队到团山公社，她们是孪生姐妹。李英子问她，为什么姐妹两个不下到同一个公社。关玲说："我们都想分开，将来比比，看谁干得好。"灰鹅进了院子，低头吃着脚下的泥水，后来，都挤到鹅食盆里，把鲜菜叶甩到自己的额头顶上。关玲站着，看见太阳下落，她是平生第一次看见太阳被地平线吃进去。后来，她看李英子在门槛上坐住，非常细致精准地卷一根纸烟。**关玲想：我要学会抽烟！今天就学。**

团结七队集体户的新知青互相都很熟，他们是城市里同一所中学文艺宣传队的。天黑了以后，关玲告诉李火焰："我抽了一根烟，自己卷的。"

李火焰很吃惊："抽烟？不要你的嗓子了？"

关玲说："这地方人人都抽烟，也没遇上哑嗓子。"

李火焰说："你不是男的，学什么抽烟。"他手里拿着一只有水渍的空脸盆，把淡淡的月亮的寒光反照在关玲的身上。关玲拿着新锄头到房子里。**关玲想：半年以后回家要让妈和姐吃惊，**

怎么连抽烟都学会了！田野里有什么小虫叫，所有的人都睡得踏实。

17. 在野地里呼喊

金榜的裤子湿了半截，其他人也一样。现在金榜一伙趟着五道沟走，他们从金光闪烁的水道回了锦绣。杨小勇走在最后，肩膀上搭了一条关鼓的裤子，裤腰和裤脚都扎紧了，里面塞了一些野生水芹菜。它像得了小儿麻痹症的人腿，软软的。金榜没穿黑衣裳，但是他在锦绣的绰号叫黑大氅，因为他在冬天穿一件长及地面的黑大衣。

杨小勇说："我看马脖子山像一块肉。"知青们都停下来看远山，它在傍晚里像微微飘着香气的烤肉。金榜的帽沿里面塞了五块钱，是赌赢的。在锦绣西北方的公社。上午，偶然看见路边有集体户，正聚了人在打赌。一只饭碗里放两个纸团，分别写了鸡和狗，要蒙住眼睛猜测摸到手里的纸团上写了什么字。金榜他们事先说定，赢了不停留，拿上钱买肉回集体户，吃水芹菜馅饺子，输了撒腿就跑。烧锅集体户的六个男知青口袋里没有一分钱。为了奔跑，每个人都提前扎紧了鞋带、腰带，只等着狂奔。金榜说自己手气好，由他去摸纸团，其余的人都看准了逃跑的路。金榜连猜中两次，从一个下巴很长的知青那儿拿到五块钱。金榜说："不玩了！"事先做的都是奔跑的准备，所以赌赢了他们还是飞快地跑。

有了钱，却找见不到割肉的地方。天晚了，炊烟四起，肉都煮在锅里。在国道上，金榜他们看到公社小协理员，正试骑一辆自行车，前后轮子上扎了红绿的绒毛球，车跑起来，绒球飞转，小协理员像马戏团里的杂技演员。小协理员看见金榜说："逛荡到哪儿去了？"金榜说："北边。"小协理员说："我看，你们还是多出点工，你们是不是不想回去了。"金榜说："回去也是那味儿！"小协理员说："总比榜地强。"

五道沟的水弯曲着经过荒甸子，在靠近白碱地的甸子附近，有一个大的院套，是锦绣敬老院，九条狗同时听见陌生的脚步在接近，它们把脑袋从木栅栏的门里伸出来，眼睛放着凶光。狗们看见一伙衣衫不整、头发蓬长的人，狗的心里松懈了很多。**狗想：要饭的**！金榜扔了几块土坷垃，狗还是不咬。一个知青说："狗嫌我们没有人味儿。"金榜说："我没碰上过咬我的狗。"这时候，一条黑灰皮毛的大狗走过来，金榜说："没有吃的给它！"他摸了摸狗的头，试到了它浑圆的头骨。敬老院里面走出三个老头，呆望着眼前的人影和庄稼，好像把人和庄稼全混沌在一起。人也是庄稼，庄稼也是人，狗们围住三个老头欢快地跑。

杨小勇说："什么时候回到家，眼睛都饿绿了。"几个人按住杨小勇要看他的眼睛怎么绿的，结果发现每个人的眼珠都不是纯黑色，瞳仁四周有一些细绒毛。他们说，以前不知道，这么小的东西这么复杂。知青们互相看过眼睛之后，向荒甸子走，孤零零的草丛和泛白的土地延伸到很远。大地沉落的地方，有一些残断的土墙，这是过去烧锅主人的房产，听说有四角各立一幢灰砖砌的炮楼。斗地主的时候，一夜间给附近的农民拆了砖，地主也给枪顶着，打死在这片甸子上。农民忌讳黑夜里穿过荒甸子，他们说那是给鬼留的地界。金榜平举起手，用拇指和食指瞄准，想象着三十米外穿着闪光缎袍的地主跪在草地上颤抖，金榜模仿枪响喊："叭！叭叭！"

44

太阳的力气软多了，离地面还有一个人高，它已经精力衰竭，荒地上一片沉金的颜色，东天的云铅灰深蓝，笼罩着镶金边的大地，几个知青一起狼一样呼喊：

江山如此多娇，
引无数英雄竞折腰。

背着一裤子水芹菜的杨小勇看见这喊声往四处蔓延。他把四面八方的都看过一遍，发现荒甸子屯附近起一幢新房子，有人正骑在起了脊的房梁上，像假山上的猴子。知青们提着喉咙说："看看那只猴儿去。"

坐在房上的人是荒甸子屯的退伍兵，戴一双白线手套，手里捧着一块红瓦。给他帮工的人都坐在草上，传递着瓢里的凉水喝，然后，又都跑到一百米以外的林带里去解手。退伍兵坐在梁上生气，他说："解个手跑那么吊远！不就是撒泡水吗？"金榜他们在找锅或者盆，根本不去看那个荡在空中两条腿的退伍兵。

金榜说："房都上梁了，没杀口猪？你那五个手指头也并得太紧了点儿。"

退伍兵说："忙乎完了，能不杀猪？"

又回到地上坐着的农民恶狠狠地冷笑。

金榜说："操，你是不着急住，还是不懂规矩？"

农民说："不沾油腥，焖一锅高粱米饭都没抓把红芸豆。"

金榜说："那还给他干，还不家去吃烙饼？"

退伍兵上了火气，从房梁中间往下跳。金榜他们每人捡一整块红瓦，清脆地摔碎在地上，然后向着荒甸子深处慢悠悠地走。大地正变成紫黑色。退伍兵没敢骂出声。

18.精神病患者

有一块云彩有意地跟住陈晓克赶的牛车走，云彩越走越黑，后来下雨了。陈晓克和小刘顶着垫车板的肮脏的尿素袋子，云彩超过了牛车向西走，陈晓克重新戴上军帽，用奇怪的尖声唱歌：

我坐在牛车上，
低头思故乡。
松花江水后浪推前浪，
知识青年奔向远方。
我坐在油灯下，
低头思故乡。
灯儿随着风儿动，
幸福的以往让我难忘。

刚刚下过雨的云彩又远又红，而且透明了。

小刘说："户长，唱得太惨了。"

陈晓克说："这还不算惨的。"

他跳下车，跟随着牛车的节奏唱另一首歌：

眼望秋去冬又来临，
雪花飘飘落。
世上人嘲笑我，
精神病患者。
我的心将永远埋没，
有谁同情我？

下面一段歌词，陈晓克不会，用唧唧唧唧代替，后面的歌词又会了：

谁的青春谁不吝惜，
有谁看看我。

小刘感到心跳得很响，他观察四周没有人，只是田野中间一条直统统的国道。小刘说：“户长，这是黄歌儿呵！”

陈晓克说：“紫歌儿我也不怕，有种的他们拎着铐子来！反正这锦绣我也呆腻歪了，正想换个地方呢。”

国道上渐渐出现三个人影，没有目标地晃荡，捡土块打一根歪着的电线杆。现在，牛车接近了这三个人。陈晓克说：“你们仨，干什么呢！”三个人都转过来，年轻的脸上很紧张，说没干什么，我们是知识青年。陈晓克突然生了很大的气：“我操，知识青年多个屁，谁不是知识青年！我怎么不认识你们！”

三个人说：“今天才下来。”陈晓克说：“黄嘴丫儿的家雀，记住我是你们的陈爷爷！”牛听陈晓克讲的话很有趣，牛几乎不走了，停在路边发笑，陈晓克用靴子踢牛，牛车才继续走。

陈晓克问小刘，在学校，红卫兵袖标怎么戴法。小刘说：“还是戴左胳膊上。”陈晓克说：“春节我回去看一帮小子在马路上臭美，袖标都别在胳膊肘下边，中间就一个别针，弄得像块红补丁，呼呼啦啦地飘。我真想一人给他们一拳，问这帮小犊子，袖标是让你这么戴的吗？我当红卫兵的时候，还没他们呢！”小刘说当然。**小刘想：我看见的英雄就是陈晓克。**

19. 锅里的狗肉

天黑以前，一条叫“四眼”的黑狗看见眼前的盆里盛着金黄的玉米饼，食物的气味诱惑了它。本来，“四眼”在渐渐发暗的树荫下面很警觉地分辨着几百米内的陌生声音。“四眼”全身抖擞，跟住了装玉米饼的盆，越过颠簸的泥路。狗看见拿盆的人弯着腰，显得矮小又亲切，**狗想：这几个小子我认识，具体户的**。他们一起越过了大片的马莲，磕磕绊绊地向东走。树影跟鬼影似的。到荒甸子集体户没有门的院子里，“四眼”停了一下，它想后退。抬起头，眼前划过一件粗壮的东西，紧接着头上挨了重重的一下，“四眼”马上扑倒了，像未成年的狗，尖嫩地叫了几声。有人在漆黑的天上说：“快抬进去。抬进去。抬进去。”“四眼”最后闻了一下浸在集体户门前土地深处的香皂水味。

荒甸子集体户像作战一样，两个女知青缠绕着毛线守住门，有人用脚跟夹住磨石，磨一把镰刀头。有人把整捆柴填进灶里，有人往厨房的梁上拴麻绳。“四眼”后腿朝着房梁，倒悬着，微微悠荡。

天黑了，农民家的女人粗手粗脚地收拾碗筷，关灯上炕。荒甸子屯集体户也关了灯，留一个人坐在黑暗里烧火，其余的人都上了炕，趴在炕沿上，看着外屋灶里柴禾的火光。许多狗都在叫。一个知青说：“狗怎么总叫？”“四眼”的皮给塞进了装粮食的口袋，说过话的知青贴在地上摸了一双鞋穿上，他向屯子中间的水坑走，背着“四眼”的皮。他没有想到，晚上的水坑会这么亮，他给暴露在发着幽蓝水光最显眼的地方，慌慌张张地把口袋抛到水里。狗皮轻飘飘地接触到了水底，见到了石头，还看见破布鞋、麻绳头、正在腐烂的铁锹。狗皮想舒展开身体，可是，知青把口袋扎得太紧了。狗皮没办法挣扎出袋子。

有人问："谁在泡子边？"知青慌忙向泥泞的斜坡上面爬，手和脚同时使用，他说："洗把脸。"问话的人并没有出现，知青甩着手上的泥上岸。到这个时候，一条狗也不叫了，整个荒甸子屯寂静无声。

狗肉汤被盛到十几只碗里，在黑暗里盛，每只碗都分不均衡。知青们摸下地。每人端一碗回到炕上，所有的人都趴在炕沿上喝汤啃骨头，好像他们一旦坐起来，就会被发现。靠近炕头的知青喝了三碗以后，又喝了三瓢凉水，他的汤比别人的咸，他在黑暗里加了私藏的固体酱油。现在，他要去厕所。刚出了门，一束手电筒的白光扫过他的脸部，他不敢走动，紧贴在泥墙上，像块搓衣板。有几个人突然进了荒甸子屯集体户的院子。

金榜说："开灯开灯，吃独食呐！隔着二里地就看见你们的烟筒咕嘟咕嘟冒烟。"荒甸子屯的知青感到了嘴唇上的腥味，他们说："是谁，想堵人家的被窝？"

金榜说："大爷还用报名吗？"

荒甸子屯集体户的人马上开了灯，男知青抓着短裤，另外的手拿着长把铁勺在锅里捞。他们说："还有多少肉，快都盛到碗里！"听说锅里煮的是狗肉，金榜泄气了，说他不吃狗。杨小勇说自己是属狗的，也不吃狗。女知青们也起来了，煮了土豆丝汤，还弄到了酒。

等荒甸子屯的知青把金榜他们送到门外，每一个人都飘飘的，踩不到土地了。金榜估计该向月亮的方向走，首先走到井台。他们说嗓子里冒火，想喝水，但是没有一个人能清醒地把柳罐垂到井底下，他们说柳罐大过了井口。饮马槽里还残留一些水，杨小勇把头沉下去。他们想：醉了？晚上的露水把人打湿以后，金榜他们觉得困，脚能踩到的所有地方都是炕。

金榜睡在饮马槽里。他曾经养过的一条黄狗从月光稀薄里落下来，落在金榜的膝盖上，膝盖却没有感到一丝重量。三年前，庄稼熟的时候，锦绣各大队都成立了打狗队，倒提着卸掉了镐头的木把。金榜还是个孩子样，裤腿接了三截，站在秋天里，农民叫他细马长条那小子。金榜用口袋装住他的黄狗，一直跑到荒甸子，他在口袋的洞里看见狗晶亮的眼睛。把装狗的口袋留在地上，奔命往回跑。金榜以为他给了黄狗一条生路，打狗队围着庄稼地转，绝不会进入荒地。他跑回集体户，把一盆凉水从头顶上浇下来。这时候，黄狗温暖的舌头在舔他黄胶鞋上的水珠。黄狗挣开口袋，找回了家。第三天，黄狗给打狗队的人吃了。金榜疯子一样要找菜刀，杨小华把刀都藏进装玉米面的泥盆。找不到刀的金榜对着大地里一片饱满发胀的大白菜号啕大哭。白菜地里出现一个妇女，太重的白菜正从怀里滑下去，妇女说：“谁欺负这孩子，狼哇的，哭啥呢！”

黄狗对睡在饮马槽里的金榜说：“忘了我。”

金榜努力地看，黄狗就在膝盖上搭住前爪。金榜想：一觉睡过去吧。

20. 奔跑

红垃子屯的山道上，有一个人在跑，因为高大结实，跑起来气势很大。队部的豆油灯给他跑灭掉。队长正在炕上说：“谁，这么跑！”奔跑的人说：“是刘青，我媳妇要生了。”队长放下什么沉重的东西，从窗口跳出去喊：“套黑骡子，黑骡子。”

从红垃子屯到锦绣小镇上的卫生院有二十多里路，刘青的妻子抓住刘青溅满泥点的裤腿，等一阵就把他抓到不能再近。他顶住刘青的前胸嚎叫。刘青看见黑骡子的屁股上出的汗，他跳下车，跟住黑骡子跑。

卫生院的医生已经睡了，他推开窗说："生孩子上什么卫生院，没有接生婆吗？"刘青说："医生，我是知识青年！"医生抖着炕上的衣裳说："少拿知识青年压人。"他不慌不忙地穿上衣说："都扎根生孩子了，还知识青年，早不是了！"孩子生得极顺利。医生说："你这孩子是给颠出来的。"刘青的妻子到这个时候才看见接生的不是女医生。她一个人生气，说刘青骗人。

医生的心情突然变好了。他和刘青坐在小走廊里抽烟。医生听刘青说，是在一九六五年自愿报名下乡的。医生问刘青的父亲做什么。刘青说："是军人。"医生说："我们两个人两个境界。"医生的父亲是城里的右派，医生被牵连，医学院毕业被分配到了锦绣这种小地方。刘青的孩子哭得很有力，整个卫生院里都是回声。刘青感到鞋里不舒服，他脱下鞋，倒里面的草叶、谷壳、豆刺、土块和小石粒。发现一对鞋穿反了。医生在农历五月初五的夜里点着灯坐着。他不明白为什么能有刘青这种人。**医生想：他是个傻 × 劣士吗？**

21. 后山起风了

陈晓克回到马脖子山，听说结了仇的后山知青没来。陈晓克说："量他们也不敢来！"他开始用力脱靴子，随着脚，抽出长筒靴的还有一些粉碎的报纸屑。

吃过了饭，男知青都用脚蹬一下桌沿，正好顺势靠在行李卷上。他们说："平平胃。"小刘把手伸到衣裳下面，没有摸到胃，摸的是硬肋骨。矿山知青大权最后一个躺下，他猛然翻过来，小声对小刘说："我发现你干活不多，吃的不少。"大权的鼻孔非常大。小刘想坐起来，他心里顶着无数有力的话，但是，小刘没动也没说话。仰在炕头的陈晓克闭着眼睛说："大权，你少炸翅儿，你多干活少吃饭了？"大权翻过去，马上变了口气："我可真没少吃，今儿都吃到嗓子眼了。"

后山上起风了，松树林的顶梢打旋一样啸叫。响声把山和山连成不安定的一片，面积无限大。小刘睡了一觉才起来脱衣裳，脱了衣裳才想到要上厕所。小刘起来，看见陈晓克不在，炕头的行李还卷着。

院子中心的柴禾垛上有一层菲薄的夜光，柴禾垛从中间抽空了，烧火做饭的知青总是从那里面钻进去，抽干柴。它在晚上留出一个黑漆漆的深洞。小刘感到洞里面有响声，山风一阵紧一阵松。小刘听到陈晓克说话。

陈晓克说："咋整的，这条老牛皮带。"

有女人的声音说："他们从市里买的化学皮带，可好了，红的绿的、透明的。"

陈晓克说："眼馋了？"

小刘一下听出女人是小红。回到炕上，准备赶快睡，天不亮队里就会喊上工。可是小刘止不住胡思乱想，风把柴禾垛吹得微微地摇晃。**小刘想：陈晓克对我说，矿山的女的都是妖精。他又钻到柴禾垛里跟矿山的小红好。小红有什么好呢？**过了很久，陈晓克站到院子中央，对半截碎缸解手。他进屋的时候，上身光着，脊背上有一层乌亮的淡光。

22. 赵干事和食堂老师傅说话

赵干事把新知青都安顿下去，回到锦绣公社，只有食堂还剩下黄的灯光。

从缸里舀水。赵干事说："有个事儿我越想越糊涂，把这些孩子打发下来干啥，有一个才十六呵。"

老师傅说："想有啥用，想要是好使，我还用挑水烧火？早在炕上把大饼子想熟了。想最没用兴！"

第二章　有黑瓦顶的乘降所

23.流眼泪的李铁路

给四个人抬在担架上的知青是个大个子，脚上连鞋都没有，白精的两只大脚。担架是临时用两根木杠穿一条麻袋做的，中间凹陷下去的，那是大个知青的重量。四个农民高高地扛着木杠，从玉米地中间的毛道里忽忽地出来，上了国道，他们从露水里水洗的一样走出来。锦绣的农民在播完谷子以后从没见过国道上走个陌生人。他们问："抬的啥人？"回答是瘫了的学生。四个抬杠子的人一下子走远了。农民懒散地回到地里说："哪旮的学生？不像咱锦绣的。"妇女们在舌齿间发出短促的叹息说："是扎沽（治疗）不了啦，八成奔乘降所抬，上火车，家去了，爹妈瞅见，不剜心吗？"

乘降所的门开了，李铁路正走出来刷牙，嘴唇上全是白沫。四个农民靠着铁路路基，同时蹲下去，担架斜着落地，他们向铁亮的路轨喘着粗气。李铁路说："这是干什么？"农民说："下乡的学生，倒在豆地里睡了一觉，招了地气的邪毒，人一醒就瘫了，除了眼珠子，哪儿哪儿都不能动弹，抬他上城，交给他爹妈。”李铁路过去看见知青的脸，戴白色镜框的眼镜，身上是褪尽了颜色的背心，左胸上有一个大的 5 字，也许是打篮球上场前标的号码。

李铁路说：“看体格不差呀！”

农民说：“没见有啥毛病，一睡就不中了。”

李铁路伏下去说：“手压住胸口，你不难受吗？”他给知青拿开手，放到污黑的麻袋上。

农民说：“不用问，不能出声！”

但是，瘫了的知青一直望住李铁路，好像他们早就认识，好像他想李铁路救他。

后来，火车来了，没人下车，上车的只有收了木杠麻袋的农民们和瘫了的知青。火车放下来的踏板高出路基很多，背着知青的农民蹿了几次都登不上去，女乘务员喊叫：“上不来就下去！”三个农民顶住前面农民补蓝补丁的屁股，知青的两条长腿在车门两侧无力地悠荡。他们终于都上了火车。

现在，天空晴朗。李铁路心里难受，他一点一点爬到乘降所前面的劈柴垛上，高高地想到自己的两个儿子分别在千里之外，站得多高都望不到。李铁路淌眼泪了。

小碉堡一样的乘降所总是闭紧了门窗，每天只有两辆对开的慢车进站，停靠一分钟。这种时候，李铁路会从乘降所里出来，他的工作好像就是目送着火车开走。农民听说这个住乘降所里的李铁路，一个月拿的工钱等于他们种半年地，而且能拿上一块一块的现钱。工人穿件人模狗样的制服，不种庄稼，不锄草，不捡粪，不脱土坯，不挖碱土抹屋顶，乘降所里养着这么个懒人，农民很不服气。一个刮春风的天，人和人对着面只看见尘土。三个大队干部带了几十个劳动力越过火车轨道去种树，李铁路从屋里出来，嘴上咬根小铁钉说："你们这是干什么，大队人马，把路基都给蹬塌了，火车翻了，你们负得了责？"大队干部正因为大风天里派他们种树生气，他们说："你寻思你管火车，还管着老农种树了，你算干啥的？"李铁路把铁钉使劲吐到拂过地面的浮土上。他说："我是谁你知道吗？我是沈阳铁路局的！"大队干部说："搬出个沈阳你想吓唬谁？当老农没听说过沈阳？王二姐思夫里唱了八百遍，不就是奉天城吗？官儿大压人，地场儿大也想压人，你压老农，能压出个屁！压到地底下也就是进笆篱子(监狱)。"李铁路吐着满嘴的沙土，气愤地回了乘降所。沈阳铁路局的说法在锦绣传开，农民都说："乘降所里那玩艺儿，不是个物儿，不就是个李铁路！"

李铁路对着正在拔节的庄稼们淌了很多眼泪。**李铁路想：儿，我要把你们都弄过来，弄到我的眼前能盯盯儿瞅着的地方。**庄稼干了，沙沙地响动。**李铁路又想：我不是混蛋吗，儿们都下了五六年！我是白吃咸盐白活了，等到儿子给担架抬着躺倒了来见我，想哭都哭不出眼泪呵！**

乘降所的屋檐下面，燕子每年春天都来筑巢，新生的小燕正呱呱地叫，黄嘴对着蓝天。李铁路心里突然急得紧紧的，他不知道该怎么样止住眼泪，他捏住了苍老的眼睛，摸着下了劈柴垛。

24. 火车

中年农民和一个知青同时铲完了自己那垄黄豆，两个人一起站在地头。庄稼长高了，黄豆叶上生满茸毛，像婴儿睡着的眼睛。农民和知青互相望一眼，脸上都没有丝毫表情。他们各找一片草坐下，拿块土坷垃刮掉锄板上的泥。知青先枕着锄杆倒下，脚搭住一片坟丘。多种野草合起来，发出奇异的清香。农民也倒下了，枕住另外的坟丘。现在，两个人给坟和草挡住，谁也望不见谁。火车在很近的地方叫，很快，它喘着粗气，震天动地地经过锦绣。

知青说："你活了三四十年，坐过火车吗，没吧？"

农民说："坐那熊玩艺，咣铛得脑袋瓜浆子疼，我是不稀得坐。"

知青说："有人真白活了，大白扔一个。"

农民说："头顶是天，脚踩是地，操那些闲心杂肺子没用兴，街头好，咋还有人给撵下了屯，跟咱一样顺着垅沟找豆包？"

知青看见一群燕子飞快地聚拢在一起，又极快地散开，燕子们很快乐。知青捏了两片大叶草，每只眼睛上盖一片，表示他要睡了。在睡之前，他说："操！"

农民挺起了脖子，从牙齿缝里快速挤出一束唾沫，他用力把那条亮晶晶的口水送出非常远，表示对知青火车和城市共同的蔑视。

他们两个人都睡了，陆续铲完豆子的人没进坟地，他们又去排新垅，继续劳动。两个人怄着气睡着的人给忘记了。火车又叫，又经过，他们都没醒。

经过锦绣的火车多数是拉货物的，不停靠。司机伸出蓬乱的脑袋，不经意地看一眼这个不知名的地方。只看见绿油油的庄稼，村庄和人都给掩埋着，黑屋顶的乘降所一掠而过，火车又进入了另外的地方。乘降所没有站台，没有任何围栏，没有标明站名的木牌，没有卖票检验票的功能，只有两间小房，因为高高地铺了黑瓦，和普通的平顶民房不同。

知青们七年前就是坐着火车来的锦绣，火车破例在大雪原里停了十分钟，路轨下面站满了喷着大口白汽的人，行李都堆在雪地里。

看热闹的农民说："火车这玩艺可真能装！"他们左右跳着交换着冻僵的两只脚，跺着毡疙瘩上的雪。农民看见上百的年轻学生到了乡下，农民想：城里头出了啥事？闹防疫了（传染病），把人都撵下屯？知青把胸前的花给驾辕的马戴上，马的鼻梁中间红通通，视线受到阻挡，马拨拉着长脸，长啸一声，向结了冰的天空吐出惊人粗壮的一股白汽。城里来的学生见到什么人，都摘下崭新的棉手套去握手，这动作让农民感到不自然。他们往后退站到雪堆上。公社的王书记当时还是个协理员，用棉袄袖子抹鼻涕，他悄悄躲到马车上，用玉米叶编的草帘围住了身子取暖。知青们自觉地排成队伍，用心听自己的名字，等待分配生产队。风吹着雪烟，弥住了几十里之内的天地。

现在，气候多么好，不冷又不热，陈晓克没出工，躺在向阳的松树坡上，用大腿颠着小红，陈晓克的手在风和小红的布褂子下面，小红迎着风嗑瓜子，所有的瓜子皮全挂在她年轻红润的嘴唇上。王力红说她的腰眼疼，不能出工，她趴在热炕上看一本无头无尾的连环画，这本书她看了几十遍，每一页都有人写些无耻的话，字比画还满。杨小华用铁丝笊篱搅动新翻出土的土豆，她的弟弟杨小勇和金榜他们出工了，她把土豆洗得精精白白。李英子从又热闹起来的集体户出门，背后全是新知青的歌声，她很奇怪地开始怀疑有人为什么要唱，有人连张嘴说话都嫌麻烦。

七年前冬天他们都站在雪地里，那个能听见说话、却感觉不到自己的嘴唇在动的雪冷下午，谁想追问当年，他们会说，好汉不提当年勇。

荒甸子屯的刘队长数着铲过的黄豆垅地说："四十三个人咋铲了四十一根垅？"太阳偏西了，去解手的人们才发现睡在坟地里的一个农民一个知青。知青正心满意足地拍着后脑上的草站立起来，他说：

“睡过去了，这坟圈子有迷魂鬼。”刘队长拿锄头猛抡坟头的草们说：“麻溜儿给我下地，少在这儿跟我玩轮子，有能耐睡火车道去！”

25. 沈振生和戴草帽的张渺

乘降所后屯的队长叫沈振生赶上马车去锦绣拉化肥，队长说：“少给咱半袋也不中，只多不少，先给他们说死了。”队长和沈振生套马的时候又说：“老沈你咋整的胡子拉碴的，不咋样。”农民逻辑也帮队长说：“老了十好几岁，不好。”沈振生的胡子比刚蓄的时候又长了许多。他说：“老就老吧，想装也年轻不了。”

马车走上一片丘陵，大地在赶车人沈振生的四周铺开。**沈振生想：都说锦绣有方圆四十里，现在四十里全在眼前，人其实没什么可愁的，胡子照留，风景照看，谁也没亏待我。**云彩正把大块的阴影投向唐玉清的柳条沟一带，把那片树林庄稼村庄都显得更厚更重。沈振生努力地想，无论怎么样都不能在眼前还原出唐玉清到了锦绣柳条沟以后的形象。她给定在戴红色袖标微笑的模样上。**沈振生想：我孩子的娘，我快认不得你了！像两个打入敌人内部的地下工作者，我们还要瞒多久？**

来锦绣领化肥的马车都靠着国道排出了十几辆，前面的人传过话来，化肥还没运到公社。农民的耐性好得惊人，他们说干啥都是记一天的工分，说完了，他们都枕了鞭杆顺在马车里。一辆黑马驾辕的车靠在沈振生后面停住，赶车人戴锥形草帽，农民叫它酱缸盔子，上年纪的农民戴的多。戴草帽子的人跳到路边，拔了几大坨骨节草，沈振生看见那张脸不到三十岁，那人可能闲不住，坐在马车上，不停地拔着草们自然生成的骨节，怀里很快积满了碎草末。沈振生感觉这人不是农民。他把鞭子插在车上，捏着胸前。袋里鼓鼓的烟末。

沈振生过去说："卷一根？"

戴草帽的人拍掉身上的骨节草，两个人卷烟。**沈振生想：我的眼力百分之百，他是知青，想瞒着，不对人说。**

从乘降所方向过来两个非常年轻的女知青，脸胖得像快要裂开，都背马桶形包。她们见每一个赶车人都说一遍："大爷，捎捎脚。"有人说："一时半会儿走不了，等化肥呢。"女知青响亮地咬着整条黄瓜走了。

沈振生说："守着铁道多好，我开始下乡那地方，爬两个山头才有汽车站，坐半天汽车才看见火车道，见着火车就等于见到爸妈了。"

戴草帽的人笑一下，他说："不常抽烟，这烟叶劲儿挺大。"

沈振生问："你叫什么名？"

戴草帽的人说："叫张渺。"

沈振生问："哪个渺？"

戴草帽的人说："飘渺的渺，三点水。"

沈振生什么也不问了，回到自己的马车里躺着，胡思乱想。**沈振生想：这个张渺是因为什么呢？**

马车队伍白白等了半天，公社小协理员跑出来说："今格儿没化肥，再过个一半天，都先家去吧。"戴草帽的张渺抖着缰绳，马车调转回去，他对沈振生说："我道儿远，先走。"

沈振生赶着车继续向前走，离他的乘降所后屯更远了，柳条沟完全暴露在晌午的太阳光里，家家的泥烟囱都在冒烟。沈振生想到小时候看过的一本彩色的童话书，他勒住马，辕马听话地转回头，**辕马想：现在对了，家在后面，你不认家了！**

回去的路上，没遇见一个人。沈振生对马说："哪怕咱拉个捎脚的，跟咱说说话。"

26. 月亮的光

锦绣最偏远的地方是红垃子屯，只有十几户人家，山把耕地分隔得很远。到远的地里去干活，中午不能回屯，人们都在身上装两个玉米饼夹条咸萝卜做干粮。现在，放工的人贴着山走得急，因为天色变得快，十分钟就黑透，银河宽阔得吓人，迎在头顶上。放工的人里，只有刘青身上有响动，他带了一只白铝饭盒。一九六五年，刘青刚到红垃子屯，白铝饭盒和手电筒，都很稀奇，当地还没人见过。

红垃子屯队长追上刘青说："老刘，你煞煞后，我跟你说话。"刘青闪在山路边榛树丛里，山上有成对的野鸡追逐着横飞过去，非常怪地叫。

队长说刘青屋里人生了孩子，家里炕上都要人照看，队里老保管眼睛脑子都不行了，没私心的保管员不好物色，他让刘青做保管员。

刘青说："我干一段，你找更合适的人，照我的心，还是乐意跟大帮劳力下大地，你也挡我。"

队长说："中。"

刘青的妻子是大队学校的民办教师，父母都是农民。她坐在热炕上，围着棉被，连两只耳朵都用花毛巾包裹着，她怕月子里受了风。刘青以为蒙得密不透风很可笑，他进了门就会开门开窗，然后把稀软的孩子捧到月光银河下面去。妻子说："外面有风！"刘青说："我知道，有风好。”

锦绣的知青虽然很少有见过刘青的，但是，人人都知道红垃子屯有个扎根的傻 × 劣士。自己背着书本行李，高中毕业自愿下乡。由城市来的火车进入锦绣前先要穿过隧道，山在隧道出口止住，大平原从这里开始。当年的刘青找乘务员问：“同志，火车走的这是什么地方？”乘务员说：“谁知道。”刘青决定火车一停下来他就下车，在这个风景优美的地方做一个新农民。刘青在乘降所下了车。

刘青的妻子喊：“风呵！”她的本意是叫刘青和孩子，听起来却好像在吆喝风。在山上看见的月亮，比平原里见的大得大，这才是真的月亮。

刘青翻出箱子里压了很久的书，才看了一页就困。妻子说：“书生哪有又下地又念书的。”刘青把油灯摆得很高，故意坐直了看书。妻子说：“当保管好，夜里能念书。念书才出息。”刘青说：“种地也一样。”

27. 为了儿子

李铁路拉弓那样换上一件干净的汗衫，白的。推开门，太阳照得这个人亮堂堂。李铁路决定要到锦绣公社去。通过一些曲曲弯弯的榆树向着土路走，心里不稳妥，有被悬挂在树尖上的感觉。李铁路进了小镇，闪在公社大院门边，看见满头哗哗响着绿叶的快杨。靠近公社西厢房窗下，几个光着上身的男人正在拔鸡毛。李铁路围绕公社外墙转了一会，心更不平稳了。几个人永远在拔鸡毛，刚才脸向着西南叉着腿的人连姿势都没变，那人是赵干事，捏着全锦绣知青命脉的人物。就在李铁路给自己加着胆，想进去的时候，背后有什么人喊了一声："沈阳铁路局那孙子！"李铁路再没敢往前走，闪到路边的沟里。**李铁路想：先回吧，得罪了老农民也了不得。**

又过了一天，李铁路早上起来，穿一套压在床铺下面的铁路制服，又去了锦绣。路南边乘凉的农民直直地望他，连他自己也感觉穿上这套制服像个怪物，全身上只有五颗金属扣子在闪。李铁路又返回乘降所。坐在半黑暗的屋子里他才感觉慢慢收回了要跳出去的心。

李铁路努力了几次，乡下的路反复走，始终都没有进入锦绣公社的大院子。

乡下的太阳烤着心焦的李铁路，烤着火车路基下面每个碎石块，李铁路相当不好受。

两个弯低了腰的知青兜着衣襟沿着路轨跑，一直逃进玉米地。追赶知青的农民站在路轨上，有三个人，都提着锄头，他们朝四处骂："祸害人还咋祸害！整棵庄稼架脚踹，这不是牲口吗，牲口蹄子也没这么毒！"三个农民不骂了，低头看见手里举着湿衣裳的李铁路，狠吐一口唾沫，好像李铁路是知青的同谋。

躲藏在玉米地里的知青踩了什么动物的粪便，在他们周围几米之内散布着恶臭。他们向玉米地深处钻，想从坏味道里逃出去。大地上重新平静以后，他们跑进了低矮的谷地，怀里的十几根高粱乌米全都掉下来。

一个知青说："这玩艺不甜不香不脆，其实没什么意思。"

另一个知青说："也比没有强。"

每人吃了两根，舌头全黑了。剩下的乌玉米都像扔手榴弹，甩到谷叶深处，由它们自行腐烂。两个知青轻松地向乘降所方向走，正好有一辆载货的火车经过，他们突然狂奔，追赶了一阵货车，向它扔无数石块。火车根本没感觉。

李铁路见到追货车的知青，想起自己的两个儿子，已经有两年，他没见过他们，没叫过他们的小名。**李铁路想：猛然让我叫他们，怕都叫不出口了**！火车带动起气流，掀扬着李铁路的衣裳头发，还有路轨两边的庄稼。李铁路对着蜿蜒远去的火车突然喊："建军！建国！"

一个知青停住说："谁，喊什么？"

另一个知青说："喊个屁，你爷爷什么时候叫过那名。"

说过了这些话，他们才消失。李铁路把刚晾出去的湿衣裳穿在身上。**李铁路想：我为了儿子，我天经地义**。湿衣裳贴住扁瘦的胸脯，他又往锦绣去了。

28. 站在谷地里生气的退伍兵

农民家里起了新房子，下面一件大事是盘炕。有了炕，房子才有意义。农民的吃和睡都在炕上，被子在炕上，四季穿的衣裳装在叫炕琴的柜子里，柜子也在炕上。退伍兵的新房别出新裁地起了房脊铺了大红瓦。在锦绣，它简直像宫殿一样。他要请人盘炕了。

退伍兵往炕上端泥，他做活的时候尽量收攏住左手，因为缺了两个指头。农民偏偏要问他的手。退伍兵说："我是光荣负伤，荣誉军人！"农民都知道，退伍兵每个月都要上县城去领补贴。但是，农民装作不知道。抹炕的农民倒退着，把泥摊平。他说："你举炸药包了？"退伍兵说："雷管。"抹炕的人说："针管儿见过，没瞅见过雷做的啥管儿。”

锦绣的人都发现靠近荒甸子屯的东冈上，孤零零地起了三间红瓦房，砖砌的烟囱吐出袅袅的烟。农民看惯了三个人合抱粗的黄泥烟囱和平顶房，他们说：“整的洋事儿，烧包吗！”

知青金榜说：“我要跟退伍兵借他房顶上十片瓦，给咱们户搭猪圈棚。”团结七队集体户拉提琴的新知青刚把琴弓搭在弦上，突然停住，他叫李火焰看庄稼地深处冒出来的红房子。陈晓克在马脖子山上，晴朗的时候发现了退伍兵的新瓦房，陈晓克说：“操，八个手指头的比十个手指头的强！”最气愤的是荒甸子屯的刘队长，他把家里留的好烟叶都倒在针线笸箩里，端着笸箩去了集体户。刘队长说：“抽上！”知青们都来捻烟叶，然后从上衣左面口袋，心跳的位置摸出卷烟纸。刘队长说：“你们说退伍兵他各色（特殊）不？”知青说：“太各色了，不是一般的各色，肉皮子刺挠了！”刘队长离开集体户以后，知青们喝了很多碗玉米渣稀饭，实在喝不下了，才出门，呼呼地朝南冈走。

退伍兵正在田埂上退退停停，从不同角度眺望他的瓦房。

知青们过来说：“听说你在城里不是当的一般兵，是在卫戍区？”

退伍兵说：“是呵。”

知青们追问退伍兵当的什么兵，退伍兵说站岗。知青让他详细描述卫戍区的外观，附近有什么建筑。退伍兵老老实实地说了。可是知青们突然笑得厉害。

知青们说：“你唬得了农民，唬不过我们，你站的那地方也配叫卫戍区，原来你是个冒牌儿。”说过这些，他们笑着往屯子里跑。有人故意喊：“说！哪个绺子的！”其余的人同时回答：“是许大马棒的。”

退伍兵很生气，刷刷地走在一片谷地里，带倒了许多谷子。早上起来，他跑到乘降所找李铁路，李铁路正在对着劈柴垛唱歌。退伍兵让李铁路帮他证明城里卫戍区的位置。李铁路说：“我还真不知道卫什么区，谁知道是哪儿，家里没有老婆，两个儿子都下乡，一年里头，才能回城呆几天儿！”

退伍兵更加生气，一颠一颠地往锦绣走，迎面遇见骑车的王书记。王书记和刘队长和退伍兵都有远亲。退伍兵在山区老家没有了父母，才找到王书记落在锦绣。他没想到锦绣的人会欺辱他这个外人。

王书记说：“跟谁商量了，你起了那么扎眼的房子，叫谁也看不惯。你当你还是在部队？你和那帮集体户的不一样。人家还能走，飞鸽牌的，你是永久，不注意影响，你在锦绣呆不了。”

王书记骑上车走远，腾出一直通到天边的谷地。退伍兵看见谷子不断的波浪，特殊地气愤。

29．土豆子熟了

中午，锦绣公社的干部都在食堂的炕上吃饭，炕烧得太热，只能蹲住吃。苍蝇快乐地围着盛酱的碗。城里来的知青工作采访组突然到了，王书记听说是知青的事，赶紧躲到厨房去添火。赵干事放下碗，他是躲不掉。**赵干事想：就像我的儿子掉到井里了，我往哪儿躲**。赵干事试探着问采访组什么时候下的火车，食堂的老师傅提着围裙跑出大院，见人就问借鸡蛋。**赵干事想：城里来的这几个，是搜集啥事情**？

采访组的女组长说：“锦绣这地方挺不错，交通方便，庄稼好，我要是有刚毕业的孩子就送到你们这来。”

赵干事给客人端水，没有茶叶，冲的是糖精水。赵干事说：“我们锦绣太突出的先进知青没有，扎针治病搞实验田，拦惊马的都没有，可也没出过啥差儿，平平常常就是。”

一盆鸡蛋蒸好了，采访组的人都上了炕，每人坐一个枕头隔住炕的热。赵干事吃了第二次午饭，采访组说他们要见红垃子屯的刘青。

这天是红垃子屯收土豆的日子，所有的人都在土豆地里，妇女们飞快地把土豆装满了马车。刘青拖着一条麻袋，两只小腿都陷在刚翻起来的泥土里。扶犁的人们并肩向着倾斜而上的土豆地深处走，好像争着去揭开大地内部的新鲜。所有跟在犁后面的人都喊：“犁杖吃得再深点儿！”土豆随着有新鲜腥味的土翻滚到人们的脚下，只要把手伸到土里，一定能摸到又圆又沉的茎块。太阳光刺过黑的云团，努力把一些箭似的光线投在捡土豆的人们弯凸起很高的脊背上。一个小女孩用了很大的力气才跑过翻起来的泥土，她喊刘青，说你家里来了挺多的人，你家小孩张着嘴使劲哭。刘青以为孩子生了急病，他跑过黄豆地，听见哭声在黄豆地尽头。跑过谷地，哭声又在谷地尽头。

老刘看见妻子抱着孩子的侧影，还有公社的赵干事和几个陌生人，院子里的鸡们追一只苍蝇，满院子拍打翅膀。采访组的女组长和挎照相机的记者看见刘青以后很激动。**他们想：形象多好，一个地道的老农民呵**！刘青放下卷起来的裤腿，每放一圈，落下一层湿润的泥土。

刘青说：“正起土豆子。”

赵干事说：“领导们从市里来，专门想听你说说。”

刘青想去接妻子手里的孩子。但是，她不给他，她的眼神有某种期待，好像这些人马上能要把她一家人给永远带走。

刘青说：“我没什么可说，人没有高低贵贱之分，我的父亲当年就是从农村出去当兵打仗，我诚心想当个新农民。”刘青不再说话，拿出不同的碗来倒水。这个时候下雨了。赵干事开始着急，他看着天空说：“这雨一时半晌停不了。”很快采访组的人听了赵干事的劝说，坐上拖拉机离开了红垃子屯，他们也怕给连绵的雨误在只有十几户人家的偏僻山区。

小雨使山间的气流更清香，妇女们抹着脸上的雨水跟着犁杖跑，有一个踩在大个土豆上，给绊倒了。刘青夹了一顶草帽回到土豆地，队长说：“啥事？”刘青说：“没啥事。”

采访组的女组长拿尿素口袋包住头，赵干事说：“这就是我们锦绣最时兴的雨衣了。”女组长问拿照相机的记者，这个老知青炕上有一本什么书，拿画报纸包的书皮。记者说：“我看了，内部发行的《格瓦拉传》。”女组长听说过格瓦拉。记者说：“外国的游击英雄，死了。”女组长说：“中国的英雄不是挺多嘛。”**女组长想：这个知青表情有点木，能干不能说，事迹又平淡，够不够先进典型还难说。**拖拉机开得越快扭得越凶，城市人的腰快给它扭断了。雨把土豆上的泥冲刷掉，大地底下的果实乳白乳白的，收土豆的人跟上满满的马车跑回家。

30. 嚎叫

燕子们飞得太低了。天空中滚滚的密云吓住了鸟们，不允许它们接近。一场大雨好像要端一阵架式才能降落下来。烧锅屯集体户的杨小华感觉到这是一场少见的大雨，井水将变得非常混浊，金榜主动抓住扁担钩去挑水，杨小勇也要去。金榜说："你抱柴禾，别给扁担压住不长个儿。"几个知青一起抱柴，厨房快给玉米秸塞满了。杨小华到后院去捏葱叶。杨小华在春天的时候，一锹一锹翻起后院的土地，插了干葱，栽出了全烧锅最大片的葱地。杨小华经常讲一段故事：一个后娘，给自己亲生的孩子摘香瓜吃，让非亲生的孩子去吃地里的大葱，结果，吃葱的孩子长得最结实，吃瓜的孩子瘦成一把骨头棒。吃瓜吃葱的故事在北方乡村流传了许多年。杨小华用单只小手尽力往怀里揽住鲜嫩的葱叶。

屋里静极了，杨小华把葱叶放在桌上，觉得这几间房子突然给抽空了，她喊弟弟杨小勇，没有人应声。杨小华摸着上衣口袋里扁的火柴盒。**杨小华想：又都走了，还烧什么火？做饭给谁吃呢？**

金榜他们跑到锦绣公社，在乡邮所门口见到赵干事，正拿一块砖头敲他的破自行车锁。听金榜叫，他又拿砖头敲自己的后腰才站立起来。

金榜说："锦绣有没有个知青，叫胡子威。"

赵干事说："名册上有，这个人我也没见过。"

金榜说："是哪个集体户的，我们几个要会会他，听说会五马操。"

赵干事说："人家根本没到锦绣，二上（半路上）就给部队要去了，练过武功，几个人上不了近前。"

金榜说："也太豪横了点，哪个石头缝蹦出来这个胡子威，二上就走了！"

赵干事说："想人家不如想自己，你们几个又多少天没下地了，地耗子窜洞，又想窜到哪个户去招事儿？"

知青们说："上午还在地里铲高粱，谁说没下地！"赵干事走掉以后，供销社有人出来上栅板。然后，平时热闹的小镇上前后无人，鸡鸭鹅狗猪，什么活物都没有。金榜他们喊："胡子威，胆小鬼！胡子威，囊货！胡子威，叛徒！胡子威，是我孙儿！”要让喊声走得高远，必须顶住气，身子往下坐，努力向正前方蹿一下，再放出声。在茁壮的玉米叶中间使足了劲喊，从喊胡子威，到胡乱地喊，最后变成了全体齐唱：“要学那泰山顶上一青松！**跑出去的声音想：快呀，追赶上前面的声音了**。喊叫的力气快用尽的时候，有一个白色人影向锦绣走过来。杨小勇说：“看这人是谁，我们打赌，我说是个老农。”马上有人反对说不像老农。他们全坐在土道上，等待人影走近。有人问：“这个时候，最想看见什么人？金榜说想见胡子威。杨小勇说想见到父亲。杨小勇受到嘲笑。他们把一种有臭味的草都塞进他的衣领里。杨小勇成了个臭人。

乘降所的李铁路开始走得很快，看见路中间有几个人，他越走越慢，李铁路说：“有截道的了？”他摸着自己左裤袋里是他替两个儿子写的转户申请，右裤袋里有两块多钱，哪样都不能给恶人抢去。李铁路钻进玉米地。

知青们发现目标消失，杨小勇说：“咱们还上哪儿？”金榜说：“实在没地方可去，回烧锅吧。”杨小勇最不想回去，他怕杨小华盯住人问，你答应我不再乱窜户，今天又上哪儿了？杨小勇很烦恼，回去的路上故意拖在后边。金榜说：“雨来了，走快点儿！”**杨小勇想：一个人成天给个姐盯住，多不好**。天黑的时候回到集体户，全烧锅都亮了灯，只有集体户是黑的，那三间陷了后墙的泥房子比半垛玉米秸还矮。杨小勇喊姐，他伏在窗上，居然没看见杨小华在炕里睡觉。盖一条旧枕巾。她是那么瘦小的一团。

吃晚饭的时候，身子更笨重的女知青亚军来了，男知青都给葱辣得口腔发麻，尽量把空气抽到嘴里去消减辣气。亚军和杨小华说话，她从来不对金榜他们说什么。她一律称呼他们：“小孩。”亚军说：“咱锦绣最好看的知青是李英子。”杨小华说：“新下来这么多人，咱不认识。”亚军说：“谁也比不上李英子，你信不？”

农民都说庄稼在天黑以后拔节生长。现在，知青都上炕睡了，让庄稼踏踏实实地长。金榜说：“哪天，咱们洗洗脸，去会会李英子。”

31. 这是我们的庄稼

过了晌午，出工的人迷迷糊糊地向着田野走，队伍拉得很长。领工的农民走在最前面，太阳穴上贴了两片茴香叶，满是补丁的裤腿下面，露出干柴棒一样的两段小腿。领工的人心里一想到化肥就堵塞得很。他回头正看见松松垮垮队伍中间，拉着化肥口袋的马车。

领工的说：“跟滴嗒尿似的，咋走这么慢？”

知青们说：“打头的，这是走到哪儿了，出了锦绣的地界了吧？”

领工的闷住头，反而快走。**领工的想：当官的才稀罕啥啥化学肥，种出来的棒子嚼着都发骚。**知青又说：“打头的，快走到南天门了吧？”领工的人已经上了年纪，干腿棒里没有了水分，眉毛正在变黄。他终于停在一大片玉米面前说：“粪精上多了可烧庄稼！”大家都不知道上多少化肥才合适，领工的说：“一个小手指盖，不兴多！”

知青马列说：“少吧？”

领工的说：“这话谁说的！”

马列和知青大个儿分了同一根垅，马列刨坑，大个儿下化肥兼用脚填土。大个儿顶一只破洗脸盆去领化肥。盆底有红漆写的字：“孙生铁。说明脸盆的主人曾经是个叫孙生铁的人。过去田家屯集体户一定有过这样一个人，估计是男的。田家屯大队的农民都认识孙生铁。据说他胆子出奇的大。敢从两层楼高的麦垛往下跳，直接跳到磙子压得又平又实的场院中间。孙生铁还在一个冬天，偷骑一匹没披鞍子的马，跑到锦绣以外的地方，参观了社会主义大集市。在腊月的夕阳里，人们惊奇地看见满身白霜的马驮着满身白霜的孙生铁，他给队里买回两斤荞麦种，都缠在皮袄下面的腰里。除了孙生铁，田家屯七队的新知青们还通过使用农具，认识了在这一带生活过的老知青。马列用的锄把上刻着张宝。大个儿的铁锹把上刻着罗玉梁。农民经常会突然讲出他们的故事，好像他们还在地头里坐着，喝着飘草叶的井水。

现在，阴云密布，大个儿顶着半脸盆化肥，像从一块黑密的幕布里钻出来，大个儿对马列说："要下雨了，扎扎鞋带，准备跑吧。"洁白像绵白糖的化肥落在泥土里，玉米叶子划了脸，感觉脸痒，其实已经出血了。天上的云彩本来走得不快，只是低。突然，它活跃起来，方圆几十里上百里的庄稼都像海上的波涛一样翻滚。人站立不稳，天边响着雷。人们都扬起头看天空，风鼓起他们发出汗酸味的衣裳。领工的人被由下而上翻起了上衣，兜住了头。风和雨都从西南来，首先是庄稼叶梢上一片响，雨来的时候总有那种特别的响声。

知青们都顶着脸盆说："打头的，跑吧。"

领工的人早看准了带雨的云彩。他不喜欢化肥，但是又不想这些用钱买来的东西浪费了。他使劲从衣裳里翻露出了脸，他喊："谁也不中跑，把粪精都下到地里。"雨像最宽大的网，从人和玉米和树木杂草头顶上拂过。大个儿摸着剪成光头的脑瓜，摸到玻璃弹球大的冰雹。大个儿说："是雹子呵！雹子！"农民都不再等领工的人说话，蒙住头向屯子跑。大个儿说："马列，跑吧！"马列说："化肥剩多少？"大个儿说："小半盆。"两个人一起用手沿着玉米垅，扒出一条大约两米长的沟，把化肥全部埋进去。冰雹打着脊梁，两个人的手上都是稀泥。马列抹着脸，冰雹钻进头发里，砂石一样。马列想看见大个儿，但是大个儿已经没有了明晰的轮廓，他只是又高又细的很多飘扬着的线条，马列看准一棵山楂树。**马列想：离山楂树大约二十米，我们在这儿埋了剩下的化肥，是我和大个儿的实验田。然后，马列想：跑吧！**冰雹变成米粒大小，前方一片灰白。庄稼像疯子一样摇晃。马列觉得自己不过是一双又滑又湿的解放牌胶鞋。

冰雹和暴雨过后，雨变得不慌不忙，下了几天几夜。全锦绣没有人能下地。知青大个儿全身裹了一大块透明的塑料布。他想到地里去找跑掉的一只鞋，人给透明塑料围住，像游荡的妖怪。刚走过队部，领工的人在马棚里喊：“这天，你不能下地！”大个儿说：“我的鞋在地里，不要了？”领工的人跑到雨里喊：“钢地铁地，经得起你去耙扎？你给我回来！”大个儿只有停止找鞋，在稀泥里爬了几次，才爬上回集体户的土坡，塑料布抓在手上，四角流着泥水。几个小时以后，大个儿开始发烧，领工的人在队部的炕上端详装化肥的袋子，他说：“这么好的袋子，能做点啥呢，让我想想。”

大个儿捏着自己的手指尖，那儿奇怪的凉，像冬天里竖着几根筷子。后来，他坚持不住，倒在炕上，马列到电箱子里找药，马列说：“一次吃一片。”夜里，大个儿感到身上的骨头疼得很，骨头缩紧了，把大个儿缩小得像一只鸡一只猫。他又吃掉两片药。天亮以前，吃了整四片。后来，大个儿没有了知觉，这个过程非常漫长，他听到有人说话。**大个儿想：快死了，我！**大个儿重新活过来，看见马列疾走如飞，在屋檐下面。马列说：“大个儿的衣裳沤臭了！”

雨照样下，大队的赤脚医生像过草地的红军，在泥里痛苦地拔着脚，来到集体户。赤脚医生说：“大个儿，像你这样的，不叫知识青年，你该叫没知识的青年，吃药能没有数吗？谁教给你，吃得越多越管用？你到底吃了几片？”大个儿只有靠住墙傻笑。

雨停了以后，锦绣的地还要等着风把它吹干。有两天的时间，人们都等待太阳和风，他们全守在门窗那儿。前后十天，丰沛的雨水使草都长过了庄稼。锦绣的学校通知学生，临时放一星期拔草假。知青的手很快给草汁浸成了墨绿色。

歇工的时候，马列无意中在远方看到了那棵山楂树，他掀起正拿草帽盖住脑袋睡觉的大个儿。两个人跑到山楂树底下，惊讶得像两个套着衣裳张开手爪大笑的稻草人。在不远的玉米地里，他们埋了化肥的那段玉米长得又黑又高，像平地上突起的屏障。宽阔的玉米叶片鼓起着。看看玉米的力气吧。

马列说：“大个儿，这是我们俩的庄稼！”

领工的人看见特殊粗壮的玉米，坚决不承认这是好庄稼。领工的人说：“苞米叶子都给煞起泡了！”

32. 沈振生的心情

天黑了，狗的两只眼睛发出怪异颜色的光。乘降所后屯的知青沈振生看见玻璃上渐渐蒙上一层水雾，他推开胳膊肘下面的象棋盘，热炕把每一枚棋子都烤得发烫。**沈振生想：我这么一天天倒着，还算个人吗？**沈振生下地，摘下门上挂的那件很沉的军用雨衣。集体户的狗紧跟着他出门，狗身上的毛都湿了，一直到沈振生出了屯子，他摸着狗头上的水说：“别跟我，回家去吧！”集体户的狗全身上土黄色，停在泥地里，前爪直立，像听课的学生，用特殊的眼光望着沈振生。

雨天在林带下面的杂草上走才可能不被稀泥陷住。沈振生在漆黑里每走一段，都要对着树干，刮掉满鞋底的泥。他看见前面有手电筒的光亮。非常奇怪，沈振生站在雨里，感觉正走近的人是自己的父亲。农民走泥路要更快更轻松。沈振生想到父亲在火车站月台水泥立柱前面，火车站在武斗的时候被放过火，水泥立柱上还有烟火燎过的痕迹，父亲手里抓着装熟鸡蛋的书包。现在，沈振生等拿手电筒的人走过，是乘降所的李铁路，沈振生非常想招呼他，但是对方不抬头，雨帽的前沿套着，滴水珠。

锦绣公社乡邮所的女话务员正在电话交换机前面插线，一会儿喊团结团结，一会儿喊前进前进。在喊叫的同时，她还听着一切经过门口的脚步声，她在等她的丈夫乡邮员。女话务员留着极短的头发，两侧耳朵垂都露出来。沈振生推门说："表姐是我。"女话务员说："咋这么长的胡子？"她又喊了一会儿前进，才到有炕的房子里，叫沈振生上炕。半面火炕都给邮政帆布包堆满了。这个时候，又有一个穿雨衣的人进来，只露一条脸，是男的，尽管只露一点也能看得出他是知青。

来人说："同志，有没有上海来的邮包。"女话务员说："是你的呵？都摔零碎了，今天我才缝上。"女话务员穿一双深红色的粗线袜子在炕上翻邮包。

沈振生说："是上海知青吧。"

来人说："听得出来？"

沈振生说："只要你张嘴说话。"

沈振生想：锦绣真是个大地方，有上海知青都没人知道。上海知青说了他插队的地方，沈振生没听说过，上海知青说："很近的，小得不得了的小屯子。"他一点点拆开缝邮包的线，是一双球鞋。

他说："好打篮球了。"然后，上海知青抖着雨衣上的水，他走了。后来，很安静，只有雨声。沈振生在乡邮所的炕单上给女儿写信。他不能自称爸爸，他的身份是你爸爸的一个战友，女话务员一直望着信纸上的字，她说："孩子要上学，记事儿了。"在雨声以外，屋子里还有她的叹息，听不到，但是肯定有那声音。她给沈振生的信用力盖了邮戳。

沈振生说："我真想一咬牙，靠乘降所屯东，起两间小房，抓两只猪羔，成个家，把孩子接过来。能有什么，不就是这辈子种地？这么多老农民，没看谁用根小绳把自己勒死。我靠力气养老婆养儿女。"

女话务员说："你咋说这么混的话，你不回去，不要前途，孩子呢？唐玉清呢？你是为你一个人活着？"

沈振生蜷缩着身子，勾坐在炕沿上，听着细长的雨声。女话务员出去，马上又跑回来说："门外怎么趴这么大一条狗？精湿的吓人。"沈振生说："跟我来的吧？"黄狗鼻子下也都在流水，它见到沈振生，安详地卧在门外的雨里。女话务员告诉沈振生，乘降所的李铁路正想把儿子从山区转到锦绣。黄狗感觉到沈振生要离开，它在黑暗里站起来，抖掉皮毛里的雨水。沈振生从房子里出来说："狗呵，回家。"

女知青给沈振生开门，她在没有灯的厨房里拕了一根白净的麻杆说："户长，我给你点根烟。"沈振生说："嗓子冒火，不抽了。"女知青说："锅里给你留了饭。"沈振生打开锅盖，有土豆味。**沈振生想：一个人最没出息的，是他不闭上眼睛就知道饿**。深夜，雨大了，所有的人都爬起来，饭盆、脸盆都摆在炕上接雨。男知青开讲鬼的故事，女知青打开对面的房门，她们说："大声点，我们也听呢！"沈振生靠紧了墙，雨滴到他的左手上，他能看见拿手电筒的李铁路一遍又一遍从黑暗中经过，手电筒永远对着大地，照出一小丛油漆的青草，像刚出生的婴儿头发一样鲜嫩柔软的青草。有人说："小点声儿，户长睡着了。"

33. 有人说，看见了龙

有一个上了年纪的农民，少了两颗门牙，从一间泥屋子里跑到雨里，他说："我瞅着龙啦！"雨里哪儿有人呢。他到隔壁院子里去，找另外一个比他还年老的农民。两个人都趴在房子后墙开的小北窗口，他们认定龙就在锦绣最大的一片树林上空。但是，他们放低了声音说龙，害怕给干部们听到了，说宣传封建迷信。有人见到龙的第三天，大队民兵营长来了，雨下得人人烦燥，民兵营长要每户派出一个人到队部开会。两个老农民各坐一个墙角，把嘴巴闭得很严，连烟袋都不太抽了。民兵营长说："这两天有谣言，说神道鬼的都有。"这个时候，天边有一连串沉闷的响声，像一条牛皮口袋里翻滚着无数块大石头。**民兵营长想：出了啥事儿，备不住真的有龙！**沉默的人们都朝雨里的田野看，一辆拖拉机正在雨里向杨树林带冲，履带甩出很高的泥浆，将近林带的下坡，拖拉机栽翻到土沟里，喜欢机械的知青在泥里钻出来，摸着脸。民兵营长宁愿领人去救拖拉机，也不愿意坐在炕上开会。他拿了捆车的粗麻绳，把它们全绕到脖子上。他叫住惹了祸的知青说："啥你都敢捅咕，你爹妈跟我要你的小命，我咋办？"

两个老农民蒙着肮脏的衣裳回家。他们说："龙下不来，雨也住不了，准是集体户的学生捅咕机器，把它给惊着了。"他们感觉要向龙请罪，两个人努力向下低伏了身子，对着一小垛玉米茬柴禾。知青们说：“那两个老头儿在雨里撅什么呢？”

34. 疯长的稗草哇

晴朗的天气，农民见到坐火车回锦绣的人总有点羡慕。现在，冒雨回家的人只能被同情。农民靠住门，煮饭的热汽在背后聚着。他们说：“这天头出门，泥头拐杖的！”坐火车回来的人说：“东边雨更大，庄稼全淹了，猪在谷地里游水，抓泥锹的孩子都给淹了个大肚翻白。”锦绣的人都听说东边有一条大河，没有人见过，连四处乱窜的知青也没见到大河。农民们反复搓着起皱的手，他们说：“这是咋，天漏了吗？”

荒甸子屯的刘队长站在家里的炕上，把脑袋伸出去，看见十八块地，黄豆、谷子、糜子、玉米和高粱，都给一层草掩盖了。刘队长说：“稗草哇！”喊得椽子上积累许多年的尘土落在炕席上，刘队长的妻子用只剩几根糜穗的小笤帚跪在炕上扫。刘队长的六个孩子，一条狗，一只猫都在炕上，他们一起喊：“稗草哇！”**刘队长想：总不能让人这么闲着，稗草都长过了庄稼，人还挺腿在炕上，天不是作孽？**刘队长说：“都把他们豁弄起来。”妻子说：“大地里长的也不是你的庄稼，你急猴似的干啥？”刘队长凶猛地冲下地说：“不是我的庄稼是谁的庄稼？”漫野里的稗草一刻不停地生长。**稗草想：痛快！**

全荒甸子屯的劳力全给召到队部，刘队长瞟了一眼，没有见退伍兵，炕上地下都没有，他叫人去找。退伍兵穿一件没有领子的军用秋衣来了。农民们看他的样子奇怪说："这是来个和尚？"退伍兵心里不快活，挨在炕沿坐下。刘队长从保管员那儿弄了几张不知哪一年份的报纸，卷在一起给退伍兵，刘队长说："捋着头，挨排儿念！"退伍兵说："知识青年的事儿干啥让我念？"刘队长说："知识青年哪儿赶得上你，舞枪弄棒儿，见过大事面！"退伍兵把两只手都装在秋衣的袋里，说阴天手疼，拿不住报纸。知青姚建军说，她愿意念。**人们想：姚建军的嗓子是金管儿吗？**她从吃过晌午饭一直念到了天黑，有一张报纸已经念了第四遍。刘队长自己也睡了几回，睁开眼，看见大地全黑了，稗草和庄稼都是一片。他说："散吧，明格儿早上还念。谁不来的，扣他两天工！"知青们说："今天记一天工？"刘队长说："啥，烧的你！没下地想记工？"

35．王力红摔在烂泥里

平时最盼下雨的知青也把腰给躺酸了。锦绣三队集体户的女知青仰着，把屋顶棚裱糊的报纸标题全背下来，只要说出一个标题，立刻会有五六个人同时指出它的位置。男知青在距离炕沿两米以外放一只脸盆，看谁能把唾沫准确地吐到盆里。郭永鼓着那张油黑的脸，吐得频率最快，麦粒们落在这张脸上一定以为这是一块肥沃的泥土。**麦粒们想：扎根就扎根吧。**郭永去水缸里舀了整瓢水，喝了，还是感到口干。郭永说："不比了，没唾沫了。"郭永站在水泥窗台上往雨里解手。大地鲜绿。郭永说："退出比赛，这节目腻歪人。"

郭永想看看女知青在做什么，推开门，正看见王力红水光光的肩正缩回棉被里。**郭永想：没有比王力红再无耻的人了，我要耍弄她。**郭永说："王力红，队长叫女劳力去扒麻杆，干一天算出一天工，这俏活儿总给你们女的干。"王力红和两个女知青相信了，她们从头顶的幔杆上取衣裳，王力红还对着镜子梳光了头发，像队里的妇女们一样，往梳子上吐唾沫。王力红走了，郭永躺在王力红的铺位上，可惜没有困的感觉。突然，他感到这个铺位特殊的让人恶心，像踩了猪屎，郭永跳起来。

三个上了当的女知青气愤地回集体户，王力红走在最前面，她给雨浇得满脸都是流水的头发，湿衣裳全贴在身上，现在王力红像个没穿任何衣裳的人。全集体户的知青都趴在窗口笑，王力红走到院子中间，突然两只脚同时离地，她向后躺倒了，整个人响亮地倒在烂泥里。锦绣三队的男女老少都听见了响声，他们说："是谁，这天儿摔了个大仰巴叉。"

郭永说："你们，都中了我的奸计了！"

36. 乡邮员扛着自行车

雨刚下的那天，女话务员看见她的丈夫乡邮员使劲抖落他的雨衣。女话务员说："别去了，锦绣没人送信那阵儿，人还不活了？"乡邮员不说什么，他把雨衣穿起来，他以为起码要对得起这件乡邮员专用的胶雨衣。过去，锦绣并没有乡邮员，个别的信件就放在公社食堂的土炕上，由来往镇上的人翻拣带到队里。是知识青年带来了信件和邮包。如果丢掉了邮件，他们会一次次跑到公社询问。本来种庄稼的女话务员丈夫被叫来做了乡邮员。

谁也没有预料到这场雨会这么持久。乡邮员出门，天上的黑云声色不动地走。乡邮员拿几根青柳枝撑住了胶雨衣裳的帽子，让视线更清晰点。接近柳条沟屯，从柳树里走出了穿一件很大的男式上衣和一双长筒胶靴的人，乡邮员知道这是唐玉清。乡邮员总是不明白，自己为什么不敢仔细地望唐玉清，他很怕看清了她脸上那种清寡淡白的神情。乡邮员说："小唐，没有你的信。"唐玉清用衣袖擦着脸，返身往屯子里走。一个妇女坐在泥里嚎啕地哭，眼前的草上摆着一头只有一尺多长的小白猪，闭着有白睫毛的眼睛。妇女哭着说话："夜格儿（昨天）还吃了我剜的苣荬菜呀，这是招了啥瘟，说不行就不行了？"唐玉清踉跄着跑向集体户，她糊里糊涂地也哭了。

乡邮员返回公社的时候，车没法骑了，泥路给雨水浸软。乡邮员把胶雨衣脱了卷好，扛上自行车走。一个熟人见到他说："这是驴骑人呐。乡邮员终于走到四下无人的路段，他把半新的胶鞋脱下来，埋在一片玉米地头，插了三根大蓟草做记号，又向前望出五十米，有一根电线杆上写了锦绣五。乡邮员重新扛起自行车，准备天晴了再来找这双鞋。**乡邮员想：还是光脚好，多好的鞋也是多余**。毛道里躲藏的两个人在五分钟以后跑到玉米地头，挖出了乡邮员藏的胶鞋。知青说："我先看见的，这鞋归我。"农民说："两个人一块儿瞅着的，两个人都有份。"知青拿手量过，认定农民的脚小，穿不了这双鞋。农民说："我让屋里的给我缝鞋垫。"知青说："鞋垫也不行。"农民说："我不会多垫几双？"知青只好说："一人穿十天，我先穿，反正你还没鞋垫。"他把胶鞋上的泥掰开，拴了鞋带，挂在脖子上。两个人继续郎哥郎哥地吆喝，他们正去找队里跑丢了的猪。

乡邮员把自行车放在屋子中间说："洋车子，你是我的爷爷！"自行车给雨冲得非常干净，但是雨衣卷变了形，挂在哪儿都佝偻着腰，像个七十岁的老人。女话务员说：“你是给谁催命的，急着走，唐玉清家来信了。”乡邮员没有忍心说他在国道上遇见唐玉清。夜里，雨一直下，女话务员说：“我们两个咋不能生孩子，一定是你有病。”乡邮员坚持说自己没病。女话务员说：“我表弟沈振生和唐玉清轻容(轻松)地就有了孩子，越怕揣上孩子它越给你，这老天不是气人吗？”

37. 给带泥的鞋下跪

东边的大河冲垮了火车路基，锦绣的人连续几天都没听到火车叫。农民说：“水火无情，一点也不假，水把火车都给治了。”李铁路每天在天亮之前起身洗脸，往锦绣公社跑，到公社大院，他先去井台打水，冲掉腿上的泥浆和草叶。赵干事的衣襟里兜着鸡蛋，贴住他肋骨的两只蛋是刚下的，像两只孩子的小拳头，温暖着赵干事的身体。李铁路说：“赵干事，你看看我那件事。”赵干事说：“你不知道公社正住着工作组吗，我忙呵，一天，张罗他们三顿饭，哪儿顾得上你的事儿？”李铁路说：“你总不能没有拉屎困觉的空儿吧，我反正就蹲在房檐底下等你。”赵干事说：“你蹲这儿像个干啥的，我答应你，等工作组走了再来办。”李铁路说：“你答应我什么了？”赵干事实在厌烦，他往食堂走着说：“虱子多了不怕咬，多俩少俩都一样，不就是你儿子嘛，过几天再来吧。”李铁路突然觉得有一股胆量扑过来了，他不再追赵干事，直接奔向公社食堂炕上的采访组成员们。采访组的人给雨阻挡在乡下快十天，心里正在烦躁，每天都在炕上打扑克。

李铁路刚一进门就对着炕上的人跪下，他披一件很硬的大雨衣，哗哗啦啦跪下一大片，采访组的人赶紧用腿压住散开的扑克牌。食堂的老师傅冲进来想拉李铁路，但是他根本拉不动。老师傅说："好歹你也是个爷们，咋说跪就跪，说趴下就趴下！"

李铁路说："人心不是肉长的吗，哪个儿女不是给爹妈带到人世的？"

赵干事慌着跟进来说："有话直起来说，别吓着领导。"

李铁路想：不捞到保证，我不起来。他微微抬头，望见炕沿上一排带泥的鞋。**李铁路又想：只当是给这排鞋跪下了。**

38. 琴声

团结七队集体户在五间正房以外，还有两间偏房做仓库，下雨的这些天，拉小提琴的知青整天躲到仓库里面拉练习曲，琴声听久了，全混淆在雨声一起。拉小提琴的知青盯住黄泥墙上一段光滑的麦秸，他想象每一个音符都是奏给它听的。他总能听见提琴教师说话，感情，感情，感情，你不是拉树枝，把感情拉出来。提琴教师很清瘦，每一条裤子都绷在腿上，拉奏的琴声像拽一根干草。**拉小提琴的知青想：上哪儿有感情，根本没有。**僵硬的手指头活动开了，好像脱离了人的精灵，要从拉小提琴知青的左臂上飞出去的四只鸟。现在，拉小提琴的知青碰到了感情，宽广又仁慈，热乎乎的。放下琴弓，这感情也不散开，像大地一样又绿又无边，注不注意它，它都在人的身上。

仓库里有一只木箱，里面装了一些灰布衣裳，是演新四军戏的服装，拉住一件，顺带着拉出了十几件，每件都连系着袖子，像一队永不散开的队伍，一个侦察班。灰布服装下面是手抄的节目单。褪色的红绸。最下面，有一把只剩一根弦的小提琴。

拉小提琴的知青把红绸子顶在头上，对集体户里喊："我在仓库给你们表演单弦弹唱。"他没办法夹紧那把旧提琴，它总是往下滑。正在炕上下棋的男知青们都趴在窗口。拉小提琴的知青说："先弹过门，充满深情的。"

李英子猛然推开仓库的门，她说："谁让你随便动仓库里的东西！"

拉小提琴的知青说："这破东西还有人要？"

李英子提高了声音说："把它放回去！"

拉小提琴的知青想：值得生气吗？为这些破烂。智力不好的农民浑身湿着走到集体户的院子里问："你是哪个堡子的？"李英子说："快回家吧，傻子！"农民说："不是问你，问他们！"拉小提琴的知青像遇见鬼一样关上仓库的门。提琴教师这么说，弓搭在弦上就要有感情。**拉小提琴的知青想：胡说八道。**

李英子拿了锁头，锁住了旧木箱。箱子上还残留着红油漆字："样板戏户。"晚上盛粥的时候，拉提琴的知青故意用假声唱：样板戏、腻不腻。他用铁勺子敲铁锅给自己打节奏，他被关玲制止了。

39. 烧吃青蛙

四个荒甸子屯的女知青在雨停以后决定回家，她们以为雨一停，火车就能行驶。光着脚在稀泥里走了一个多小时，四个人狼狈地走进乘降所，各提着一双准备上了火车穿的塑料凉鞋。

李铁路说："哪有火车，当是咱家开的铁路？路轨都泡了，火车朝哪开？"四个女知青看见李铁路制服上亮闪闪的黄扣子，像见了亲人一样。她们说："叔，我们想家呵！"刚说了这话，她们毫不顾忌地张开嘴大哭，像学龄前的孩子一样。就在这个时候，顽固不散的云彩裂开了，天边出现了碧蓝，碧蓝之中有一大朵洁白的云彩。李铁路说："你们可不要哭，再哭，叔的眼泪也下来了。"

雨天让荒甸子屯的知青都非常想家，只有姚建军没动心。姚建军看见天空上的白云彩，她说快点儿下地吧。**知青们想：刘队长还没说这话，刘队长还躺在火炕上，有你这么显积极的吗？**姚建军一个人出去，在甸子边缘抓了无数只青蛙。开始，手还捏得过来，被逮住的青蛙不断逃跑，跳到姚建军脚上。青蛙太多了，姚建军把它们塞在男式上衣的口袋里，四只口袋都装满了活青蛙，姚建军的胸前活蹦乱跳地鼓动。她准备把青蛙的后腿烤着吃掉。集体户里少了最想家的四个女知青，安静多了。姚建军拿烧火的棍子拨火，青蛙的眼珠鼓起来，先看见红的灶，然后看见自己的两条腿被轻易地拉掉，在柴草上吱吱地烤焦。**青蛙想：恶毒呵！**

没坐成火车的四个知青哭了一会，开始往回走。一路采野花，插在提着的塑料鞋里，鞋成了花瓶。花在天晴以后遍地开放。接近荒甸子屯，闻到烤肉的香味，她们说："这么香！"看见姚建军在灶前忙，前胸像装着无数跃的妖魔。四个女知青忘记了想家。现在，她们全跑进甸子，谁扑到青蛙就快乐得哨一样尖叫。最大的一只烧给男知青抢要去，他们要给青蛙上刑。两个人伸直它的四只腿，用四只鞋钉，把它钉在炕沿上。他们说："你招不招？"他们拿筷子敲青蛙的肚子，使它不断鼓胀着身体。

一切植物都挂着雨珠，植物和人一起仰着观看满天的红云，只有荒甸子屯的知青忙着折磨青蛙，感觉比看云彩有趣多了。

40. 又出现反标了

火车停止运行，谁也不能够飞出锦绣。城里来的采访组的女组长向公社要拖拉机。她想象拖拉机能把人送到有公路和长途汽车的地方。公社的人都说："这道儿是啥啥车也走不了，有轱辘的都给你误住。"**采访组的每一个人都想：困吧，困吧，再困下去，人就快爆炸了！**

记者打了一把旧式油漆伞到供销社去，他想买一副新扑克，旧扑克的五十四张牌人人都认得了。供销社的人说："没有那玩艺！"记者坚持到柜台里翻找，他说："把柜板拆零碎了你也找不着，早卖完了。"记者问："像这样的天，知识青年都做什么？"供销社的人说："唬猪头（睡觉）呵。还能干啥？"闻着油伞的气味，**记者想：度日如年**。这时候，他看见公社大院外墙上歪歪扭扭的写了一些字，每个字都给雨浇得哭泣一样的颜色。记者读了，感到事情严重。字是蓝色墨水写的，四个字一组：知识青年，识字不多，吃了五碗，拉了一锅。在字的后面还画了一双很大的圆睁的眼睛，和一坨宝塔形粪便，飘了袅袅的热汽。记者浑身都来了精神，**记者想：照相机！照相机！照相机！**扎着围裙的赵干事说："没完没了地下！"他是说雨。记者说："出现反标了！"

小协理员也跑进大院慌慌张张地说："这可咋整！"

赵干事拉住小协理员，制止他喊叫。赵干事说："想把屎盔子往自己脑瓜上扣吗？你！”

协理员说：“咋整？”

赵干事突然放开声音喊：“协理员，哪去了？”把站在很近处的小协理员吓了一跳。

赵干事戴一顶破草帽，全身都淋湿了。他摸着墙上的字，看看染蓝了的手指头说：“又是傻子干的，全锦绣有名的缺心眼，下雨打雷天准犯病，想埋汰咱知识青年？”采访组的人在锦绣这几天，见了几个满街逛的痴呆，所以都相信了赵干事的话。小协理员提了扫帚说：“我把它刷净，三下五除二。”**赵干事想：要是能把这几个男祖宗女祖宗快送出锦绣，我变成一辆火车都行。**记者说：“不照相了？”赵干事说：“照也照不春亮（清楚），哪家摊个傻人可咋整？”

采访组的人不再追究墙上的字，连他们来锦绣的目的都淡漠了。女组长说：“那个刘青拿不出过硬的典型事迹，有点立不起来。”他们继续玩五十四张扑克牌。记者不明白这种扑克为什么还要打。**记者想：让我长呆在这地方，我得自杀。**雨停以后的第三天，火车通了，采访组的人提起包，手脚特别麻利地上了拖拉机。

赵干事跨在门槛上说：“天儿妈，给这帮人活扒了一层皮。”

小协理员拿破布片钉成的拍子到处扑打新生的小苍蝇。

赵干事说：“谁总往墙上胡写画呢？”

小协理员说：“准是具体户干的。”

采访组刚刚走掉，谣言在锦绣飞快地传播，知青们都传说每年冬季的招工改到了夏天。而且，将要走一大批，知青的半数都能回城。国道上刚踩出一条经得住脚的小道，知青像搬家的蚂蚁一样都上锦绣了。

女知青全站在锦绣三队的粪堆前面，整个粪堆正在重新炎热的阳光下面紧急发酵。男知青拥进公社大院，全把上衣脱了，倒提在手上，前后不停地悠荡。赵干事看见上百条油亮的身体们。

赵干事扶住窗棂，想把自己稳在窗台上。赵干事站在高处说：“没有招工的事儿，谁说的，我敢跟他对质。”

知青说：“就是公社当官的说的。”

赵干事说：“谁，说出来！”

知青说：“姓赵的！”

赵干事说：“我掏出心来给你们看，中不中？”

知青乱七八糟地说：“你的心也不是喇叭花儿，也不是招工表，我们看它干什么！我们要看招工走人的名单。不拿出来，今天就住这儿了。”

赵干事看见李铁路也在人群里，突然烦了，他从窗台跳到地上，嘴里大声说：“大不了不干这个屌事儿了，到配种站伺候马去，我认了！”说了这话，他往外走。谁挡住路，赵干事就推搡谁。丢下满院子的人，他走到大地里。这个人好像突然什么都不怕了。知青们乱了一阵，好像信服了气愤的赵干事。几乎想都没想，顺脚转进了供销社，游行一样，前拥后挤，油光光的身上出着汗。后来，又都沿着小道，沙沙地散开，各回了自己集体户，散得惊人的快。李铁路给年轻人夹着，脑子木木地，很久找出钥匙，打开乘降所门上的锁头。

晚上，公社外墙又出现了两行蓝字：“锦绣挺热闹，回家愣没招。”小协理员提着水过去，谁也不请示，把字全刷掉。王书记正到处找赵干事。王书记说：“要跟老赵谈话，他不干这个，谁能干！”赵干事从房后的厕所出来，腰带还留在外面。王书记故作沉痛说：“糟心事儿太多了，地里的草都封了喉（满满的）！”赵干事说：“没啥说的，先拔草吧。”王书记心里有了底，谈话到这里正好结束。

41. 十五张狗皮

雨水滋养了一切野生的植物。苣荬菜、稗草、蓟草、苍耳、马莲、蒲公英、骨节草、龙葵草、艾蒿草，打碗花们都用尽了气力占满大地，它们在天空下面大声唱歌。任何一个人在睁开眼睛以后，一定要走到田里去拔草，草们绿得人眼晕。坚韧的草把手勒出了血。人们睡觉的时候，梦里面也看见高大如树的荒草。知青说：“应该发明一种专认杂草的药，撒到地里，草全死了。”农民说：“说梦话呢！”

抱着饭碗四处走着的男知青突然说：“天助我也！”荒甸子屯集体户的人都盯住他，小米饭粒正从他的嘴边里洒出来，他眼珠先跳出很远，盯住了墙。荒甸子的男知青住集体户的东屋，东墙给连续的雨浸软，墙体向里塌陷，出现一条明显的裂缝。男知青们兴奋地全放了饭碗，围住东墙转，从各个角度欣赏它。**知青们想：怎么让它轰隆一声就塌掉呢？**刘队长来喊人出工的时候，被知青们拉住。他们说：“瞅瞅，我们都快给砸成肉饼了。”刘队长把手指头伸到墙缝里试探说：“到秋也塌不了。”他吆喝牲口一样，吆喝知青们下地。男知青们跟在刘队长身后走向一片矮树丛，突然闪绕到树荫背后，沿着低洼的草地里又跑回了集体户。

太阳把黄泥墙晒得很温暖，碎麦秸在黄泥中间闪着宝石粒一样的光泽。七个男知青一起用肩膀顶住墙，吸一气，用力顶一下，泥墙像动物的腹部那样有弹性地扇动，墙终于坚持不住，轰轰地向房子里面扑倒。现在，七个知青都坐在塌掉的墙上，眼睛、耳朵、鼻孔、牙齿里都是黄土。他们笑呵，知青们什么时候这么快乐过。集体户的屋顶在几年前加了棚，墙倒塌了，棚也半坍着。知青们忙着收拾书包，心里只想着终于有了回家的理由。突然，轰轰的响声把人压灭了。整个棚顶全部塌落。**知青们想：好呵，天塌地陷了！**满屋子腐烂的柳条和尘土，在巨大的响声里最后落地的是抽干的狗皮们。毛色灰暗，皮板像金属一样硬。谁会想到头顶上一共拖着十五条狗皮。很明显，是离开荒甸子屯的知青们干的。刚刚推倒墙的这七个人下来一年，只在端午节引诱过一条狗。狗不像一条黄瓜，可以轻易地顺手牵羊。

七个知青用最难听的话骂人。现在，每一个过路人都可能招来丢过狗的农民。他们翻看每一张狗皮，寻找几年里的气愤，把丢狗的账算到今天的知青身上。他们把忘掉的仇恨都翻腾出来说："缺了八辈儿血德了，你们！"

这个时候，什么事情也没有灭迹重要。七个知青把装粮食的口袋倒出来，炕上堆出了几撮金黄的小山，近看才分得出，一堆是玉米渣，一堆是玉米面，一堆是小米。七个知青向着大地里跑，背着盛狗皮的口袋，跑出上百米，朝茂密的庄稼里甩掉一张。十五张狗皮分别在空中张开，非常缓慢地下降，狗的皮毛又感到了自然吹拂的风响。**狗皮想：是又活过来了吗？**田野大得无边，再健壮的狗跑到断气，也跑不到没被人种下庄稼的地方，何况这些死去了几年的狗皮们。

提着书包的知青现在从容多了，极悠闲地往乘降所走。中途经过大队部也不鬼鬼祟祟。大队院子里摆满晾湿粉条的木架，新粉条白光光地流着水。大队书记正端一只碗在吃粉，他用余光见到一伙知青，散着挺长的头发过去，他想象这么忙的拔草季节。什么人也不能离开地。但是，咽不下嘴里的粉条，他说不出话。知青们先说话了，他们说："墙塌了，差点给砸死，人命关天呐！"火车出现在远处一座膝盖骨那样突出的丘陵上，像蛇沿着一条弧线蜿蜒过来。七个知青突然启动狂奔，要比试谁先踏上碎石子铺垫的路基。七个人大声喘气，火车震动，使他们的全身麻酥酥的。李铁路从乘降所出来，呼喊在路基上的人下来。一个知青反而跳到路轨中间去，环状地甩他手里的书包，有几根黄瓜被甩到铁轨上。知青对火车喊："你拉笛儿！你不拉，我决不下去！"火车朝着满头扬散起头发的人拉汽笛。火车司机以为阻挡火车的是个女疯子。

知青们爬上一节非常拥挤的车厢，想独占住厕所和茶水炉一带，那地方早有两个农民坐着包袱打瞌睡。两个知青从两侧渐渐挤住农民，故意大声说话。

一个知青说："你判了几年？"

另一个知青说："两年半，不算啥。"

所有的知青一起说："你才蹲了半年就出来了，我们可都蹲到了年头，老子今天开戒了。"

农民不敢抬头看围在左右的人，抽出身下的包袱，向闷热的车厢里面退。一个满脸生了丘疹的孩子想上厕所。知青说："里面有人！"孩子捂着裤子要哭。两个知青说："活人还让尿憋着！往哪儿尿不行？就当这是你家秧歌地。"

火车经过红垃子山隧道，又一伙知青挤过来。荒甸子屯的七个人想霸占住地盘，努力站得紧凑，使另外的人挤不进来。但是对方的谈话吸引他们。对方一个干瘦，另一个眼镜架上缠了橡皮膏，他们说叫二光的知青提着一件蓝上衣裹住的包袱，走十几里山路到了公社，把包袱一下墩在桌上说，我杀了人！公社干部不相信，他们正在吃干豆腐卷葱白。知青二光提起包袱，又墩说，人头就在这儿。血就在这时候渗出布纹，像从包袱里现了原形的红皮萝卜。荒甸子屯的知青请眼镜和瘦子在靠厕所门的书包上坐下，听说二光已经给麻绳捆了，没人说得清杀人动机。荒甸子的几个来了兴致，开始讲从棚上掉下的十五张狗皮。火车离开锦绣的地界，两伙知青快成了亲兄弟。

42．一辆新的洋车子

李铁路扛一条麻袋走。很明显，那里面是件硬东西。麻袋的两角给顶起很高，翘着。

几天前李铁路和赵干事商量，想把两个儿子安置到乘降所前屯或者后屯。赵干事说，乘降所后屯集体户早人满了，男知青要把褥子折成一半才铺得下。乘降所前屯从来没安排过知青。乘降所前屯在锦绣公社是特殊的地方，它沿着火车轨道，狭长的十条，也叫拉拉屯。锦绣的人都说是火车坏了它的风气，屯子里的农民都懒惰，经常随手偷东西。听说货车上掉过整袋大米，十几分钟就给扯进屯。乘降所前屯的年轻农民经常整天坐在林带里望火车，等它掉下什么有用的东西。

赵干事说："这样的屯子，咋能进知青，不是明着糟践人家的孩子。"

李铁路说："由你看着办吧。"

现在，扛麻袋的李铁路满脸都在流汗。将近锦绣，他坐在路边等待天黑。远近两三里都是庄稼没有人，李铁路仍旧把两只脚搭在麻袋上，好像要压住它，怕它给人偷跑了。李铁路找到赵干事马上说："插上门！"赵干事说："这是咋回事儿？"李铁路说："搁你这儿搁着，没啥别的意思，这玩艺搁哪儿不是搁，谁骑不是骑呢。"

赵干事送走了李铁路，把新自行车浑身都抚摸过一遍，摸了满手的机器油。**赵干事想：收了人的物儿，得真给人办事儿！**他两手抓住蹬脚的板，用力地摇。**赵干事想：这洋车子，啥时辰敢骑上！**他把自行车散件锁进文件柜，剩两只车轮，不好处理。赵干事提着散发橡胶味的车轮，地下炕上地反复跳。

李铁路回到乘降所，找一根铅笔用菜刀削好，给在山里呆了六年的儿子写信。他写了："见信如面，"就写不下去了，眼泪落到制服的两只口袋上，像哺乳期的妇女身上渗出来的母乳。李铁路准备第二天继续写信通知儿子转户到锦绣。他脱掉裤子搭在屋子正中间的铁丝上，看见两条小腿都跑细了很多。

43. 陈晓克紧抓住小红

太阳十分用劲地晒庄稼，锦绣这片连接着山脉的丘陵地带给光照出一层雾霭。从马脖子山上看锦绣，正像骑手坐在高头大马上，扬头从最好的角度去看它的草场。村屯是草场上自然的堆积物，稀稀落落，随意地散开。

陈晓克抵住顶门的木桩，磨一把非常窄细的镰刀，他用指甲试刃，又拿衣襟下摆试，布碰到刀刃马上被吸进去，衣襟给割出几条相连的裂口，像死鱼的鳃。陈晓克把磨石浸在水盆里，磨石也是窄细的一条，一端有孔，穿根黄鞋带。陈晓克把他的专用磨石叫玉佩，是征兵离开锦绣的知青战友留给他的。陈晓克和磨石的主人曾经和王力红一起插队到锦绣三队，第一天出工，到雪地里拉玉米秸。那年，雪下得又早又大，把玉米秸全埋在地里。手套凝成两个大冰疙瘩，每个人的大衣都结成一片光滑坚硬的盔甲，砰砰有声。陈晓克没见过这么辽阔空旷的大雪原，远处影影绰绰的山脉，苍白一片。农民说："那是马脖子山。"陈晓克说："马背、马屁股马尾巴有吗？"农民说："细瞅啥都有。"陈晓克穿着冰甲棉衣找到公社老书记，说毛主席叫我们上山下乡，我要上马脖子山。老书记说："太吊远，那山，还没拉上电。”陈晓克特别想试试油灯底下看书的感觉。老书记用大拇指挤掉鼻涕，应付他们。陈晓克和磨石的前主人把行李扔上一辆牛车，在国道结着冰壳的早上，一直向着远山走。两个自己跑上马脖子山的知青先和更倌住一起。那人总是长叹，说他是个山东家来的老跑腿子（单身汉）。现在，这人已经死了，埋在后山。光荣地上了马脖子山的第二个秋天，陈晓克的战友做了让全马脖子山人都惊奇的事情，他拿手表换了一块能挂在腰上的小磨石，人们顺着山风说，具体户这小子是魔症了。从此，他见到成熟的谷子就兴奋，就想弯下腰去收割它们。他告诉陈晓克，伺候好镰刀，再用最好的镰刀割地，这事让他上瘾。后来，他去当防化兵的前一个晚上，人已经穿上了军装，只是没有领到帽徽和红领章，他把磨石放在炕沿中间，郑重地把它留给了陈晓克。而陈晓克只对磨镰刀有瘾。秋天，他向集体户里喊：“谁的刀想磨，快送过来。”

并没有到开镰割地的时候，谷子还青着，刚刚吐出毛茸茸的穗。陈晓克用衣襟摩挲他的玉佩。

小红坐一辆拉碱土的马车回来，陈晓克看小红背了很大的书包，他不记得她这次回矿山的家呆了多久。小红的半边身子上沾着碱土。陈晓克摸着磨石说：“带了什么能进肚的？来进贡吧。”

小红说：“吃面包。”

面包是矿工下井挖煤才由矿方供应的免费午餐。松垮垮的，每只面包套一个粗糙的纸袋。

陈晓克说：“不吃，地洞子味。”

小红停在集体户院子里，好像希望所有的人都看见她和陈晓克有不一般的关系。她伸手来摸磨石，眼前好几只苍蝇，她还在笑。

小红说：“走，上后面菜园子，豆角地。”

陈晓克想：女的都不在乎，男的还惧什么？他用两只带磨石灰浆的手猛抓住迎面这女人胸前很薄的衣裳，握住两团结实的肉。陈晓克一直想引导她去靠住集体户东墙那座泥烟囱。他要马上找个踏实又能固定住女人的地方。烟囱正好，正淡淡地向天空冒着黄烟。

小红说："你手太重了，抓得好疼！"

小红身上的碱土都沾到陈晓克胳膊侧面。她对陈晓克浓密的头发呼气，又说上后院豆角地。陈晓克多想马上吹冲锋号那样，可是小红不配合。

陈晓克说："滚你的豆角地，还等着出工呢。"

小红说："假积极。"

陈晓克说："去你妈的！"

刚刚陈晓克是想按住小红，使眼前这女人完全无助又可怜。光天化日，只能靠住烟囱，衣襟破碎褴褛。他喜欢看被屈辱的女人。现在，兴致坏了，陈晓克把小红狠狠推到院子中间去。

两个人分开以后，小红还在笑。陈晓克向院外走，他的手上还留着小红身上非常韧的弹力。**陈晓克想：腻烦人**！他向后坡爬了一会儿，非常想看见二十里以外的乘降所。能见度不好，只能见到让人眼晕的庄稼。

小红解开一只扣子，看胸前皮肤红了。不像她担心的，会有血印，什么事情也没有。她用头顶住木箱的盖，把面包都塞进去，一共六个。小红到马脖子山集体户插队那天就盯住陈晓克，他刚剃了头，光光地坐在地上洗衣裳。小红像矿山小巷子里的女人一样，不怕直盯住男人，也不怕别人盯住她。一星期以后，小红第一次对光头的陈晓克说话，在正落叶的一棵大橡树底下，叶子已经落了几十厘米深。小红叫陈晓克："哎。"陈晓克说："干什么。"小红说："哥，让我跟你好吧。"陈晓克说："我为什么要跟你好？"可是陈晓克已经把手搭在女人的肩上，他感觉自己像个土匪头目。他说："我这人又阴损又坏，你找别人去。"小红说："找的是你，你让我找别人！"

现在，牵着牛的队长说："陈晓克还真出息个豹儿（进步大），见天儿盯架儿（每天每天）地出工。"陈晓克从坡上冲下来，往队部走。

陈晓克向队长咧咧嘴，说明他刚刚是笑过了。

马脖子山三队的人出工前总习惯靠在场院的土墙上等待。冬天靠南墙晒太阳，夏天靠北墙有阴凉。陈晓克身子发沉地靠着墙，顺势滑坐在一些松软的土上，迷迷蒙蒙有点困，感觉许多云彩正经过他的脸，从左到右，一大团一大团。**陈晓克想：它们都是从哪根烟囱里冒出来的？**马脖子山三队两个地主也到了场院，他们都在距离陈晓克很远的墙角坐住。两人之间互相也间隔很远，坐住以后是长久的沉默。

小刘在泥地上拖着锄头走出集体户，经过门槛，他不把锄头提起来，他用脚又踢又带，把锄头越过门槛，弹落到院子里。小红说："你吃面包吗？"小刘说："不，刚睡起来，牙都没睡醒，没劲。"小刘走到场院，挨着陈晓克坐下。陈晓克睁开眼睛唱了一声。

这一带常有匪出没往返。

马上，场院上的知青都跟上了，一团混乱的喊叫：

番号是保安五旅第三团，
昨夜晚黑龙沟又遭劫难，
座山雕心狠手辣罪恶滔天。

场院另一侧的女劳力先起身子下地。小红换了一件又长又肥的男制服，拿着小锄头，还是向土墙这边笑。陈晓克说："骚。"

小刘对陈晓克说："我有点迷糊。"陈晓克问："吃麻籽油烙的饼了？那玩艺儿邪呼！毒人神经。"小刘歪着不说话。**小刘想：半天半地悠着，这感觉挺好**！

44. 夜行的火车

热天，退伍兵抱了绿绸布包的一台座钟回到锦绣，他跳下火车的时候神气很盛。有人说："老远地买台钟？"退伍兵说："锦绣卖的啥，不用三天就不走字儿了，我拿抚恤金买个好钟。"农民转过身吐着唾沫说："啥啥金？"李铁路过来想看见退伍兵的新钟摆，他最近见到任何一个锦绣的人都很热情。退伍兵有意不让李铁路看钟。他说："沈阳铁路局子里的人，座钟都没见过？"

新瓦房建设好以后，退伍兵种了几畦夜来香。天黑下来，淡黄的花一定开。农民家炕上铺高粱秸皮编的席子，退伍兵在炕上铺一张军毯。他把座钟摆在炕头上，仔细听秒针从容镇定地走。农民和知青都直接喝从井里打上来的水，退伍兵有一只竹壳暖瓶，他要烧开水，冲碗里的一撮茉莉花茶。**退伍兵想：神仙要是到了乡下，也就是这个活法儿吧**！有脚步声接近退伍兵的瓦房。天黑以后，很少有人会走到这一带，红瓦房离屯子最偏远的人家还隔了几十米，再向远就是栽松树的坟地和田野。

女知青姚建军还穿着几天前四个口袋跳青蛙的上衣。姚建军向大队书记交了入党申请书。书记说："要入党就得虚心，丁点儿地不张狂。"姚建军回到荒甸子屯向两个党员虚心问了对她的意见，屯子里只有三个党员，另外一个就是退伍兵。

退伍兵看见姚建军经过夜来香，进了院子。他光着脚跑到外面去开门，心里突然变成了大花园。姚建军拿了一个本子一支笔，一本正经地站在灯下翻页。

退伍兵说："我对你的意见就是你要在荒甸子屯扎根。"

姚建军微微靠住炕沿说："这个我还没准备好。"她在本子上写了扎根两个字。退伍兵和姚建军之间只隔着飘茉莉花瓣的粗瓷碗。

退伍兵说："你来瞅瞅我这手表是啥牌的。"

姚建军放下本子和笔，真的去看退伍兵的表，退伍兵把手搭上姚建军的肩膀，姚建军一下跳到门口说："你缺德！"

退伍兵根本没有看清女知青姚建军怎么跑掉的，本子和笔都跑掉在院子里。退伍兵走到夜晚下面，他说："我干啥了，没啥呀！"但是，他的心跳得厉害。屯子里的狗全在咬。一列火车正在极黑的田野间向东走，浑身的灯亮堂堂。

45. 隐瞒身份的张渺

张渺坐在三叔家的炕上，看三叔拿一把刮刀给十岁的儿子剃头，三叔用力按儿子的脑瓜，还骂他自己的儿子脑瓜长得不圆。张渺刚来锦绣的时候，受伤的腿还没好，走路是拐的。在火车上他不断跟住乘务员，很怕坐过了这个无名小站。锦绣是张渺最后的收容所。乘降所没有站台，下火车的人要直接从火车踏板跳到路基上，伤腿使张渺坐着碎石头滑出很远。现在，腿好了，屯子里的孩子经常要故作惊奇地看他的腿说："不瘸了？"三叔和三婶总在吵架，屯子里的人都说男孩长得不像三叔，像另外某人。农民喜欢端起脸蛋看那孩子，甚至看他的耳朵，说那耳廓是野地风吹的，那么大。然后，他们很神秘地走开。张渺看见屋地上有点黄的头发。三叔带着厌弃说："毛管儿不亮。"

张渺走出三叔家的院子，傍晚的光里，一辆拖拉机把去镇上的人都拉回来。**张渺想：真是一马平川呵。**太阳又白又大又凄惨，落进了玉米漫漫无边的新穗之中。

张渺十六岁到离国境线很近的山区插队，沿着水稻田埂走出一里，是划分两国边境的一条界河，秋天落净树叶以后，河对岸新粉刷过的房子都看得清楚。有一个中午，张渺吃了两大碗大米饭，是上午刚上场脱了壳的新米，越嚼越甜的米。张渺又到锅里盛了第三碗，张渺把发出萤光和香气的米饭放在自己的木箱子上，他说："我箱子上的饭，等消化一会，回来还要吃。"张渺想消化得快一点，他向着河走，白亮阳光的河表面有一层很温暖。潜进水底，能见到石头和草根，水流舒服地推着人走。突然，岸上有人靠近河，紧跟着张渺游水的节奏走，两条粗壮的小腿和白胶鞋。他听见有人用朝鲜话叫他上去。张渺放掉胀在短裤里面的水。他站出水面说："干什么，跟腚？"跟住他的不是一个，是一群人，五个或者六个，向他说听不懂的朝鲜话。张渺四处找他放衣裳的石头，到这个时候，他才发现整个中国的山脉稻田房屋树木都在河对岸绿油油的。**张渺想：这条小破河儿，我使劲一跳，也能跳回我们那边去。**但是，手臂被冲上来的人强行扭住。河滩空地上的风使几个揪住他的人的裤裆呜呜地响。一直到第二天的早上，张渺才明白，他被当成了潜伏过境的间谍。身下全是稻草，两个膝盖疼得再不敢弯曲，在草上能摸到自己发黑的血。**张渺想：小命不如一根草。**几个月以后，张渺被人在肩膀上狠狠地推了一下，说明他自由了。张渺向他望了一万次的小河和集体户走，河面已经结了冰，集体户的泥房子在太阳下面显得很黄，很暖和，刚贴的玉米面饼一样。张渺无论如何都走不快，两条腿拐得厉害。一个用围巾包出很大的头的人瞪大了眼睛盯住张渺，张渺突然害怕了，好像一个失忆的魔鬼突然发现了自己的身份。

手里端一瓢热猪食的女知青站在院子中间的白雪上。女知青说："你叛国投敌了还敢回来！"

张渺说："我不是！"

女知青说："原来山上的信号弹都是你放的，我们都知道了！"

张渺说："我什么也没干过，除了叫唤，连中国话都没说过。"

知青们都出来了，他们说："是呵，在那边全用朝鲜话招的。"

知青们点着松明开会，黑烟像乌鸦飞过去。知青们决定把张渺正式交给上级。第二天，他们要给张渺挂叛国投敌的木牌，两个力气最大的知青到铁杠上弄直一条绣铁丝，准备用铁丝穿木牌。张渺到寒风里解手，看见冰路上开来一辆轮胎缠绞链的运煤卡车。张渺只尿了半截，马上兜住大衣，翻过矮墙，疯子一样跑过有玉米根茬的大地。雪烟掀起来，张渺摔倒在雪上，但是他用牙齿咬掉手套，他要尽快徒手抓住卡车的任何一处，哪怕是绞链。驾驶卡车的中年人看见一团黑色的东西，挂在踏脚板上。这个时候，张渺的手和冻铁板粘连在一起，卡车踏脚板揭掉了手心的一层皮肤。三天以后，张渺拐着腿走过城市火车站广场，他的脸上满是眼泪，看见城市里的烟囱，他开始哭。上班的自行车流愤怒地向他响车铃。他们说："你不要命了，屯二迷乎，疯子！"张渺在家里躲过大半个冬天，在几平方的小房子里放一只尿桶。春天了，父亲给张渺倒过尿桶回来说："去你三叔家种地吧，记住对什么人都不能说你是知识青年，风筝留个线头在人手里，早晚给人家逗下来。"

张渺到锦绣找到三叔。农民都问："这是你啥人？"三叔说："山那边一个侄子，那边屯子闹瘟病，怕沾上，投奔我了。"

张渺在锦绣的一马平川上走到太阳下落，大地的颜色明显深些。南、西、东三个方向都能看见远处的一间知青集体户。**张渺想：三叔总说他想人前显贵，谁给我恢复知青的名义，就是我最大的人前显贵了。**张渺沿着原路回三叔的家，鸡鸭鹅都扑着翅膀找自己的窝。**大地想：这个人为什么伤心？**三叔拦住张渺叫他去后菜地里说话。后菜地搭满黄瓜架。三叔说："我总寻思我养的这小子是外秧儿（非亲生），赶车的王三响，漏粉的张选贵，你看哪个像？"

张渺说："都不像。"

三叔很愁闷。他说："除了这两个，没啥闲人了！"

46、两颗流星划过

金榜一伙沿着火车铁路轨走。本来，这天的上午，他们都在烧锅的北地里铲大草。金榜说："浑身肉皮子发紧，真想放点血。"现在，金榜悠闲地踩着枕木走，他的裤子口袋给十几条黄瓜撑成了马裤形。云彩的遮挡使阳光不能均匀地照在大地上，南面的山正在阴影里，一片青黑的山脉，像贴住天边奔跑的野兽群。

金榜说："谁能看见马脖子山上的陈晓克现在正干什么？"

有人说："搬石头，他们户那伙傻大黑粗的小子都撅那儿搬石头，干得驴脸淌汗。"

金榜说："我看他正对我们吐吐沫，他说烧锅那几个又上乘降所了，不能坐火车回家，丈量火车道过瘾呢！”

杨小勇问：“陈晓克离我们多远。”

知青们说：“十多里。”

后来，金榜他们坐在枕木上，用小刀石子在积木上刻字，刻他们这一生看过的连环画书名。后来，他们又想到城市里的父母。金榜的母亲来过信，她又回到学校教书，父亲还在一幢五层大楼里面扫走廊。刘洋的父亲一直在副食品商店里卖酱油，戴蓝布套袖，三只木桶上挂着白铁的提漏。小王的父母都在一间眼镜商店，为又一个孩子中学毕业即将下乡而发愁。张翔实的母亲是医生，参加一支医疗队去内蒙古草原了。秦士红不想家，因为父亲干过国民党。杨小勇没有说话，他不想提起自己的事儿，母亲去世，父亲瘫痪在床上。杨小勇有意坐到远一点的枕木上，用石片刻出一把驳克枪。刻得相当深，估计火车跑十年也磨不平它。这个时候，开向城市的火车来了。蒸汽机车的头喘着粗气进站没有一个人上车，也没有人下车，整列火车都关着门。靠近乘降所的车门突然打开，三个人给推下路基。火车上的乘务员是年轻的男人，伸出头来说：“没有钱坐的什么车，当火车是你们家板凳！”三个倒霉的人和滑动的石子一起滚到杂草里，火车隆隆地启动。

金榜拍着马裤里的黄瓜们笑了，笑得阴险毒辣。现在，那三个人站起来，两伙人都看出对方是知青。

金榜说：“哪个绺子的？”

三个人赶紧说：“都是一个绺子的。”

金榜说：“少套近乎，老子在这儿忍了两个多月都没回家，这仨孙子美的，扒上火车就想回家了。”

三个人想：遇上炸刺儿的啦。

金榜几个手里都握一根黄瓜，大口咬着，逼近三个知青。他们脚下各有一条扎紧了口的面袋，塞得鼓鼓的。其中一个人抓住面袋想逃。金榜停眯眼端详他，刺刀一样。

金榜说："大酱色儿的趟绒裤子，白底懒汉鞋，打扮成了市里的街溜子，熊样。我问你，谁让你穿得这么好，让我看着不顺眼！"

金榜突袭这人的肩膀，想抓住他，没想到对方也手脚利落，退到路基上，双手各抓了一把石头子。

一场石头战，三个人退着越过路轨，冲进一片高粱地，被踩断的庄稼迎着人清脆地倒伏，高粱的头乱晃。金榜几个坐在枕木上扔石头，吼得声音很大，根本没想追赶。高粱地里闷热，他们不想钻进去受苦。现在，三个面袋都被抓住底倒空，遍地青辣椒、茄子和豆角。金榜他们每人吃了一根茄子，把菜堆成锥形，堆成尖尖的坟墓状，然后，慢悠悠地离开乘降所。赶着农民放工的时间，他们到队部后面的壕沟里拿出藏好的锄头，装成刚刚铲完地的样子，回集体户见到杨小华贴的金黄玉米面饼，个个都说饿了。

三个知青在高粱里转了很久，才找回了乘降所，黑瓦房下面坐一个胸膛干憋的李铁路。

三个知青问："叔，这是什么地方。"

李铁路说："这叫乘降所。"

三个知青感觉这名字很怪。他们问："这地方怎么样？"李铁路说："好哇，一马平川旱涝保收的好地方。"三个知青见到他们的菜居然没给全部踩烂，他们提出把菜都留下，希望李铁路能送他们上火车，他们把所有的衣袋都翻出来，证明全身上没有一分钱。

李铁路说："我算个啥，除了这身铁路皮，啥也不是，菜背回去给你爸妈吧，车票，我给你们起。"

三个知青想：在这个名字奇怪的地方遇上好人了！

夜里，天空黑得深不可测，有一颗流星飞快下落，马上又有第二颗。起来解手的金榜吓了一跳，坚硬的风正顶着脊梁，大地里所有的植物都在说话。**金榜想：流星，又有两个大活人杆儿屁（死掉）了！**

47、李铁路的儿子满不在乎

坐了一天汽车一天火车，李铁路的儿子建国到了锦绣。能看见的只有庄稼，没有山峰密林，野鸡野兔，山葡萄、山梨。**李铁路的儿子想：这地方能好到哪儿，屎窝挪尿窝吧。**李铁路拉住儿子说："壮啦，能把我装下。"他没有想到自己的儿子会这么健壮，他想摸一下儿子的肩膀，但是又犹豫。**李铁路想：不合适吧。**儿子的肉，在他的眼前发着光。**李铁路又想：要出多少力气，才能练出这一身牛腱子肉？**

李铁路的另一个儿子没有来，做民办教师，说学校离不开。李铁路早在乘降所门前生起铸铁的火炉，不断地揭开锅翻着一条马肉，他突然感到乘降所是他的家了。李铁路的儿子蹲在夕阳里看眼前的玉米地。李铁路说："吃肉，换衣服，跟我上公社去。"玉米地已经紫黑了，儿子还呆呆地蹲住，不转回身。

儿子说："这地方，没我们山里好。"

李铁路说："你们哥俩个来了，这地方就跟咱家一样。"

儿子说："我的家不这样，谁家挨着庄稼地！"

乘降所里只有一张硬木床，李铁路把床让给儿子，他去睡桌板。儿子说："你这儿没炕？"他四处翻找，好像没有炕不能睡觉。李铁路把自己的衣裳和儿子的衣裳全洗了，用高粱杆夹在柳枝上，它们像一圈士兵围住乘降所。李铁路先躺下，白炽灯吊得很低，烤着他的左脚。李铁路抚摸身上松弛的皮肤，好像拉扯一件贴身衣裳，嫌它起皱了。

儿子说：“我们那儿好几个小子都接班回城了。”

李铁路随口说：“接谁的班？”儿子说：“还有谁！”

李铁路明白了，蜷着脚，把灯给灭掉。

儿子说：“要不，我接班，要不，我回山里，坚决不上你们这个熊地方，平乎乎的一点没意思。”

李铁路从头下摸起枕巾围在腰上，推开门到月亮地里。李铁路想到，他穿胶雨衣给一炕的人和一排臭鞋扑通地跪下。李铁路感觉脚跟软了，他坐在白光光的土里，大地洒了白银屑一样。儿子站到乘降所屋顶的阴影里说：“爸，你别吓唬我。我明天就走！”

儿子说过这话，蹬着哗哗响的石子上了火车轨道，往远处走。月亮升得越高，投在大地表层的光越白。

第三章　月亮照耀老榆树

48. 老榆树

团结七队的旧名叫大榆树屯。屯子中间有扁月形的水坑，农民叫它月牙泡子。泡子正东矗立一棵老榆树，叶子不很多，树枝多，向四面八方伸。老榆树望着每一年从土壤中生出来的庄稼，像上年纪的人望着一代又一代孩子。很多年前，这里的地主带人种了一行榆树苗，一共四十九棵。土改的时候，每户贫农分到两棵。从那以后五年里，总有人扁扁地盘坐在地里锯树，漫天飘洒着树的白粉末。改叫团结七队的时候，农民不愿意，他们说："啥团结，不爱听，叫抱团儿紧堆儿都比叫个团结好，咱们还叫大榆树。现在只有一棵榆树保留下来。"

新知青关玲在高粱地里总看见老榆树膨起来的树冠。高粱像精细的绿妖怪，紧紧缠绕着关玲，高粱地永远不到头。锄头丢了，关玲用手拔草，汗浸着眼睛。关玲看见自己的手，血和草浆染在一起变成黑色。

铲完高粱的妇女都跑到大榆树下面躺着，有意地尖叫争几片树荫。这时候，国道上走来一个人，提着挺沉的东西，妇女们突然站起来，想看见那人是谁，人近了，她们全都扫兴地扑倒。掀开衣襟，让风贴在肉上过去，提东西的不过是本队农民“几点了”，并不是让她们新奇的外乡人。妇女们躺着问：“拿点啥？”提东西的人说：“没啥？”妇女们说：“没啥？攥那么紧，拿来看看，才让你过大榆树。”提东西的人打开手里的灰布对襟褂子，露出三块半截红砖。他说：“捡点砖头，回家修修鸡架子。”妇女们没趣地放过他。但是，守在泡子边上的两条狗站起来，注视他手腕上闪光的手表。“几点了”得到这只表已经两年，团结七队集体户的一个知青被调回城市里的歌舞团，临离开那天喝了很多酒，有人说供销社的酒缸给打空了。酒用脸盆装着，摆在灶台上，谁都可以进来舀着喝。知青晕晕地看见“几点了”到脸盆里拨弄酒碗，它亮晶晶地转圈。知青抓住“几点了”的手腕说：“我这表送给老哥你了，省得你总跟在腚后问几点了。”“几点了”说：“那金贵东西我可不要，我舀酒。”知青有了火，一下揪紧“几点了”的后裤腰说：“什么金贵，牙膏皮子换回来的，你不要，我扔泡子里，听个响儿！”知青给人架着，送上火车，醒酒以后才发现表早送了人。农民都认为不该占人那么大的便宜，他们说那是表，不是根角瓜。“几点了”反驳说：“是我硬性要的吗？是他戴铐子一样硬给我戴的。”

提砖头的“几点了”走掉以后，田野里一点新奇事情都没有。玉米长在玉米地里，谷子长在谷地里，只有乱云彩，从这地方游到另外的地方。

领工的人突然从坡下大步过来，吆喝着快睡过去的妇女们。他说：“都起去，还有几个刚下来的学生没铲完高粱，都起去搭几锄头！”妇女们说：“正做梦呢！别吵吵！”领工的说：“李英子一个人接她们仨呢！”妇女们听见李英子，全都起来，抖着怀里的蚂蚁和沙土，她们把锄板搭在黑色泥土里。

关玲握住一棵茁壮的荆草，脸上全是蓬乱飞舞的头发，这棵草有多么大的一墩，草根轰地带起脸盆大的一块泥土。关玲隔着高粱看见李英子，马上瘫坐在地上，她抱着那墩有刺的草，呜呜地哭。

关玲说："我快死了。"

李英子说："谁也死不了。"

关玲感觉天和地混在一起，黄绿色的，煎烤着她，她随便扯过眼前的高粱叶子擦眼泪。妇女们笑着说关玲："这孩子没孩子样儿了！"

老榆树想："是谁家的孩子？"

49. 今天卖茄子

马列在日记上写：今天卖茄子。然后，他和两个知青装茄子，各扛一条装满茄子的布袋上路。

一辆毛驴车正在进入锦绣小镇的木桥上卖香瓜，所有路过的人都凑过去弹瓜，拿太阳晒红的鼻尖去闻瓜顶。三个卖茄子的知青站到桥上说："吆喝吧，反正没人认识我们。"三个人一起喊："茄子！"闻香瓜的人赶紧回头看。牵匹灰色毛驴的知青过来，摘下草帽，夸张地扇着整堆茄子。他说："不像从一块地里摘的，有股贼腥味。"马列把头上的帽子抓下来，露出刀刮过的光头，马列说："你再好好闻！"牵驴的知青发现木桥栏杆上还颠坐着马列的俩同伙，赶紧拉了驴毛茸茸的头，走了。

三个知青长呼短叫，招引人来看他们自己种的黑亮茄子。不准备买菜的人也跑上桥说："具体户也能种茄子！"他们问："你们是哪一拨？"马列说："今年才下来。"马列夹住膝盖，在帽子里数钱，三布袋茄子，卖了两块柒角壹分钱。马列说："这钱是血汗换的，搁在脑瓜顶上才安全。"他把钱小心地平铺在帽衬里，用手托住，飞快地翻过帽子，戴在满是汗珠光头上。三个知青晃晃荡荡，向着供销社去了。

马列问："谁喝过酒？"

在卖茄子这天以前，三个知青都没喝过。马列建议为成功卖掉茄子，用自己的钱买一瓶酒喝。供销社的人取一瓶满身灰尘的酒说是海棠酒，包装纸上画了两串红色的水果，酒色也是红的，看着都甜。三个人靠住供销社的西墙，传递着酒瓶，谁会想到海棠酒这么甜。马列说他去再买一瓶。后来，三个人看见供销社门口的人影越来越遥远，个个都悬着，在飘渺的庄稼地中间穿梭飞行。他们想回去，但是，非常困。

通往锦绣小镇的木桥过了中午就没人停留。下午，过桥的人也少了。小桥默默地望着河岸，蒲草正结出鲜嫩的蒲棒，湍急的水把每根草的根都给分开又合拢。现在，穿条油污裤子的拖拉机驾驶员过了桥，走进供销社大院，他要发动拖拉机。座垫把他给烫起来。他对什么人说："家去不？捎你个脚儿。"突然有很多人拍打拖拉机叫喊："车轱辘下面还有人！"驾驶员跳下车，看见车厢下面几只穿球鞋的脚，他用力踢，三个知青爬出来。驾驶员说："找死呐！拿脑袋当个啥，当倭瓜，当压葫芦？这么宽绰，躺哪旮不好，成心顺到我车轱辘底下。"

马列说："谁知道这是拖拉机？"

驾驶员说："你当啥呢？"

马列说："当是凉棚呐。"

拖拉机开走，刚刚走阴影下面露出了空布袋。

人们问："喝了啥酒？"

知青说："海棠酒。"

人们说："那酒才上头！"

马列摸头，摸到了薄薄的卖茄子钱。

三个知青学农民挎褡裢，把布袋折叠成一窄条，斜挎在肩膀上，回田家屯七队集体户的几里路，他们一直在唱：

咱们走在国道上，
意气风发脑瓜子扬。

牵着黄牛回屯的孩子站在国道中间，看着三个知青身上捆扎的布袋好像电影里八路军的干粮袋。一个知青说："小孩！你的牛拿来的有，给皇军骑骑的干活！"孩子慌忙拉着牛跑，跑远了才回头喊："磨烂你的裆！"夕阳里，孩子和牛都带一层黄金边。后来，三个人看到集体户前院子里紫黑肥壮的茄子地。知青们跑出来说："让我们猜猜，卖了多少钱！"马列把帽子翻过来，肮脏残破的纸币早给汗浸湿，几乎全揉碎了。知青们决定用卖茄子的钱买白菜籽，他们又在想象，前院里长满了大白菜。

卖茄子的一个知青说："差点让拖拉机碾死。"

马列说："胡扯，我们刀枪不入。"

50. 到水边唱歌

金榜早说过，等挂锄了，要去团结，会会李英子，看锦绣最好看的知青长什么样。

现在，烧锅的知青们在院子里响亮地洗脸，拿玉米芯当成刷子，用力刷自己的手指头。

锦绣的农民没有空闲，他们蹭锄板，用玉米块蹭过，再用玉米叶。铁刃亮了，涂几滴麻籽油，锄头给挂在后墙的幔杆上。农民家里起码有三根木幔杆，厨房后墙上的挂农具，屋里炕沿上的挂衣裳，仓库里的挂留种的玉米棒子谷穗。收了锄头，农民扯片向日葵叶抹掉手上的油。这时候，国道、林带、村屯都给庄稼遮挡住，农民说："又挂锄了，节气撵人呐。"人们将等待太阳来晒米。家禽身上的新羽毛在生长，风快掀不动它们了。动物知道，在天气凉之前，这是大地喷香的日子。

金榜几个钻出斜插过庄稼地的毛道，迎面看见团结七队的大榆树，树影遮起泡子，满盈盈地发绿，鸭和鹅四面八方地游。金榜说："大树呵！"每个人都去拍大树，后来又踢它，直到满泡子的鸭鹅大叫，鼓着芸豆一样的眼珠。

团结七队集体户像许多农民家，在厨房后墙开一扇通风的窗。这种小北窗，冬天用泥垒住，春天敲掉泥，把它通开。李英子在后窗那儿剁鹅菜，两只手各握一把菜刀，身子佝偻得很低。金榜先看见了说："是双枪老太婆呵！"

团结七队的知青听见金榜说："我们是烧锅集体户的，我是金榜！"拉提琴的知青正拿大腿当弦，飞快地敲着手指练指法。他说："什么金榜？"

金榜说："看你是才下来几天的小崽子，放过你，连烧锅户的金榜都不知道！"

李火焰站在里屋炕上说："我们不认识谁是金榜。"

烧锅的知青有点恼怒说："我们来找李英子，杂七杂八的人都闪开！"

李英子从后窗那儿起说："谁找我？"她把菜刀刃插进菜墩，头发手臂上都挂着菜丁。李英子的脸在暗处显得没一点光泽。**烧锅的知青想：天呐！就这个人，让我们傻狍子似的跑了八里地？**

金榜推出杨小勇说："是他姐叫我们顺路来代个好，我们上团结林场抓野鸡去，他姐叫杨小华。"现在金榜给自己的谎话蒙骗，已经在期待按住野鸡的长尾翎了。李火焰追上想走的金榜说："金榜这么有名，下盘军棋敢吗！"

金榜说："杀头不过头点地，有啥爷们儿不敢的。"

知青们都上炕，金榜他们赢了。李火焰不甘心提出下象棋，他像蚂蚱一样从窗口跳出跳进，借来一副袖珍象棋。李火焰赢了。金榜看见团结七队集体户厨房里有一坨石锁，建议比试单手举石锁，金榜他们赢。这使烧锅的知青有点狂妄，杨小勇说："原来的团结户是有名的样板戏户，你们后来的这帮顶不起人家的名儿，人家个个是嘹开嗓儿就唱的。"李火焰站在炕上喊关玲。关玲正在窗外晾衣服，她听见杨小勇的话，转身进屋，张开嘴巴开始唱，饱满嘹亮的歌声贯满了屋子，每个人的神经都抽紧了。金榜说："尿性！"金榜非常惊奇，歌声由这个小姑娘发出来。

金榜突然很激动，他故意说："这种歌唱不出意思，哦哦的，广播喇叭里整天唱，得唱咱知识青年的歌。"

金榜靠在单薄的板桌上，唱了"精神病患者"。调子起得太低沉，有些音低得唱不出声，结果变成了朗诵诗。是金榜把事情给改变了。李火焰看见金榜唱歌，拿着笛子跳下炕沿，他准备在金榜之后马上吹一阵鸟叫，打败烧锅知青的气势。金榜唱完了。现在，李火焰一动不动。这会儿，李英子没剁菜。放牛的孩子没咳嗽。泡子里的鸭鹅没游水。庄稼没见着太阳。太阳没放射光芒。

李火焰说："金榜，我唱一个城里学的歌，今天的哥们儿都够意思，谁也别上大队里告我唱黄歌。”李火焰把节奏起得很快：

到处流浪，到处流浪。
命运虽然如此惨，
但是我并没有一点悲伤。
我一点也不知道悲伤。
我忍受心中痛苦事，
幸福地来歌唱。
有谁能禁止我来歌唱。
到处流浪，到处流浪。

所有的人都等李火焰再唱下去，但是他记不得词了，他说后来还有，还有，还有。

金榜说：“操！这是什么歌，这么好！我得学会。”

李火焰说是在电影公司听过，没学全。

金榜对团结七队的知青说：“咱们就是兄弟了，哪天流浪到我们烧锅，我弄鸡，咱们杀鸡喝血，正式结拜，听你们唱流浪歌。”烧锅知青在团结七队集体户喝了玉米渣粥。天黑了，李火焰们要送金榜们到大榆树底下。月亮从庄稼上面升起，照亮了一泡子水，知青们看见水里的月亮，又想唱歌，顺势全坐到水边。

农民说：“具体户咋了，炸庙了？”

新知青来了以后，李英子一直和他们保持着距离，感觉自己更是孤单的一个人了。新知青没有问李英子的年龄，但是，哪一年下乡是公开的，谁都会计算出来。在锦绣，像李英子这种情况叫老生，李英子比关玲大六岁。金榜他们来的这天，李英子一直在厨房里忙，现在只有她一个人留在集体户，不过六年，她像守门的老奶奶了。

歌声经过了粮食即将成熟的颗粒们，圆滚滚的果实们。距离团结七队两里多地的团结五队集体户知青躺下了，有人正在打鼾。一个女知青趴到窗口说："哪儿在唱歌，好像是大榆树屯？"立刻有人在黑暗里穿衣裳，在黑暗里说："上大榆树去！"

团结五队的七八个知青穿过晚露打湿的庄稼地，跑向明光光的水边，泡子里掀起互相冲突的波纹。唱歌的知青们光着脚击打亮的水，随意改动歌词：

娘呵，儿死后，你要把儿埋在那粪坑上，
让儿的坟墓很肮脏。
娘呵，儿死后，你要把儿埋在那灰堆上，
让儿的坟墓乱飞扬。
娘呵，儿死后，你要把儿埋在那水泡儿上，
让儿的坟墓泪汪汪。

团结五队的知青不擅于唱，他们蹿起很高，再猛扎到水里用力游泳，尽量翻出最大的浪花，淤在水底里百年的泥都泛上来，见到了半口的月亮，淤泥在水面上翻腾。有人从水底摸到一只胶鞋，水淋淋地甩向岸，马上有人唱：

鞋呵，我要把你埋在那大树叉上，
让你的坟墓又臭又长。

游泳的人从水里挺出很高，他喊："真来劲儿！"

灰鹅羽毛下面的皮肤特别温热。李英子把鹅菜撒进木槽。然后，她像每天一样，在日历上画圆圈，标出这天里收鹅蛋的数目。她一个人在集体户里，透过门上的水影，看见大榆树反射过来的微光。李英子很想流眼泪。过去，李英子说过，再没有什么事儿能让她哭。现在，新知青唱的这些歌让她受不了。**李英子想：孤凉呵。**鹅们睡得很沉，突然，它们梦见扑簌簌下垂的光亮，鹅们睁开眼睛，看见李英子流眼泪。**鹅想：别唱了**！

月亮升到头顶，像迎面撞上一个穿纯白衣裳的过路人。知青们离开水泡子，一起水淋淋向国道走。关玲建议唱一个节奏强的歌。她抓住一个女知青湿的手臂，她们一起唱："亚非拉人民要解放。"全体知青齐唱下面的歌词："反帝的怒火高万丈。"现在，被惊飞的一群野鸟快速掠过国道，由金榜带头，许多人一起展开手臂作飞鸟状。他们把歌唱成了："呀飞啦！"国道像一根剔净肉的羊腿骨，光秃秃地鼓着。三个集体户的人在道上分手。

金榜说："痛快，这辈子没白活。"

51. 退伍兵开了一片荒地

退伍兵要去大队开党员会，经过场院，遇见刘队长在骂人。退伍兵故意端起两肩，走得很缓慢。**退伍兵想：矬子高声，连组织的毛儿都沾不上，骂人的劲儿倒不减**！开过会回来，他有意再绕到场院，只见光着上身、下面穿一条黑棉裤的老人在扫场。退伍兵很扫兴地去看自留地。退伍兵落户比知青还晚，分了荒甸子屯最偏僻的几根垅，紧靠着没开垦的荒野。退伍兵坐在自己的地头，抚摸泥土。他祖辈都是农民，祖辈都喜欢土。退伍兵发现荒草下面的土地油黑松软，他起身，疯狂地拔了一阵草。然后，他迈开最大的步子，量这块最新鲜的土地，正准备回家去取镢头起垅。这个时候，刘队长夹一把镰刀来了。

刘队长说："干啥呢，一个人？"

退伍兵说："练练操。"

刘队长转着镰刀光滑的把柄走了。从第二天早上开始，每天下了炕，他都披件衣裳转到退伍兵翻开的荒地上，手插到土里捻摸，想摸到种子。一个阴雨天，刘队长见到一小片新发出来的胡萝卜苗，半面炕大，绿茸茸的。跑回家的路上，刘队长心里笑成一片大西蕃莲花，他喊一个孩子说："去具体户，叫姚建军带纸带笔来咱家。"姚建军跑步来了，刘队长正趴在炕上，肩膀后面挺着一只拔火罐，他说："有人在荒甸子屯，我的眼皮底下开小片荒，你看咋办？"姚建军说："刨了它。"刘队长说："不能刨，要批，批臭批倒他，要写成文章。"

一个到地里寻找猪的女人对着荒地说了无数委屈的话，她突然看见了黑影，退伍兵正蹲在地里。**退伍兵想：胡萝卜呵，自己屋里连个出声的活物儿都没有。**他轻轻摸着胡萝卜苗，摸着大地刚生的汗毛。找猪的女人跺着脚骂人。

52. 看护庄稼的人们

一天一天，庄稼把北方的大地封得不能再严密了。平时能走马车的土路，现在只能牵一头牛过去。空间给谷穗胀满了。牛虻茫然地飞过田地，**牛虻想：牛都藏到哪儿去了？**庄稼把人牛马鸡鸭鹅都藏在自己身下边。

土道上，两个挎粪筐的农民同时看见一坯巨型牛粪，还发着新鲜的草色。两个人同时跑到粪前面，一个人说是他先瞅见，另一个说不对。争吵声非常小，甚至像两个亲戚在聊天，他们是邻近两个村屯的地主。一年四季，不出工的时间，地主不能休息，他们要给队里捡粪，自动自觉地送到集体大粪堆上。两个地主看见坡顶上有人来了，不再争吵，把粪分成两份，极熟练地用小锄板挑起粪筐，背着热牛粪，很快各走各的路。

马脖子山的知青小刘从陡坡上下来，向后刹着走。小刘第一次接了看青的活儿，认真地搓了一条麻绳，搓得左大腿上肉皮血红。他曾经想学陈晓克，寻一条电线扎在腰上，整个早上他到处转，电线不是轻易能得到的。小刘挺直胸，拿麻绳扎紧了上衣，破大衣搭在肩上，感觉自己八面威风。小刘想知道，这会儿的玉米棒子长成了什么样，他向玉米地深处走了几十米，刀锋微微一抹，削倒了一棵玉米。青玉米棒子从嫩叶里露出来，大地里满是清香，白的浆水像牛奶滴到裤腿上，粘的。**小刘想：这是我种出来的庄稼啊**！他把玉米棒子又拼凑回原来的样子，不知道该怎么处理它。旷野里的动物们都闻到了刚被剥开的甜味，蠕动着灵敏湿润的鼻子，向这块玉米地接近。小刘想到要销毁痕迹，把棒子抛向一片正开花的向日葵地，黄花粉飞扬。小刘闻到诱人的味道。不是香，就是诱人。他往无人的场院走。窗台上有一碗麻籽油，也许是点灯用的。小刘慌张地喝掉半碗，迷瞪瞪的感觉很快来了。整个上午，小刘走过了无数的地块，一边走一边对大地喊：“不许动，我看见你了，偷粮食，还不快趴下！”到了中午，他看见远处一层层的人，终于看清那是一个人。他问：“这是什么屯子的地？”人说：“跃进公社跃进屯。”小刘赶紧往回走，神经渐渐恢复正常。小刘想：麻籽油真是邪门儿的玩艺儿！

大权在炕上包扎他的小腿，然后，单腿跳到队里说，给镰刀割了一块肉，要请假回家。队长说："才看了两天庄稼，就添事？"大权说："我早说，我是废物点心一块。"大权背了鼓鼓的书包，飞快地下了马脖子山。陈晓克对小刘说："绷带上洒点红药水，书包里装了二十个玉米棒子，我早看出来了。"

现在，是下午，小刘和陈晓克一起向东走，经过队里的香瓜地。看瓜的老人说："你两个帮忙看会儿瓜，我回家拿油灯。"老人还没走远，陈晓克带小刘往地里走，摸到瓜马上用拳头敲开，不够香的随手扔向远处的林带。陈晓克看着手上的瓜籽，他说："吃到脖梗了，我得躺下。陈晓克和小刘躺在瓜藤上，看洁白的云彩经过锦绣正在变黄的腹地。

陈晓克说："这个老瓜头，前几年他孙子掉井了，我拿绳子捆住腰裆束下井，捞人上来，他年年做瓜头儿（看瓜人），年年有意让我吃瓜。"

小刘问陈晓克："队里怎么不让你看青？"

陈晓克说："去年看青，和上边跃进的人干了一仗，两边的人都动了镰刀，血像空箭儿一样，他们不敢用我了。"

山下什么地方有人说：

"蘑菇溜哪路，什么价？"

另外有人回答：

"嘛哈嘛哈，谁也没有家。"

小刘想坐起来看见说话的人。陈晓克说："躺着吧，这俩人在五里外。"小刘发现坐起来很难，香瓜把他装满了。小刘说："半天没下地，别丢了庄稼。"陈晓克说："谁不顺手搭点粮食回家，你别扎根麻绳就当真了。"小刘躺着，又想麻籽油的晕了。

53. 枪

退伍兵骑在红瓦屋顶上，想用手指甲和牙齿拧断广播线。广播声连着荒甸子屯的每一户人家，使声音在空中共鸣，像天在对着全人间说话。广播正念知青姚建军的大批判稿，说有人开了资本主义小片荒。退伍兵从瓦房顶上溜下来，拿了镰刀向荒甸子走，砍断了连通全屯的广播线。他说："我让你们播我（广播），铲我的胡萝卜！"

妇女们都去找刘队长，说匣子不响了。刘队长把马套包全扔在地上说，准是那个当兵的干的，这回看我整不死他。这个时候，刘队长看见公社武装干事进了荒甸子屯。

武装干事把车靠在退伍兵家院墙上，热情地叫退伍兵的名字。武装干事说公社要趁农闲，搞十天民兵训练，由退伍兵来组织。退伍兵加紧了跟着武装干事走，他着急地问："练民兵干啥，是不是要打仗了。"武装部长两腿蹬在车上说："打不打仗不是咱们管的事儿，你就管领人练，练得像模像样。"退伍兵忘了萝卜苗被铲的痛苦，**退伍兵想：好呵，要打仗了**！他整个晚上都在忙，从装纸烟的箱子里找出武装带和军装，穿上脱下再穿上。刘队长在附近转了两回，刘队长说："吹的啥风儿，他要扬棒（威风）了！"

广播通知参加民兵训练的人早上七点钟集合，到九点才来齐了人，多数是妇女和知识青年。九点钟，起风了，人们都抱着头，躲在团结小学校的树底下。退伍兵在操场中间直立了一小时，心里冒火，他指挥人们列队，退伍兵说："男劳力站这边，妇女们站那边。"一个女知青坐在树底下不动，大声说："你骂谁是妇女！"锦绣的知青理解妇女这词的含义是有了家和孩子的女人们。女知青全都不动起来。**退伍兵想：娇毛**！但是，他改了口说："具体户女的都起来，屁股咋那么沉！”女知青又说：“你骂谁沉！”

一辆拉麦秸的马车经过团结小学操场，赶车的人吆喝住马说：“这当院里咋趴了一干子人。”退伍兵领着民兵们练卧倒，又匍匐前进。赶车人看这些人在地里爬，感觉没有比这更荒唐可笑了。

退伍兵在离开军队以后，从来没睡过这么少，他睡了一会儿又下地，砍掉院外十几棵粗向日葵杆，动手扎草人。有人跑到队部告诉刘队长：“退伍兵在炕上抱着假人，还给假人套衣裳。”刘队长说：“让他折腾，早晚有收拾他的一天。”退伍兵戴上白线手套，把每个手指头都卡紧，用小镜子晃照了全身，看见一个英勇的军人。然后，他关了灯，在军毯上睡觉。

民兵训练被雨打断了一天，退伍兵到公社去领枪，武装干事正想到自留地上去。武装干事说：“枪可不是闹着玩的。”退伍兵一直跟他走到地里，退伍兵说：“二十支枪，二十支枪，就二十支，不算多，这要是打仗。”武装干事说：“谁说要打仗了？”

退伍兵亲自把二十支步枪抱到团结小学校教室里，五支一组，立在一起。他给门上了锁，裤带上悬挂着一条大的黄铜钥匙。谁走近他，他就会用手拍住钥匙，把它紧贴在自己身上。领导一样，退伍兵拉着长声说：“啥事儿说吧，别靠前儿，我这儿可有家伙。”

54、北斗七星斜在天上

树上结的海棠们，朝南的一面红了，朝北的还发白。海棠等着下霜，到那时候，满树都是紫红的果子。马脖子山除了集体户，每户人家都有几棵海棠，像平原上的农民每户都栽几垅葱。陈晓克听说公社训练民兵，每个人发枪和五颗子弹，还有一次实弹演习。他赶紧穿上衣，戴上撑了高沿的军帽，擦他的高筒胶靴子。陈晓克正式地出门，经过农民家石片垒的外墙和柴禾垛。马脖子山队的队长正在几棵海棠树底下给队里的黑猪抓痒，穿一双塑料底的布鞋，是抽调回城的知青送的。那天，下毛毛雨，知青说："这鞋队长你试试。"队长接过鞋，直接夹到胳膊下面。他说："试啥？正正儿合脚，别穿，再穿埋汰了。"

陈晓克说："我要下山，参加民兵训练。"

队长说："不中。"

陈晓克说："我开枪准，以前在学校，机关枪都开过。"队长还是说不中，队长不抓猪毛了，猪自己去蹭海棠树根。队长故意做繁忙状，抓一团乱麻，想摘清它们。队长说："说不中就是不中，你好打架。"

陈晓克突然感到火气像根棍子直顶上脑袋。他踢那只黑猪说："谁说你爷爷我好打架！"猪窜到土墙后面去，树上的海棠落了不少。队长站起来说："陈晓克，你想干啥！"队长好像害怕挨打，一直倒退着，踩过装了半槽高粱糠的猪食，淡红的水流出了很长，队长身上搭的一件小褂也掉了。他一直退到队部屋里，靠住那张吱吱响的八仙桌。突然，队长喊："具体户的打死人了！"陈晓克还站在原地，已经有几个农民带着汗酸味扑上来，扭住他的胳膊。陈晓克朝上来的人乱踢，他说："谁他妈的拉偏仗，我给他放血！我没碰他一根毛，你们拽我干什么！"陈晓克看见他的军帽掉在地上，他说："给爷爷捡帽子，给爷爷戴上！"一个年轻的农民把满是尘土的帽子扣在陈晓克脸上，他给挡着脸拉回集体户。队长还在后面喊打人了。

这以后的两天，陈晓克一个人到后山上闲逛，砍一根结实的树枝抽打棒树丛，见过三次野兔，两只野鸡，都没扑着。他走进一片松树林，松树们整整齐齐，全有小铜盆口粗，树底下无数蘑菇，只要发现了一片，立刻会看见一个蘑菇的世界。陈晓克开始脱掉上衣，摊开了盛蘑菇，最后，蘑菇多得已经见不到上衣了。他又脱了裤子，扎住两条裤脚。天黑的时候，陈晓克扛着鼓鼓的一条裤子下山坡。马脖子山三队的人看见陈晓克以后，跑去对队长说："具体户的小陈从山里扛回一个尸倒（尸体）。"队长说："瞅真量儿了再说。"采到大量蘑菇的这天，太阳是烟红色的，有气无力地蹭进山里。陈晓克脸上头上都挂着枝叶，他拆了集体户的门板，摆放在院子中间。小刘从地里回来问陈晓克用门板做什么。陈晓克说："晾蘑菇。"小刘说："山下练民兵的那些人，听说一人发一根棍子练端刺刀，一端一天，像帮木头人。"陈晓克根本不愿意说话，蹲在地上十分有耐心地摊他的蘑菇。现在，两个看青的知青回来，拿镰刀在空中削着，说听听刀声。他们说："门哪儿去了？"小刘说："没看见户长在晾蘑菇？"平时，他们会过来凑上几句话，这个晚上，他们跟没看见陈晓克一样，直接进里屋，舀了缸里的水，饮牛一样咕咚咕咚地喝。陈晓克心里很愤怒。

小红过来说："这么多蘑菇！"

陈晓克说："少动！你爪子不动难受吗？"

小红把手收回去，还是笑着，不出工的日子，她穿一件碎花衣裳，刚抹了许多雪花膏。**陈晓克想：今天，我非让这个妖精哭，哭得那张香脸上全是眼泪，眼睛肿成大红桃，哭着求我饶了她，我要按住她，给她讲老子当年是怎么玩枪的。**

陈晓克站起来说："走呵，上后院子，你不是说豆角地好吗。"

小红反而蹲下了，摸着蘑菇说："净是露水。"

陈晓克说："你他妈的知道什么叫露水！"

连陈晓克自己都没想到他的喊声会那么大。所有的人都放下手上正做的事情。陈晓克一点没用力气就把小红推倒在蘑菇上面，他从口袋里摸出刀子，顶住小红那条宽的牛皮带。曾经，他非常喜欢这条皮带，想拿两块香皂换过。刀子在皮带上连划了几下。陈晓克说：“从明天，你给我换一根小绳，系活扣儿，一扯就开的小绳。”

刚在院子里听刀响的两个男知青还站在水缸旁边。他们和小红大权一起，都是从矿山下来的。其中一个小声说：“早晚有一天，看我挑这小子的走筋！”

小红身上沾了十几朵蘑菇，哭了，既不回到屋子里，也不向远处走，她就靠住集体户的烟囱哭。北斗七星正斜在天上。

55. 电影队来了

就在退伍兵搬动二十支步枪那天，团结大队来了电影队，一共两个人。瘦小的一个提胶片箱，健步如飞，经过明亮的水泡子。另外一个才是放映员，脸上毫无特征，没有人能描述这个人长的什么样。电影队下乡都要吃好的，团结大队的干部到处去借黄粘米，说割了谷子，借一斤还两斤。干部去借米的路上，已经有人到碾房里清碾盘，给驴戴蒙眼。是留了长辫子的妇女队长，夏天把她变成了黑炭人。一些孩子围着水泡子跳着喊：“看‘眼前过’了！”拉小提琴的知青扯住一个问：“你说什么？”孩子有极鼓的圆脸和眼睛，在空气中画一个正方形说：“人在眼前过。”知青还是不懂，孩子觉得这人太笨了。孩子说：“‘眼前过’就是电影，连这都不知道？”

李英子去碾房磨玉米面。正盘辫子的妇女队长摸着驴的耳朵说：

"电影队来了。"李英子问:"演什么?"妇女队长说:"又演《沙家浜》。"蒙眼松脱了,驴看见它一生最痛恨的黑暗碾房,长叫了一声。妇女队长让门口正疯闹的小孩脱衣裳,驴马上被蒙得最严密。它的脸上流着大颗汗珠。

团结七队新知青们都没看过露天电影,人人装两张玉米面饼子出门了。女知青爬到生产队的柴禾垛上,男知青都去帮忙拉幕布,那块布无论如何都拉不直,中间塌陷着。放映员说:"对付吧。"知青们一定要拉直它。李火焰光着脚爬上挂幕布的电线杆,那根杆子不够结实,细细地带着李火焰在半空中摇晃。放映员点亮了一盏灯,方圆五里内的小咬们争着朝灯光飞。每条通团结七队的毛道上都是赶来看电影的人,急匆匆地头顶板凳。五年里面,电影《沙家浜》在团结演过三次,第一次看见剧中人物阿庆嫂出场,团结七队的农民都说:"这个媳妇不咋样,不咋年轻呵!"样板戏户在锦绣演过无数场《沙家浜》,锦绣人曾经以为李英子演的才是真的阿庆嫂。

李英子再不想听胡琴响,她装了两个玉米饼向漆黑的东面走,沿着几十年前砍过榆树后踩出来的土道。李英子想:离它越远越好。李英子总是能看见过去集体户里何虹的脸,那脸上刚抹了一层粉底,把没勾画的眼睛显得非常大,非常孤单和空洞。何虹就这样和李英子说笑。四年前,在县城小剧场,何虹演《沙家浜》里翻跟头的四个战士之一。当时,李英子站在幕布边上准备出场,京胡拉得紧,举着锣的人盯住台上翻跟头演员的动作。突然,李英子见到一个人翻下了舞台,居然显得很轻盈。李英子拉着幕布跳下去,灯照在她头顶上黄黄的。李英子摸到水泥地上的一顶布军帽,马上,她看见何虹的脸在一些积水里。李英子控制不住自己的手抖。她去摸何虹的脸,在亮处看见了血,手里一下子湿粘滑润还有点热,何虹的眼睛始终向上望,舞台顶部的灯光使那双眼睛非常非常晶莹明亮。这时候，有人在上面喊："拉大幕，拉大幕！"许多人在舞台上向东向西跑。何虹被送回城市治伤，后来，直接安排进了一间生产布鞋的工厂。李英子再也没见过她，听说，有一块头皮不生头发。

电影拖了一会终于开演了。团结七队集体户的女知青发现她们看的是银幕的背面，想换地方已经给人堵住，下不了柴禾垛。这个时候，李英子上了国道，前面漆黑一片的是锦绣敬老院。一群狗前后跳起来狂咬。有佝着腰的老人出来打开树枝扎的院门，这个晚上没有月亮和星光。老人说："找啥人，丫头。"李英子说了女服务员的名字。老人说："进吧，我给你看住狗。"他马上缩得矮小，用身子压住狗们的头。李英子和女服务员在小屋里说话，只剩下老人在黑暗不见五指的晚上自言自语："是个人，就不能不嫁娶，不能不生养。"他反来覆去重复这话，好像在背一句台词。

56. 潜伏在大地里

乘降所后屯的年轻农民杆子攥着一把二齿子，这是他家里最锋利的家具。有齿杆子攥住二齿子的铁头，跑起来又快又有力。杆子跑到他家的自留地，选好位置，顺着土垅趴下。隔一会儿，往自己的头顶后背上抓一些干枯的南瓜叶。

杆子家里种了稀罕的品种白玉米。庄稼越成熟，心里越不踏实。早上，他到地里查看，发现了生人进地的脚印。乘降所后屯人在这个季节永远能听见乘降所前屯那些不爱种地的农民在走，他们正穿过两个屯子交界的林带，一个个越过沟壕，偷别人辛苦了大半年种下的庄稼。杆子埋伏了一整夜，事实上，他只是盖着南瓜叶睡觉。几只野鸡飞过去，弄醒了杆子。他说："哪儿跑！"站起来看见天空淡白，大地还黑着。野鸡翅膀掠过一片玉米穗发出扑扑响声。杆子看见在土垅中间被他压出来的人形。**杆子想：这就是杆子，这么一堆一块，为几个白玉米棒子爬了一夜大地，偷谁也别偷杆子，杆子多不易**！天亮以后，杆子要回家了，他慢悠悠地走在一层薄雾蒙住的田野里。

两个看青的知青追上杆子，检查他身上有没有藏粮食。杆子说："有啥，混身上下就这把二齿子。"

杆子反过来问："这些天，抓住贼没有？"

知青说："贼毛儿都没捞着，东边地里让人掰了上百的棒子，没逮着人，正着急呢。"

杆子问："想不想抓个现形儿。"

知青说："当然想。"

杆子说："上我家，我娘下的酱，黄洋儿地，就大饼子吃了，我领你两个抓现形。"

知青让杆子先回家，他们要上前哨"拿大衣"。乘降所后屯知青们在大地中间一个缓坡上搭了三四米高的架子，有麦秸加塑料布的简易棚。看青的知青都叫它"前哨"。架子上面有一把带靠背的椅子，椅背上搭件蓝大衣，中间挤一顶帽子。从远处看，几乎就是一个人居高临下监视看田野。

有了假哨兵，知青到"前哨"上睡觉，望着远方发呆。

两个看青的知青吃了杆子家的饭，天黑的时候，在杆子家自留地边会合。田鼠把头探出地洞，晶亮的眼珠盯住相当巨大的世界，田鼠闻见人的气味。**田鼠想：他们来干什么**！田鼠心里十分不快乐，它们以为天黑以后，他们理所应当是这块地的主人。

房屋、树林、国道、成熟了的庄稼和人们都睡得很沉，只有杆子三个人睡睡醒醒，在玉米们绿血管一样的根须上翻身。偷玉米的人在天边露出一丝丝曙亮的时候出现，从大地里斜插进了杆子家的玉米地，手上拖的破麻袋已经装了两只小南瓜和十几条玉米棒子。他在很弱的天光里定了一会儿神，清脆地掰下白玉米棒子，整个锦绣都能听到清晨里的响声。偷玉米的人嚼着一颗鲜玉米粒，水分和甜淀粉融在一起的香气久聚不散。他开始动手了，两腿夹紧麻袋，袋口张着，掰第五个棒子的时候，他的脚踩到了杆子的头发。杆子睁开眼，看见又湿又黑的一条裤腿，杆子醒了，吼叫一声，蹿起来，偷玉米的人立刻被绊住小腿，向前面扑倒了。他好像还想挣扎，可是脚突然钝疼，又有人从后面猛骑住他的头和腰。**偷玉米的人想：哪儿来的这么些人！**

两个知青说："揍他！"

偷玉米的人把脸扎在杂草里，手抱住头，感觉无数只脚在踢。两个知青都是第一次打人，一点不怕，反而有奇怪的亢奋，每一脚都是踢在踏踏实实的人身上。

偷玉米的人不动了。杆子说："出人命了吧？"

这个时候天空明亮一些，三个人同时看见倒伏的玉米秸上的血。

知青说："跑吧！"

杆子也慌张，他拖上装了南瓜玉米的麻袋，向外跑。三个人跑出了茂密的玉米地，听见地里的哀叫，叫得太凄烈了。三个人跑得更快，一直上了土道。知青说："没踢他几脚，怎么出血了？"偷玉米的人正坐起来，从脚上拔出二齿子的尖齿。

杆子回到家里，母亲问他那贼是什么样。杆子说："没许唬，光顾了踢一顿解恨。"杆子睡了一上午，母亲把他骂起来，说这条破麻袋是前屯杆子姨家的东西。杆子说："大约摸儿的东西多了。"他又睡。到了下午，母亲扯掉枕头叫杆子，说乘降所前屯姨家的儿子受了刀伤，脚裹得像一只大菜包。母亲急了，用山东老家的语言，不喘气地骂杆子。

杆子说：“你准知道我抓的是他？”母亲说：“从咱家地里抬出去的！”杆子说：“谁让他长三只手，偷咱的棒子？”母亲说：“自家的玩艺，不叫偷！”最后，杆子还是听从了母亲，出门到会计家借了炕琴上摆了两年的两瓶山楂罐头，这东西在会计家是最重要的装饰，每天都用掸子掸过。**杆子想：这玩艺，我长这么大都没尝过，让三只手先吃了，人间没啥讲理的地方。**伤了脚的人和一条大黑狗都趴在炕上，脚给一件褂子包扎得很粗。杆子的姨也是老太婆，也是一双小脚，正往儿子腿下面垫枕头，说怕伤口起红线，还说，红线上了心窝人就没命了。

杆子搭在炕沿边上说：“咋了，胜利？”

伤了脚的人显得气脉很虚，手半遮在脸上说：“早起下地没瞅准，掉壕沟里戳了脚。”

杆子说：“刚上锦绣拎了俩罐头。”

姨说：“糟害这钱干啥？”

杆子回家的路上心里不痛快，两手不停地搡扯着庄稼的干叶子，骂着最难听最恶毒的话。进一块玉米地，杆子突然想起早上丢在地里的二齿子，转头去自留地找，东西早不见了，玉米扑倒了一大片。

57. 李火焰发现关玲的心太高了

参加民兵训练的多数人都在傍晚散了，退伍兵发出了全体解散的命令。他把残缺了指头的手插在裤袋里，另一只手在黄昏的操场中间忽上忽下地甩那把铜质钥匙。知青李火焰坐在操场上不动，他感觉饿，想马上吃点东西。远处三个不认识的知青正分吃什么，香味很大，李火焰仔细闻，闻到了做马料的豆饼香。**李火焰想：马多幸福，能吃上这么香的东西。**几个知青轮流想用牙齿咬开一块豆饼，可惜没成功，他们又蹲在地上用石头砸它。

关玲拿根白光光的树棍过来问："你不回户，坐这儿发呆？"李火焰见到关玲，有了点力气，两个人往高粱地中间的毛道走。关玲怕狗，没根棍子不敢出门，又怕农民说她娇气，经常把打狗棍从后领口插在背后。知青们说："关玲长了两根后脊梁骨。"练民兵的人刚散开，没可能走远，但是庄稼把进入大地的每个人马上淹没掉，好像天地间只有庄稼，庄稼之间只有李火焰和关玲。

关玲问："你怎么学的抽烟？"

李火焰说："说抽烟，我是老战士了，在我们那条胡同口，三个小孩儿合抽大半截烟，我抽烟，到现在八年了。"

关玲说："吹吧！"

李火焰说："是一九六七年，满街飞子弹那年，城里的小男生都在那年学抽烟，小学还没上，都蹲在公共厕所里抽，可惜我到现在也没学成。"

关玲问："什么叫学成？"

李火焰说："没烟抽浑身难受。"

关玲说："我一点也没学成，两个多月，就学会了卷烟。"

李火焰问关玲："将来，你想干什么？咱不能总贬在乡下吧。"

关玲说："当兵。"

李火焰说："谁不想当兵！总得能当上，你等于白说。"

关玲说："我就是想当兵，别的我全都不考虑。"

李火焰说："听说城里的几个大工厂都有文艺宣传队，说不定想在知青里招一个吹笛儿的，我就回去当个工人宣传队，不幻想那些没边儿的。”

落日使高粱上挺起的穗都红了。李火焰回过头，看走在身后的关玲，她的头发也是红的。**李火焰想：这个红毛女生，心也太高了。**背后有两个知青赶上来，两个人都背着枪。李火焰问：“发枪了！”背枪的人诡秘地笑一下，很快进了岔道上的高粱地。

关玲停住，被庄稼聚起来的风掀动她头顶一层层变换色泽的头发。

关玲说：“我想照一张握着枪的相片。”

李火焰说：“偷去！”

现在，两个人继续迎着落日走，大榆树屯的鸡叫已经听见了。毛道变得笔直，李火焰第一次注意到关玲金红色的背后。**李火焰想：女生呵，多好，多健康。**

李火焰突然不饿了，他计划偷枪。

58. 杀牛

杀牛的人抽一根银杆烟袋，盘腿端坐在乘降所后屯生产队的炕沿上。杀牛人说：“先看看牛。”队长也盘住腿，但是，他是坐在炕中间说：“趴在马槽底下那头黄牛。”黄牛在马槽下面不算趴着，它的两条腿跪在泥地里，有点痛苦的姿势，眼睛里有了一层淡黄的翳。队长说：“牛没毛病，就是老了，干不动了。”杀牛的人说：“光吃不干，还留它干啥！杀吧。”他下了地，讲杀牛的报酬，他带一个帮手，要全套牛下水和牛头。队长脸上很明显地不太愉快说："下水脑瓜你挑一样。"杀牛人不说什么，拿着银杆烟袋往外走。

队长的父亲一直在院子里簸新收的葵花籽。队长望着杀牛人甩两条很长的胳膊走远，他说："瞅他舞扎那根破烟袋，查查他是个啥成份，又惦心牛脑袋又惦心牛下水！"

队长的父亲老石墩抓着葵花籽说："这头老牛，具体户就能杀，那帮小生荒子，煽他几句，啥不敢干？还省了牛头牛下水。"

夜里，全锦绣都停电，乘降所后屯的知青点了长捻油灯商量杀牛步骤。喜欢画画的知青铺开报纸，几笔画出一头躺倒的动物，方形的头，没有五官，四只蹄子捆在粗木杠上。沈振生说："画牛容易，咱真能杀一头活牛吗？"知青都说："有什么杀不了，它都老成那样，就是年轻力壮的也照样给它放倒！"知青们说得兴奋了，在炕上来来回回地走，油灯照出比真正的人高大两倍的影子，忽忽地飘过屋顶。几个知青突然吹一声口哨扑到炕上，把正画牛鼻子眼珠的知青扑倒骑住，拿手指头戳住他的喉管，唱样板戏：

怎禁我正义在手，
仇恨在胸，
以一当十，
誓把那反动派一扫光。

杀牛的这天非常晴朗，天空紫蓝，庄稼正在太阳底下变颜色，高粱变红，谷子变黄。大地要换衣裳了。现在，黄牛看见有人从生产队仓库里推门出来，头顶粘着灰青色的蜘蛛网，一直缭绕。他们把袖子挽得很高，边走边猛力拖拉着一大捆麻绳。黄牛好像明白了，堆下去，谁也没注意到，黄牛像一片倒塌了很久的房子，烂砖碎瓦，永远都不能拼合的一摊。牛整个身体倚住黄泥矮墙，它想倚紧了，墙给晒得暖和极了。牛嘴里的苦草沫流淌过下巴，滴在一些活着的草叶上，和大地连成无边无际的一片。两个知青背对着黄牛放下绳子，它活灵灵地快速盘落在地上。

知青们非常短促地发出喊声，一起扑向黄牛。现在，看不见牛了，只有人的肢体们，按事先的分工按住牛的各个部位。沈振生感觉和他的膝盖互相顶着的牛腿用力弓起，他对抗的是整条牛的力量。沈振生的眼前几厘米里就是黄牛腿上的血管，最粗壮的蚯蚓，最有肥力的玉米根，而且是正活着的。乘降所后屯里升起大团明亮的尘土。沈振生想到了杀人。**沈振生想：牛，你怎么不叫唤**！牛脖子转过来，黄亮的皮打了许许多多的皱，牛极力想蹬踏住踏实的地面，但是大地突然倾斜得这么厉害。**牛想：头顶上一半绿一半蓝，是翻车了吗**？

牛看见自己的红色，慢慢松了浑身的劲，牛的血像连续射向泥土里的笔直的短箭。牛倒下去，并没发出多大的响声。所有的人，包括围住看杀牛的大人孩子，都不自觉地掩住脸，不停地咳嗽。上年纪的人说：“牛呵，可怜见儿地。”

知青们带着荣耀的感觉，走到生产队饮马槽里洗牛血。他们都说：“这黄牛，怎么不叫唤！”

老石墩说：“具体户真有尿性！按倒了，活活把条小命儿给捏了。”

知青们说：“原来杀牛不比杀猪难，猪那阵穷叫唤让人受不了，这黄牛大概不痛，不知道咱们要杀它。”

沈振生没离开土墙，他要靠一会儿再走。队长说：“挪挪窝儿，你不怕腥骚？”队长指的牛血味。沈振生说：“我对你说过，小生荒子干的事儿，我不行了，老了。”

队长磨刀卸牛分肉，从屯子东到屯子西，每户来领。队长不怕麻烦，放出一块肉就重复一遍。他说：“眼瞅开镰了，不能藏奸偷懒，牛腱子肉进了肚，咱得颗粒归仓。”农民捧上向日葵叶子来托那老红色的肉，都顺着队长说，颗粒归仓。颗粒归仓。心里想着煮肉香味。煮烂老黄牛肉费了很多柴禾，全乘降所后屯的炕都热得不敢坐，知青们在集体户墙外黑黑地蹲成一排，捧着碗呼呼喝汤。抱柴禾过来的女知青说："有照相机给你们照下来，就是一溜儿劳改犯。"黄牛肉的膻味随着秋风从乘降所后屯人们的嘴上传远，他们感觉嘴唇比平时肥厚了一层，好像这不再是自己原本的两片嘴唇了。

吃过牛肉以后，知青们感觉身上鼓起了杀更多条牛的力气，他们像英雄一样挺着穿过屯子，站列火车轨道上。乘降所里有灯亮，大家想起瘦瘦的李铁路。有人说："那么干巴，一个扫荡脚就撂倒他。"马上有人接着说："紧接着就下刀子，刀用不着太长。"第三个人说："没油膘，太瘦。"

黄牛给吃掉的第一个早上，知青们被奇怪的吼声吵醒，又低平又沉闷的吼叫。开始，沈振生说："火车叫。"知青们起来往外走，队里十几头牛正挤在一起，面对着那堵矮泥墙，低着头叫。砍了新鲜的玉米秸送到牛嘴边，它们也不理，牛嘴巴闷进土里。老石墩对他儿子队长说："没辙儿了，趁开镰前，把墙推倒了重砌。"

队长问："它们想啥呢？"

老石墩说："人有人味，牛有牛味呵！"

59. 看庄稼的知青被带走了

刚挂锄的时候，乘降所后屯的队长找到沈振生说："我寻思调五个知青看青，你也算一个吧。"沈振生问："缺人吗？"队长说："人不缺，具体户这些生荒子，怕不着调儿，指（期望）你能带带他们。”

沈振生说：“看青正是生荒子干的，我都老了，心觉着快成他们爷爷辈的了。”

队长说：“你说瞎话吧，你老啥，孩子爪子还没有，想当人家爷爷，人家也得乐意！”

沈振生下乡八年，第一次没腰里别把镰刀看青。他拆洗棉被以后，到屯子里的高坡上坐着。

下午，一辆拖拉机进了屯，大队民兵营长看见沈振生，非常凶地叫他。沈振生问：“什么事？”民兵营长说：“铐人！”沈振生说：“铐谁？”民兵营长说：“你们户张延生、董强两个都看青对吧？他们都看哪块地？”沈振生说：“西北地吧。”民兵营长说：“眼下俩人在哪儿？”沈振生说：“下地了。”民兵营长急了：“他们看的啥地！跑东边自留地里把好生的走道人给砍了，猫不准早伤了脚后跟的走道筋，具体户的人一蹬蹬小腿儿抽走了，谁养上瘸腿儿一辈子？给我找人去，先铐了再细掰扯！”

两个看青的知青参与了杀牛，又在杆子家玉米地里过夜，疲倦得很，在“前哨”上睡得正香。沈振生爬上去，扯掉他们身上的大衣。沈振生问：“你们砍人了？”两个知青糊糊涂涂睡着，经过了两片玉米地也没全醒，一直到上了拖拉机才突然问：“上哪儿，这是拉我们上哪儿？”民兵营长说：“上公社坦白交待，争取宽大。”

两个知青握住拖拉机前方的铸铁栏杆，努力睁开眼睛看着喷香的大地，两个人心情格外地好。

沈振生拖住车厢板，他跟住车奔跑着问：“你们两个到底砍人没有？”

两个知青说：“谁砍人了，谁说我们砍人！”民兵营长爬上拖拉机对沈振生说：“明格儿，给他们送口粮。”到这个时候，两个知青才想到他们和杆子趴在自留地的事情。他们说："咱鼻子底下不能白长了嘴，没有说不明白的。"

像领袖阅兵一样，两个知青朝乘降所后屯的田野挥手，天空和大地都耸起来，接受一辆四轮拖拉机的检阅。两个年纪轻轻的人向四面八方的庄稼地忙着致意。

一个知青说："没拿牙刷。"

另一个知青说："手指头蘸点水，出溜出溜就得了。"

一个知青说："咱这样像谁？"

另一个知青说："像毛主席。"

陈晓克在公社群专的炕上趴着，因为被告了打生产队长，他在这铺凉炕上翻腾了一整天。去锈人的拖拉机进了公社大院。陈晓克高兴了，他说："给我送伴儿了！"

60. 传说中的红鲤鱼

北方乡村的夏天，凉快的风从很少有的空隙中间穿过。农民的女人们把整条胳膊插到锅里搅拌着苦菜和糠皮，猪拱着她们的脚。孩子围住母亲说："有屎了。"正忙的女人对待猪还比对待孩子更耐心，她们说："去地里找你爹！"孩子捂住裤子，在比他高许多的庄稼地里奔跑。他要把屎拉在自己家的自留地里。孩子蹲下，眼睛笔直盯住鼻子前面硕大的南瓜花。

在春天卖掉树上樱桃的女人又上树去摘山里红。她的蓝布衣裳被山里红树枝挂住，一些白的皮肤露出来，经过山里红树的农民都停一会。**农民想：还是城里人皮子白呀！**他们怕树上的女人发觉，很快就走了。一个人冲到树下叫："王山家里的，你家小丫头掉进西泉子了！"

女人从树叉上开始奔跑，怀里不断滚落出鲜艳的小果子，从山里红树到泉眼的路上全撒着山里红果。孩子已经给打捞上来，躺在一片晶亮的猪草上，水流进草叶，把孩子圆明镜一样的脸露出来。女人抓住孩子湿的前襟说："二孩儿，你张开嘴哭哇！"孩子真的睁开眼睛又张开嘴。

孩子说："泉子里有条小金鱼。"

围观的农民都起了身，他们的小腿以下都是湿的。他们说："这孩子惊了魂儿，夜黑了要叫一叫。"

整个下午，女人不再上树了。山里红树半面是沙沙响的黄叶子，另半面坠满了山里红果，它像个怪物在院子中间偏立着。女人抱着孩子，把细黄的头发一绺一绺撩到左鬓角，又撩到右鬓角。**女人想：天老爷你长了火眼金睛，不拿走我们知青的孩子。**

夜里，女人要给孩子叫魂。看孩子睡了，她叫孩子的名字，孩子马上睁开眼睛叫妈。女人说睡吧，没事。女人又叫，孩子又醒。农民王山在炕头翘起上身说："有你那么叫魂的吗，丫头睡实了再叫，叫丫儿，家来吧！"王山躺下，感觉自己说的也不对，他说："你过西屋去问咱妈。"孩子的灵魂给招呼着，渐渐回到庄稼地中间这座泥屋子里，两脚落地，安稳了。夜越走越深，月亮光也不叫，庄稼稍也不叫，只有林子里的猫头鹰叫一声。

孩子掉进无底的泉眼，奇迹般活过来，好人儿一样能跑能玩，这事儿被农民议论了几天，正是庄稼要晒米的闲时候，事情大约每经过五个人变换一种说法。五里地以外的人们说："城里知青和赶车的王山生的孩子命大，掉到井里，一条红鲤鱼给托上来，上了井沿就能跑能跳，没事儿一样。"十五里以外的人们说："扎根的知青和屯下人生出个孩子，掉井了，井里游出一条红鲤子说："这孩子不是我们这地场的，我们不敢收。"许多锦绣的知青不相信春天卖樱桃的女人是城里人，他们说："她那双手给我捧樱桃，干鸡爪子似的，她也没说过她是知青。"农民说："那她还有啥可说的，挺不住，嫁了赶车的老爷们儿，她还算啥知青？啥也不算了。"

早上，挨着山里红树，两个女孩光溜溜地站在泥烧的盆里，女人拿出她箱子里的肥皂给她们洗澡，她们像大地里的东西一样挂着露水珠。王山拿着鞭子迈出屋说："你干啥呢，大清早晨晾膀子，不凉吗？"女人说："我想回家看我妈去。"农民王山不说什么向着门外的坡下大步地走。女人教给孩子说："不兴说啥，要说什么。"

等女人从城里再回锦绣，马上就要开镰，她一个人在弯着头的高粱地里走。王山从岭上看见她，跑过来问孩子。女人说："都搁我妈那儿了。"王山说："也不跟我吱一声，长了胆了！"女人说："那是我的孩子，我要让她念书！"王山穿过杨树林带，他知道女人从城里回来的前几天都带一股怪味，城里的臭气味。**王山想：让她滋两天，到后格儿，她就规规矩矩收回心，又是我屋里的了。**牵马的人们问："你俩丫头呢。"王山蹦蹿到车上，拔起鞭杆。他说："住她姥家，识文断字儿去了。"农民说："瞅瞅人家！"

61. 救星

陈晓克在公社后解手，看见公社王书记，陈晓克没地方躲，他再向前是粪坑，向后是一大丛短麻杆。陈晓克突然想到上次来锦绣。

陈晓克想：检讨书呵检讨书，等放我回山，我一定买包耗子药，药死队长家的两窝鸡。

王书记说："小陈，上公社干啥来了？"

陈晓克说："冤大了！我们那个损队长陷害知识青年，他诬告我打人。"

王书记应了一声先走开，陈晓克感觉奇怪，平时，王书记遇上知青，一定拿出官架教训几句。陈晓克故意跟上王书记快走几步，王书记回过头说："怎么样，陈儿，又该吃晌饭了吧？你爸爸身体好吗？"陈晓克突然恢复了思索的功能，回到群专的炕上，他马上给父亲写信，心里想好的话，写到纸上显得不亲切。钢笔水弄得他两手发蓝，借来的两张信纸都写废掉。这个时候知青小红来了。**陈晓克想：凡是倒霉的时候准碰上她这丧门星。**

陈晓克说："你来干什么？"

小红说："看你。"

陈晓克说："今后少说看我，我怕给你看破了！"

小红说："你没良心。"

陈晓克说："不光没良心，我还长了一套狼心狗肺黑肠子。"

小红口袋里带了两个桃形西红柿，跑了二十几里路，看见陈晓克，反而把口袋里的东西给忘记。小红紧揪住陈晓克的衣襟哭了。她说："今晚上，我还得回山上，你好好对我。"陈晓克给扯得难受。他说："我跟你没什么关系。你怎么下的山再怎么上去。"

小红的眼睛哭泣的时候非常明亮，陈晓克看了一会儿亮眼睛，心软了，把完全褪成白色的仿造军装脱下来，还有他的军帽，都交给小红。走夜路的女人戴帽子能安全很多，不走到最近，分不出来人是男是女。

陈晓克让小红回山上先去队长家，警告他小心家里所有能喘气的东西。

小红看看陈晓克光着的深褐色上身走了，走过了五道沟上面的木桥，她又开始哭。天在变得昏黄发暗，庄稼地里什么东西怪声怪气地叫。小红拿陈晓克的汗衣裳擦眼泪。她开始沿着国道边的草跑，三五里地之内，上百条狗都对着国道咬。

陈晓克一直站到西天没有了红光，估计小红走出了五里路。奔跑的小红从口袋里摸出两个冒着汁水的西红柿。**小红想：狗上来，我拿柿子打它。**陈晓克没有第二件衣服在公社，他只能光着上身。**陈晓克想：蠢呵。**

陈晓克回到炕上，继续想给父亲写信，其实他是在端详两只带墨水的手。给铐到公社的两个乘降所的知青摆火柴棍玩。王书记推开门，示意陈晓克出去说话。现在，无限高深的天空上全是星星，只是没有月亮，连月牙儿也没有。王书记把他说话的内容弄得很含糊，陈晓克努力地听和分析。王书记的意思是，公社不想把陈晓克叫到群专来，队长说他打了人，那只是队长一个人的说法，不过，公社正好有些话要当面叮嘱陈晓克，他们收到了陈晓克父亲带来的口讯，问陈晓克在乡下的表现，公社非常希望陈晓克只争朝夕好好干。

现在，只剩光上身的陈晓克一个人在院子里。**陈晓克想；我的爸，你又缓过来了！**这个时候的陈晓克根本不是在一座乡村大院里，他感觉全身轻盈，在北方辽阔的夜空顶上浮游飘荡，他的周围只有光芒。

陈晓克一直往大地深处走，拨开玉米的毛叶子，对那个被打倒了几年的父亲滔滔说话。那个一年比一年苍老的人也许已经坐回到过去的办公室，转椅嘎嘎地响。毛泽东是全中国人民大救星，陈晓克的大救星只能是他的父亲。

62. 押着鹅群回家

退伍兵说："你们纯牌儿一盘散沙！"退伍兵挺着腰穿过操场，非常像个人物。操场一侧散漫地排成三行的民兵把他衬托得像个大人物了。退伍兵在训话，追查前一天偷走了两支枪的人，今天枪回来了，两百颗子弹少了三颗。退伍兵发出的声音从来没这么洪亮，在说话的同时，**退伍兵想：准是具体户干的**！三颗子弹中间的两颗，分别在两个知青的裤袋里，在那个空旷的地方光滑地串动。第三颗子弹现在正给一只黑母猪带在臀部肌肉里跑。偷了枪的两个知青在前一天傍晚打赌，赌朝猪屁股射一枪，它能不能马上死。一个认为能，一个认为顶多把猪打瘸了。这时候来了一只悠闲自得的老母猪，在泥里拖着众多颤颤的乳头。枪声很闷，母猪突然跑得飞快，它是受了突然的大响声惊吓，没人见过猪能跑得那么快。两个知青狂奔着追，居然没看见血迹。现在，退伍兵挺着训话这会儿，中了子弹的母猪侧卧在泥里，猪乳像泉水滋养着它的孩子们。母猪想看见自己的尾巴，但是，很困难。母猪不耐烦地站起来，总想甩掉点儿什么。它的孩子紧紧跟着。

退伍兵扑在地上，演示射击动作，他扑得太猛太快，有点煞有介事，人们全都笑了。退伍兵在地上说："笑！猫不准哪天打仗了，连开枪都不会，赙等着吃枪子儿！"

一个知青说："打仗怕什么。枪一响，我就去报名当汉奸。"

训练结束前，李火焰偷拿一根枪，夹在早看好的一捆陈年玉米秸里，李火焰抱着霉味很重的玉米秸跑。跑了很远，发觉后边并没有人追，他才看清这是一片黄豆地，豆荚密密地斜挂着。玉米秸早跑零碎了。现在，李火焰拿衣襟擦抹这杆枪，然后堂堂正正地背上它走。

在水泡子里半睡半浮着的鸭鹅们看见李火焰，其中的灰鹅都伸长脖子亲近地望他。都是给李英子喂大的集体户的鹅，它们很尊贵地上岸，跟上李火焰回家。李火焰压低了枪口，用它顶住一只落后的鹅的屁股，他押着一群侏儒走，它们狼狈呵，浑身湿淋淋的。李火焰想到一首歌，想到了马上唱：

我扛上了三八枪，
我子弹上了膛，
我背上了子弹袋，
我勇敢上前方。
我撂倒一个，俘虏一个，
撂倒一个，俘虏一个，
缴获它几支美国枪。

很多人都走出家来看枪。妇女队长问：“有没有子弹？”李火焰说：“没子弹的叫枪吗？那是烧火棍。”李火焰押着鹅进了集体户，告诉李英子：“一根空枪，空匣子。”知青们接着李火焰的调儿唱，不过他们的歌词改成了：

撂倒一个扶起来一个，
撂倒一个扶起来一个，
缴获了一根哑巴枪。

这天晚上，大家都在谈论第二天实弹打靶，天黑前还有电，天黑了，电也停了，只能点煤油灯。李火焰想劝说关玲，把她的五颗子弹让给自己打。李火焰说：“你们女的打枪，都是闭着两眼打，五个响声过去才敢睁眼睛看，给你们子弹是浪费！”关玲带动着油灯捻儿向西向东飘，她在房子里来回走。关玲说："我最不怕开枪，别想唬我的子弹，我打过真子弹，两个眼珠都睁着。"

睡觉的时候，女知青说枪不能藏在炕上，炕热，怕烤炸了枪膛。男知青笑她们蠢。最后，李英子把枪放在粮食口袋里。男知青脱掉了身上全部衣裳躺在炕上说："明格儿早上，一扣扳机，射出一地小米，一串散花弹。"

李火焰起得早，夹着枪跑，他没想到退伍兵早站在操场中间了。实际上，退伍兵没有回他的荒甸子屯，他和枪们子弹们睡在小学校里，那些凉冰冰的硬东西让退伍兵觉得好。

看见李火焰倒提着枪走出庄稼地的姿势，退伍兵笑了。退伍兵说："我长的啥眼睛？这是军人的眼睛，当你偷枪我没瞅着？"**李火焰想：他笑得挺阴险**。退伍兵不想再说枪的事儿，他问李火焰是不是和荒甸子屯的知青挺好。李火焰说跟自己交情深的是烧锅的金榜几个。退伍兵说："你唬我老赶（土气）？我听说的可不是，是荒甸子那帮。"李火焰说："谁扯蛋，烂谁的嘴。"退伍兵呆了一会，他两天前回过荒甸子屯，新房上的红瓦给人揭了十几块，估计是集体户的知青干的，退伍兵以为眼前这个提着枪的李火焰能当个撮合人。有两个人吃着黄的玉米面饼子走近了，他们都是来练民兵的。退伍兵很随意地伸手，从李火焰那儿接过枪，顺势背在自己肩上，这个动作多么自然。好像李火焰是替退伍兵拿一下枪，让他缓一把手去提鞋或者撒尿，不过两分钟的工夫。本来，早上起来的李火焰有点后怕，枪总是武器，现在，退伍兵一伸手，偷枪的事就勾销了。

63. 枪走火了

突然有非常清脆的响声，穿透力惊人地强，贴着庄稼的根，同时向远的地方蔓延，大地发麻。

退伍兵狼一样喊："谁走火！"

操场上面拿着枪的人们都觉得声音出在自己手里，遍地乱哄哄的。**人们想：是枪响?**

一个高个子知青举着枪，看枪眼。他感到有人用力倚住他的后腰。高个子知青说："靠什么靠，自己没长骨头？"他转过身，看见关玲扑倒在地上的全过程。她倒得那么缓慢，现在，那张向上的脸透着花斑一样的阳光。关玲好像说："响了？"她的脸上显出新奇，血渗出深蓝色的男装制服，开始并不明显。人更乱了。李火焰左右空望着，他大声喊："怎么办！"所有的人都挤，都在说话。

李英子听到枪响，她正和小学校里教唱歌的女老师说话，转身看见有人倒下。她跑。有人在哭，呜呜地像碰响了什么乐器。几个女知青大声喊关玲的名字，喊得上气不连下气。更多的人在喊："套车，套车！"

李英子想发现出血的地方，可是，不容易找，明显地有血在操场上融合着非常细腻的土，很多的血。李英子把关玲的头紧靠在自己身上。

从枪响到黑骡子套的车来，关玲一直都望着天空，看不出疼痛，也看不出害怕。李英子爬上马车说："让她靠住我！"车跑出小学校，李英子觉得她整个人都坐在血里。许多人跟在马车左右，李英子说："要输血！"

要输血成了乡间土路上的一句口号，车被密密的一群人围着跑向公社卫生院，经过田家屯集体户的时候，知青正在撒小白菜籽。李火焰朝他们喊："是知青，要输血！"马列跑着，在衣襟上拍打着小白菜籽，追上马车。

关玲看见天空渐渐变深，向下压过来。她还看见跟住马车奔跑的那些不认识的脸，出汗，许多张脸互相重合着。她觉得右腿上热，想摸，但是，摸是多么大的一股力气。关玲说："烟叶洒了！"她摸到从制服口袋里洒出来的烟叶，它们扑扑簇簇落下来，关玲的手麻麻的，什么也摸不到了。

没人吆喝四处去吃草的黑骡子，它们拉着车在卫生院的院子里随意地逛荡。一匹骡子看见血，定住不走，**骡子想：这是血呀**！骡子没了吃草的胃口。

医生说："你们后一点，闪开。"

知青们说："闪你妈，闪，老子备不住一抬手就造扁了你！"

知青们都在拍打强壮的手臂，让自己的血流快一点。

医生看见子弹打穿了右腿的大动脉，他想说，你们以为一个人有多少血，经得住这么大敞肆开地流？但是，他没敢说话。医生认识李英子，他过去对站在门口的李英子说："你告诉他们，人不行了！"李英子根本没有往下看，顺势坐下了，正面对的是一扇生满红锈的铁门，门正中间突出着粗糙的"铸"字。她就凝视这个字。知青们全在荒乱的草里坐下来。凡是路过卫生院的，都不敢吱声，更不敢久留。他们说："瘆人呵！"

枪响是在上午，大约九点。知青们坐满了卫生院大院是中午。主管知青的公社赵干事和武装干事骑着破烂自行车赶过来，是一天里最热的时候，他们在半路上已经听说了，两个人商量劝散知青的主意。

武装干事问："咱锦绣集体户到底来了多少人？"

赵干事说："好几百号呢！"

武装干事说："请神容易送神难。"

武装干事看见人，估计一百多，立刻流汗。他先讲话，他说要严惩肇事者，谁组织的民兵训练，谁草率地发枪发子弹，现在已经火速派人，捆了他。

赵干事进了卫生院，看见关玲躺在红砖地上，铺盖一张起皱的草帘，她给卷着，露半张灰白的脸。赵干事对医生说："快抬人上炕，抱新铺盖去！"**赵干事想：太年轻呵，人这么轻容地就没了！谁把人说拿走就拿走了呢？**赵干事发觉亲眼看见和听说完全不同，前面想的都消失了，头脑乱得全空。他直接坐在几个知青间的一墩厚草上，眼泪流得急。

知青们都哭了，人悲伤到一定程度会软下来，头和脊梁低垂，像北风席卷麦地一样。人成片地哭倒了。

64. 折磨人的快乐

晚上又停电，锦绣公社大院里一点光亮也没有。陈晓克摸到一个窗口，伸手抓出三根半截的蜡烛。群专的小炕立刻亮了。乘降所后屯的两个知青主张节省，每天点一根。陈晓克说："不行，厅里掌灯，山外点明子，给三爷拜寿了！"

他满炕撮蜡烛。乘降所后屯两个知青追着陈晓克，刚点燃的火苗，他们用拇指和食指一对，马上捏灭。陈晓克心里要起火，想想自己的身份地位在这几天里变了，成了个有前途的人，陈晓克说："睡觉。"

并没到半夜，有人撞开门，退伍兵给一根女人纳鞋底的麻绳捆进来。陈晓克没见过退伍兵，躺着问："犯了什么事了？"退伍兵不说话，在黑暗里观察。陈晓克说："偷庄稼了？摸妇女了？"退伍兵不回答。

退伍兵看见炕沿上那个留长头发的脑瓜，知道是知青，他马上蹭到离炕最远的墙角去蹲住。陈晓克问不到答案说了一声操，继续去睡。半夜，电突然来了，小屋里雪亮。蹲着的退伍兵吓得站起来。乘降所后屯的两个知青认出了退伍兵，告诉陈晓克，在荒甸子边上盖了三间红瓦房，就是这小子。陈晓克光着跳下地，往脸盆里撒尿，嘴里说："把你美得爆（厉害），在我锦绣的地盘上起高调儿。"他想踢退伍兵一脚，但是由单只脚支撑着撒尿，不好把握平衡。**陈晓克想：一九七五年十二月三十一号以前让爷爷我回城，这辈子我决不再动手动脚，今天先饶这个蹲墙角的。**乘降所后屯的两个知青睡够了，决定夜审退伍兵。两个人趴在炕沿上，拿来一根扫炕的小条帚充当惊堂木。陈晓克半睡半听，中间还瞄了几次退伍兵。退伍兵心里惊着，又和三个知青关在一起，一点儿都不敢困。陈晓克找不到合适的东西，拿自己的腰带绕上裤子，松松的一团，扔过去砸退伍兵。陈晓克说："眼珠子滴溜地转，让我看着难受，你给我闭眼睛！"退伍兵不敢闭眼睛，好像眼睛一闭，人会送命。他撑着。

从天亮到下午，群专小屋里的三个知青忙着摆扑克，都没理会退伍兵。他还蹲着转眼珠。

陈晓克去公社食堂领玉米面饼子，听人说民兵训练死了知青，他飞一样跑出食堂，满院子搜寻可手的凶器。一只木耙，太轻，磨盘挪不动。结果，陈晓克空挥着两只手进屋，几乎把退伍兵蹬踩成个扁人。退伍兵嚎叫得非常凄惨，他说："不是呵！"炕上的两个知青给陈晓克的动作感染了，并排扑到地上，拳头和脚一起出来。他们说："什么不是，是我们的不是，还是你的不是！"

这时候陈晓克才又转回食堂去，想问清楚死人的细节，起码问出死的是谁，食堂里只有做饭的老师傅，他听说死的是个丫头。陈晓克说："女的？女的又多又没用，死十个八个都不见少。"他有点没趣，站在大杨树下面，听退伍兵嚎叫。

两个知青问："你到底犯了什么？"

退伍兵说："死了人。"

两个知青问："你杀了人？你有那个狗胆？"

退伍兵说："不是我杀的！"

陈晓克看见食堂门口晒了一串白菜叶的长板凳，他举着板凳说："给小子上老虎凳！看我今天玩儿不死你。"

听说死了知青，乘降所后屯的两个都挺难过。陈晓克说：死人的事儿不是经常发生吗，别闲着，帮我架老虎凳。

退伍兵倚住屋子的墙角，醒一会睡一会。陈晓克说："你也敢躺着睡，给我起来。"两个知青又说："你站在那儿，像个吊死鬼似的！不如倒下。"**退伍兵想：落在他们手里！我生不如死了。**

赵干事来了，不看墙角里的退伍兵，只对陈晓克他们说话。赵干事说："你们仨洗脸没有？"他们说："废那个事，我们没脸。"赵干事说："你们都回户吧，快割庄稼了。"陈晓克说："不走，还没处理呢。"赵干事说不处理了，回吧。两个知青说："他怎么办？"赵干事根本不看退伍兵。他说："处理，严肃处理！"

等三个知青晃晃地走远，空院子里只有风里面的大杨树叶子，赵干事才低着腰去一层白粉浆的办公室，招呼县里来处理走火事件的人。群专屋里暂时只剩了退伍兵一个。**退伍兵想：恶鬼走了！**他飞快爬上凉炕，缩紧身子睡下。

65. 各种各样的颜色在远山间跑

金榜像个汗人，第一个出现在坡上，奔跑使他断了气那样呼喘。喘的同时，金榜又笑，脸上的表情变得古怪难看。坡上长满了庄稼，有人钻过，才微微露出能勉强走人的毛道。玉米秸的长毛毡又密又庞大无边。烧锅集体户的男知青一个个从玉米的头发里钻出来。杨小勇问金榜笑什么。

金榜说："脚下这块庄稼就是咱锦绣的地界了，看那帮孙子还敢追？"

跑得仓皇的知青们听说进入锦绣的地界，马上坐在土地里喘气，不断回头望，追赶在后面的外公社知青没了，只看见满坡的玉米。

金榜说："看什么看，借他们个胆儿，孙子们也不敢过锦绣，解放区的天是晴朗的天！"

杨小勇说："再跑我就炸肺了！"

呼吸渐渐均匀正常以后，金榜站起来喊了一声："操，江山如此多娇呵。"

没人陪金榜欣赏江山。几个知青眼睛搜巡周围的玉米地，想找根玉米秸嚼甜。每棵玉米都是亭亭立住的一汪水，他们正用老农民的眼力透视其中的糖分。杨小勇挺直了，左脚用力蹬折了一根玉米，响声极脆，带着成熟棒子的玉米秸倒了，像棵规模巨大的树，哗哗地压倒了一片玉米。杨小勇站起来，发现自己的裤子上有血迹，其他知青也看见那块凝紫的血，脱了裤子，腿上没有伤。知青们都说："染上的，北边那几个孙子也太不经打。"

金榜说："我膀子还没拉开呢，就见血了！"

拖过玉米秸准备嚼甜的知青说："我飞了一脚，现在脚趾头还疼呢。"

金榜说："稀泥捏的，你！"

杨小勇看着庄稼地的边缘说："快走，找点水搓搓吧。"

知青们都说："又熊了，怕你姐骂。"

新鲜多汁的玉米秸在几个知青手上传着，谁嚼一口都说：骚！

结着黄棒子的玉米甩回玉米地里。烧锅集体户的知青像打过一场大败仗的伤兵，游魂一样走。

杨小勇突然说："看远处的马脖子山，多好看。"几个知青接着说："有什么好看。"

金榜说："叫个知识青年，连好看都不懂，真服了你们！"

知青们说："漏了一个字，我们是没知识的青年。"

有什么在田地里跑，快极了，水银珠儿似的，马脖子山上树叶红一簇黄一簇，分布得很好。有一部分树坚持绿着，远山上什么颜色都有。杨小勇说："我怎么觉着锦绣比别的地方好看。"没人回答他，大家拖拖拉拉地走。大地很沉。

玉米地的尽头接着高粱地，一个拿镰刀的人从高粱地里出来，站在毛道中间。这个人眼珠奇特地大，瞪着，显出了惊恐状。拿镰刀的人说："是具体户的人吧？"

金榜说："是呵。"

拿镰刀的人说："是咱锦绣的吧？公社出了大事儿了，知道不？"

杨小勇刚想停住，金榜狠狠推了杨小勇说："跟他罗罗，还不撒丫子快跑！"

烧锅的知青又开始跑，酸的汗味布满了庄稼地。**金榜想：锦绣一百年不出一件事儿！让老子赶上了。**锦绣小镇空荡荡的，鸡都不叫。知青们又蹲下来喘气。杨小勇说："吃屎都赶不上热乎的，晚了吧！"

他们跑得太快，没听见拿镰刀说的话："是具体户的人出了事儿！那血淌的！生把个活丫头给淌干瓢儿了。"

第四章　紧张的季节

66. 黄鼠狼笑了

黄鼠狼发笑，轻微的响声也没有。扬着精致的小脑袋，黄鼠狼站在场院的墙头上。现在，正用尖突的嘴巴笑着。**黄鼠狼想：好季节又来了。当一只黄鼠狼，比当老虎还舒服呵。**秋天的叶子干出了响声，马上就要干得落地，果实们越来越显得饱满而突出。有一个人穿过庄稼地，他周围的秸杆们千军万马一样响。风斜着掀起黄鼠狼身上光滑的金毛。

两个知青走向场院，坑洼不平的泥路使她们的步伐变形，像两个可怜的罗圈腿勾勾弯弯地走近。年龄小的知青看见闪闪发光的金毛，她说："墙头上是什么？"她还用手去指。年龄稍大的知青马上制止，她说："可不能随便指，那是黄仙，都说能迷住人的！"太阳底下肥胖的母鸡缩回到沙土下面，场院的小泥屋里钻出一个光着上身的人，刚出来马上折返回去。只有金毛黄鼠狼坦然地立在高处，它的肚子饱得不行，在墙头上睡了一会儿，突然滚落到一堆发黑的陈年麦秸堆里。黄鼠狼睁开眼睛，看见许许多多的孩子乌鸦一样挎着柳条筐往大地里跑，鸡鸭鹅狗紧跟在后面，黄鼠狼又不出声地笑。自然而然地动物进入这个季节都快乐。

荒甸子屯朱家的老太婆穿了一条肥硕宽大的棉裤，迎着田地，她向四周张开大嘴喊：“今格儿割的哪块谷块，人都猫到哪个卡布裆里去了？”朱老太婆看见闪动的金毛。**她想：啥事儿呢，一出门就碰上了黄皮子。**

站在谷地里的生产队刘队长说：“我还没发话呢，谁这么猴急，第一镰是谁动的？”一个知青说：“试试新开的刀刃。”刘队长说：“就你们能起高调，万事也有开头，风在雨头，屁在屎头，用不到下晌，就累稀了你！”刘队长向松软的泥土里迈了一大步，用刀揽了满满一镰的谷子。

上了年纪的农民在场院里搭建贮藏玉米的木楼，向空中传递胳膊粗的木头。全锦绣有几十片地开了镰。乘降所送走了当天的火车，刚下火车的一个知青根本没有去注意大片成熟的庄稼。他很着急走。很快在大路上遇见另一个夹长把耙子的知青，两个人贴近了最低声地说话。黄鼠狼一点也没预料到，它会在太阳当头的时候打寒战，远没到冷的时候。黄鼠狼抖擞起来，想看出事情的根脉。两个知青走近，突然不讲话了，哑了一样。一九七五年招工回城的消息从这个下午开始，在锦绣的知青中间快速而神秘地蔓延。

67. 最后的力气

收庄稼的日子，所有的人整天躬低了腰，两条毛糙的裤腿上沾着熟透了的苍耳和草籽，手上的皮肤裂出血的口子。锦绣的黑土一小块一小块露出来，大地又开始变轻了。荒甸子屯的知青姚建军梦见镰刀长在自己的小臂上，只有镰刀锃亮的头，手臂就是刀把。刘队长喊着晚上夜战的时候，姚建军正趴在木箱上写又一份入党申请书。她用身体挡住在集体户里走动的人，偷偷摸摸地写字。申请书写好了，没有机会交去大队，荒甸子屯一连三天都夜战割高粱。高粱给断了根，立刻头重脚轻，死囚一样往下栽。割高粱要把倒伏成四分五裂的高粱秸拢住，扎成结实的一捆，戳立在地里等待马车。荒甸子屯的女知青做不好这些。从远处看，她们是在地里和高粱们摔跤。手上缠着五颜六色的布条，都脱落了，四处飞。刘队长从来没见过这么笨的人。他说："光瞅你们都累黑眼珠，回场院摆棒子去吧。"姚建军说："我们就干这个，奶孩子的妇女才摆棒子！"月亮正在这个时候升到头顶上，女知青都在心里骂姚建军假积极。刘队长消失了。月亮的光只照耀着割过的高粱茬，每个人的眼前是黑密密的庄稼。

姚建军靠着一大捆高粱睡着了。再睁开眼睛，看见挨近自己的一大团有毛刺的黑东西，她吓得大叫了一声，失去平衡的高粱捆立不住，重重地翻倒，压住了姚建军。月亮没了，天上只有三颗并列着的星。**姚建军想：就这样躺着，一下子死了也挺好。**姚建军不想站起来，她抱住高粱开始哭，鼻涕一流出来，她就随手扯一把高粱叶子擦。拉高粱的马车靠得不能再近了，姚建军才听见马喘气的响声。赶车的农民是个赤红脸的年轻人，这个挺黑的影子问："半夜三更弄的啥声，这么瘆人？"

姚建军说："哪有声儿，我抱着高粱捆睡着了。"

年轻的赶车人感觉听见的是哭声，他在破棉袄里摸索着说："取灯儿呢，滋啦火呢？"他摸出火柴盒。凌晨的霜重，无论如何都划不亮火。姚建军突然想到赶车人的叔，很大的个子常坐在大队部的炕上，是大队干部。不知觉地她就再哭出声音来，鼻涕也顾不得擦，乌亮冰凉地拖出两条。她在男式外衣的口袋里，摸出装了三天三夜的入党申请书。**姚建军想：为什么忍不住眼泪，为什么不坚强！**

哭声给另外三个女知青听见了。本来，她们在一片高粱地里，看姚建军割得快，三个女知青有意放慢节奏，割几刀就站一会儿。她们说："让她抢前，谁累谁知道。"姚建军走远以后，一个知青说身后有个比人高的鬼，刚拍了她的脑瓜。三个知青一起在黑暗里逃跑。突然脚下空了，天地颠三倒四地翻腾一阵，三个人摔进一条紧挨林带的土沟里，绒绒的野草拖住她们，北斗七星都在天上。现在，她们同时听见狼一样的哭声，马上三个也开始哭，一边哭一边说话。她们说："谁可怜我们，一点儿力气也没有了，人都散架儿了。"

天微微发亮的时候，刘队长巡视到高粱地，发现三个女知青都睡在沟里。刘队长说："胎歪儿地睡得怪好，高粱割得狗啃似，都给我起来！扣你们一宿的工分！"女知青说："扣去，不值一根小豆冰棍儿钱。"

姚建军也拿着镰刀从林带的坡上往下看。三个女知青看见姚建军翘起来的上衣口袋，两条粗筒棉裤，胡萝卜一样的手指头，她们恨她。一个女知青坐在枯黄衰败的干草里说："假积极快抽回去了，今年招的好工种，全去掏茅楼儿！"姚建军一撅一撅地走开，大地结满白霜。

68. 称一称王力红的肉

锦绣三队集体户的郭永抱着一杆秤从队部出来。他要走得缓慢点，刚刚吃过肉的胃好像悬挂在郭永这个人身体以外的一只口袋，又沉又坠，悠荡荡的。这是郭永在一九七五年里第二次吃肉。一般的人享受了好食物以后都想娱乐一下，现在郭永想出了娱乐的新方法。

郭永听见队长说肠子里清汤寡水的，粮食估产过了黄河（亩产指标），该杀口猪庆祝一下。郭永看见队上忙着煮开水烫猪，杀猪的人脱了衣裳都缠在腰间。现在，肉进了肚子，嘴唇肥厚滑润，郭永借了称猪的秤，开始只是想回户里试试自己的重量。风凉了，吹透了皮肤，刺在肉里，剩在地里的玉米、高粱、黄豆的茬，顶着风，尖叫成一片。有人问："拿杆秤干啥？"郭永随口说："称称王力红的肉。"有人再问，郭永又重复。他突然觉得称王力红是件好玩的事情。**郭永想：不玩王力红玩谁呢？**他已经不顾自己突出的胃，走得相当快了，而且唱一首雄壮有力的进行曲。

进了集体户，郭永说："王力红呢？"王力红没在，窗台上摆了那只专用尿盆。郭永说："想给王力红过过秤，她还不识抬举，扭扭儿地没了。"

因为吃肉，锦绣三队放半天假，知青们都没事可干，全拥在厨房里，把秤悬挂上房梁，每个人都抓住秤钩称了重量。大半个秋天过去，劳动和吃饭，人人变胖了。有一个知青大便回来，大家要他秤第二次，整整少了两斤，大家说他起码得吃了三斤肉。他委屈极了，让大家算算，一共才分来几斤肉。直到晚上，他还委屈说："三斤肉才多大，半个脸蛋子。"

等待王力红让人烦燥，有人说她又去公社了。郭永学着吹猪人，把肘上破了两个洞的秋衣脱了全缠绕在腰下，坠坠的一堆。郭永说称王力红要像称猪一样，拿麻绳拴住她的手脚。大家分头找麻绳的时候，王力红回来了。天正在变黑，全锦绣都停电，王力红居然在黑漆漆里还哼歌。她的眼睛很狭小，感觉她这个人永远平视着前面很近的某个地方，短浅得不过一尺到两尺。王力红看见今天的煤油灯点在厨房里，她以为又分肉了，所以走快一点儿。刚迈进门，她就被很多强有力的手给按住，人马上悬起来，眼睛只看见黄泥灶上的一把铁笊篱一根擀面的棍。王力红叫喊：“救命呵！杀人了！”她听见郭永说：“杀人了，动刀以前先过秤！”王力红又踢又叫，动手的男知青都在喊，他们喊麻绳快点儿。没拿到麻绳，他们又改喊鞋带。女知青全站在灶和门之间，脸上的轮廓给煤油灯照得飘飘荡荡，她们笑得快断气了。

王力红扑腾得厉害，始终被给扎紧手腕脚腕。郭永的脊梁上闪闪地出了一层汗。他说：“想杀一个人也不容易。”全集体户年龄最小的男知青报了王力红的重量，一百三十二斤。郭永还是不放下王力红，她现在被一块发黄的豆腐包裹住，脱离了秤钩，正挣扎着想落在地上。

郭永说：“杀了，还留着。”

王力红说：“留着留着。”

郭永说：“膘还不够，留着她等过年吧。”

王力红沉重地落在厨房的碎玉米秸里，让人想到这是不止一百多斤的肉，应该更多，实际重量的两倍。

王力红的头发全乱了，扎撒开，她摸着头发找夹子，嘴里说一声：“烦人！”王力红甚至是心平气和地回到屋里。

郭永稍微有点扫兴说：“睡吧，不睡还能干什么？”有知青说：“闪了膀子了！”郭永说：“全当消化食儿了。”又有知青说：“没见比王力红更皮实的人。”郭永说：“赶上老榆树皮了。”集体户吹了灯，锦绣三队全静下来，狗的半面脸贴上渐渐地僵硬的泥。大约两小时以后，电灯突然亮了，很久不亮的灯，二十五瓦有了一百瓦的亮度。知青们蒙住头说：“快灭灯！再睡一分钟。”生产队长拿手掌拍窗上的破玻璃说：“装个啥，吃肉的时候咋不往回缩呢，都上场院夜战去，来电了知道不？”知青说：“你的老鸹爪子拍掉一个玻璃碴儿，也得给我们装块整个儿的！”生产队长不拍了，直接进门舞动着。

知青们扯着破大衣向黑暗里走，有人说：“我们这是戴镣长街行，革命烈士英勇就义了。”郭永问王力红在哪儿，女知青说，没来，说腰疼了。想想给王力红称肉，大家又快乐了。每人学王力红喊叫一遍，每人的模仿都不同。

郭永说：“王力红真是个宝儿呵。”

现在，王力红在黑暗的集体户里穿衣裳，她靠住墙，想自己的事情，谋划明天早上找哪个领导。王力红把裤腰提到很高。她对着墙说：“连刚下来两天的小屁孩儿都欺负我，我快成疯子啦。”

69. 橡树底下

山上，略微向阳生长的大橡树都红了，两株红树下面呀呀地坐着红垃子屯保管员老刘的女儿。那是一只元宝形的筐，蓬蓬地垫了包玉米的乳白色嫩叶。半岁大的孩子拍着筐沿，从她的角度看天空，它像絮在玉米叶中间，一块剪成圆形的蓝布片。

孩子有时候看见老刘拿袖子擦那张有棱有角的脸，又往玉米楼上举棒子，他的一溜结实的腹肌都露出来。孩子还看见她母亲，正用大拇指的指甲试镰刀，这种时候，母亲会把舌尖吐出一点，显出了做事情前的极度认真，显出她要干一件精细入微的活儿。孩子看见马车来来回回，转动着有大斑纹的黑橡胶轮子，马们很多的细腿，嗒嗒地走。金黄的玉米棒子堆上了玉米楼，饱满的玉米粒掉在场院的硬泥地上，活蹦乱跳的。老刘的女儿就在这些琐碎的事情中间，一会儿哭一会儿玩一会儿睡觉。

老刘拿着几条粗麻袋走。他女人叫住他说：“听人家讲，全锦绣的知青要开会了，收了庄稼就开。”老刘说：“和我啥关系，我不是知青。”女人说：“那你是个啥！”老刘说：“我是社会主义新农民。”女人说：“你死心眼儿吧，新农民！”老刘说：“不跟你说，我跟我儿子说话去。”他往大橡树那儿走。上午树还通红的，一个中午，红叶落了一半，现在，最红的是树荫下。

女人夸张地迈开步，往庄稼地深处怄着气走。女人说：“死犟眼儿，非要把知青说成农民，把姑娘说成儿子，拿这傻人咋整呢！”

老刘把一根玉米棒子放在装孩子的筐里，他说：“儿子，这就是粮食。”

孩子抱起玉米棒子想啃它，可惜她的嘴巴太小，又没生牙齿。老刘像欣赏一幅年画，欣赏女儿和玉米棒子。

女人使劲地朝树底下喊：“家去烧火了！”

70. 马列写诗和吃鹅肉

马列下地干活，一定在口袋里装一个线钉的小本子，休息的时候，顺手写几个字。田家屯七队的农民说：“你写些啥，朗一段来解解闷儿。”马列本来歪在乱草里，腰像灌了醋精一样酸，说到朗诵，马上直直地站起来。马列翻开本子读出两句：

脚跟站田头，心想全世界。

农民说："脚跟站前头？那咋站？脚跟朝前，脚尖朝后，那不是颠倒了！膊罗盖儿朝前啦？"马列想解释，田头，不是前头。但是农民看见送水的人颤颤地扇着扁担来了，全拥过去抢水上漂着的瓢。

锦绣农民下地劳动分成几个时间段，从早起下地到吃早饭是第一段。公社的干部们执行公家的规矩，吃了早饭才工作，他们出门的时候，农民已经第二次下地了。锦绣公社的王书记带上他的镰刀到了田家屯七队。镰刀是王书记父亲留下来的，刀只有一根手指头宽，锋刃发青。王书记象征性地割地。田家屯七队的队长和会计在屯子里织布梭子一样跑，找干净的人家派这顿午饭。一会儿，王书记跟着拉谷子的马车回到屯子里，他说："四两粮票二毛钱，老规矩。"队长说："你还割了一头咱庄稼，合五个工分，还不值晌饭钱，掏不掏都中。"这个时候，场院上的高音喇叭响了，田家屯的广播员说播送田家屯七队送来的稿件："秋风浩荡红旗吹，公社书记到咱队，手舞一把小镰刀，丰收喜讯惹人醉。"王书记仰望着喇叭笑，他说："写得真是好，田家屯还有这样的人才？"队长说："八成是具体户的小马写的，平常就他好这一口儿。"王书记说："去招呼他过来，我看看他啥样儿，写得好啊，还一把小镰刀，观察得细呀！"队长马上喊人去集体户。

马列说："真不是我写的。"

队长说："是不是你，这阵儿你得给我顶上，又不是杀人放火，你怕啥？"

王书记上了炕，红亮的小炕桌摆上了，白糖水沏了一碗。王书记从窗口叫队长和马列。满屋子都是肉香。马列脖子僵硬地坐下，正对面炕里是毛主席穿军装招手的年画。队长刚坐下就说："队上烂糟的事儿没办，马列好松儿地陪书记吃。"队长急急地夹着衣裳走，他想着自己家里收白玉米，他家灶上还没点火，女人正在地里，膝盖下着力压紧玉米秸捆，队长看见地里劳动着的女人破马张飞地满脸头发。然后看见他的儿子在玉米地里爬。

马列低着头吃饭，大碗里的肉浸在透明的油汁里，屁股下面炕热得厉害，两瓣屁股轮换着，不敢踏踏实实地挨住炕。

王书记说："第一次听说叫马列的，你的官儿比咱毛主席都大，老资格革命家。"王书记又说："小马慢点儿吃，只要好好干，前途是光明的。"

马列答应着，头上冒汗。

画上的毛主席想：这个青年人太紧张，这个小干部的派头摆得大喽！

王书记说："招工的消息到了，你知道不？"

马列说："我刚下来半年，没资格参加。"现在，马列光着两只大脚在地上找鞋。一条黑黄毛相间的狗正趴在王书记的胶鞋上睡觉。马列终于逃出来了。门外站了一个男孩，两只漆黑的手正抓一只油亮的鹅脑袋啃。马列才知道他刚才吃的是鹅肉。在井台上喝了半柳罐斗凉水，马列渐渐平稳了，回集体户先掀锅，找玉米面饼子。

炕上的人全在午睡，个个睡的正幸福，像太阳地里晒着的大甜瓜。马列躺下嚼饼子，干硬的金黄面渣落满枕头脖颈和脸。马列终于慢慢自在了。

71. 高长生使风声更紧急

知青们说："天老爷，我的腰呵！"

农民说："人到了三十才长腰眼儿，你们还差十好几年呢！"

知青用镰刀的木把用力击打腰眼，身后明显发出闷闷的声响。知青说："这不是腰是什么，还能是大腿？"

知青们捶打着腰进了炊烟贴地的荒甸子屯。光秃的院子里正有一个陌生人在擦脸，毛巾雪白得简直不是凡人用的，白得扎眼。集体户的屋前屋后全是香皂气味，刚泼出去的洗脸水满院冒着热气。

知青们说："你是谁？哪个溜儿子的？"

洗脸人说："我是高长生，就是这户里的人，公社名册上写着呢。"

知青们都倚着墙忽忽拉拉站成一排，站出一股逼人的阵势。**知青们想：高长生屌人，仗着能搞化肥，影儿都不沾，要真有尿性，别在下乡露头儿。**

十几个知青没一个人穿着不漏洞不翻扬出棉花的衣裳，灰蓝黑黄一片斑驳的破布。知青们说："你上我们户干什么？"

高长生有点害怕。他说："办点私事。"

知青们全笑了。乱七八糟地晃着说："这年头儿哪还有公事，全是私事，今天你不说明了是什么事儿，让你跟烧火的高粱秸一样，立着进来，顺着出去。"

高长生拿书包里的糖块给大家分。知青们一次嚼三只糖，扫一眼集体户的火炕上，没见新铺盖卷，这个叫高长生的两手空空的下乡了。**知青们想：这屌人是个信号弹，招工的事儿快了吧？**后来，端上两大碗土豆酱吃粥，各人捧着碗想各人的心事。一个知青说："小子，你是不是想占我们荒甸子的名额？"高长生说："占了你们的，我敢来！占了，我是孙子。"后来，没人再理高长生，等大家想起他来，他已经从后墙溜掉，正缩在十里地以外，乘降所的房后。那一带是李铁路堆垃圾的地方。高长生两只脚陷在干白菜叶子里，往城市去的火车还有三小时才到。高长生打着寒战，在心里对他父亲说话："锦绣的荒甸子屯是个匪窝。我在这儿，非给他们掐死在大地里。"

中午，黑云彩压住大杨树梢，很厚的雪就在头顶上。锦绣公社食堂没生火，连做饭的老师傅都回家收庄稼了。荒甸子屯的男知青忙着在大衣外面扎了麻绳或者电线，下地的时候呛着冷风干活他们也这副装扮。男知青说上锦绣探风去，让女知青做上好吃的，等他们的消息。女知青说："哪儿有好吃的，有土豆有玉米有半坛子马料盐。"男知青不仔细听，黑压压一片，跳窜上了国道。出屯子时候不足十人，半路上，聚了三十多，都是知青。临时没扎大衣的人，紧紧挽住两扇衣襟，显出精长有力的腰来。知青们站在公社大院里，踢起的灰土翻滚着。知青们说："躲得了初一躲不了十五，赵干事你从灶坑眼儿里出来！"

公社只留了一个看门的，是大师傅的亲戚，身上沾着大条的谷草出来。他说："头头脑脑儿的都下去了。"

知青们说："你是个啥？"

带谷草的说："哼哈喽罗儿都不是，帮大师傅看一下晌的门。"

知青们自己威风凛凛，围着公社走了几圈，最后对着公社土墙排成一长队，随着口令同时解手，红砖的墙湿淋淋地变出半截深紫颜色，因为没做到同时，互相骂了一阵，重新解手已经不可能。有人学着猴声怪叫："齐天大圣到此一游。"实在没趣儿，才渐渐散了。雪憋着劲，就是不下来，大地轻了，轮到天空变沉。

荒甸子屯的知青说："再见到高长生，根本不说话，撩他的上衣兜住脑袋，一顿胖揍，揍到解气拉倒。"另一个知青说："把他砸成个肉饼我也不解气。"

女知青正在灯下面挑马料盐里的草杆砂子，听见国道上的响声，都跑出来问消息。听说白跑了一趟锦绣，气得把挑出来的杂物又都倒进盐里。男知青说："没白跑，每人送了一泡尿。"

72. 陈晓克熬到头儿了

陈晓克和一个小知青在马脖子山腰晒太阳，他们枕住玉米秸垛，感觉总有玉米棒子垫着，坚硬，垫得人不舒服，陈晓克不断地挪动，最后，挪出两米远，才找到个柔软的地方。他用很长很长的时间观察自己的一双棉鞋。坐在两米以外的小知青把硌了自己的玉米棒子抽出来，甩到棒树丛里，一连甩出去五根，手还在背后摸索。

陈晓克说："那是粮食！"

小知青说："硌着我了！"

陈晓克说："那也是粮食！"

小知青不情愿地抄起袖子，耸着肩看天。**马脖子山的松林想：这帮孙子辈下乡的小崽子，越来越没人性儿了！拿玉米棒子当手榴弹撇。**有骑车的人扭着骑上山道，扭得像个疯狂的舞蹈者。走近了才看出，是公社的乡邮员。乡邮员跳下车说："陈儿，你四仰八叉的挺自由，有你的信，还不快溜儿过来。"陈晓克从来没收过信，从下乡那天起，连一张纸片也没收过。他狂奔着去接信，奔跑得山川飞掠。

陈晓克看见他父亲潮湿虫样的字迹，突然朝着北风连唱了几句：

怎知道今日里，
打土匪进深山，
救穷人出苦难，
自己的队伍来到面前。

找到两捆头搭头的玉米秸之间，陈晓克才唱完面前两个字的拖腔。他把父亲的信看了无数遍。然后，陈晓克夹起大衣跑，实际上他最想飞。

本来，陈晓克和小知青守在玉米地等待拉庄稼的马车，可是马车把这块山地给忘了。小知青问陈晓克：“你上哪儿？”陈晓克说：“走走。”

漫无边际地走进了马脖子山队的场院，两垛谷草挨着像两个新鲜的窝窝头，陈晓克想象在两垛谷草间来回跳跃，一定感觉好。他在地上跨步，测试着距离。小红穿件灰棉猴来了，那古怪的棉猴两只口袋斜缝在胸前的位置，小红把手插在那里，好像想守护她前面的两只桃形乳房，好像提醒人，她长了一对特殊宝贵的东西。陈晓克说：“小红，你过来。”

除两垛谷草以外，陈晓克的余光里没见到别的，没人。所以，他重重地揉抓那条棉猴的前襟，应该感觉不错的地方。可惜，抓到的净是死棉花。陈晓克说：“把这个破烂玩艺儿给我脱了！”小红说：“人家不是人，不知道冷？”陈晓克说：“我全脱了，你也脱！”他把大衣甩在青石礅子上，玉米糊子一样散着烂线头的秋衣也甩了。陈晓克的背心在太阳下面露出密麻麻的洞，分布得太均匀太协调了，想故意用画笔点，都弄不到那么好。陈晓克一用力，背心撕开，成了无数软布片。现在，一身的莽撞肌肉闪着黄铜的光。陈晓克擂擂胸脯说：“看看，全是在锦绣的马脖子山长出来的腱子肉。”

把自己脱光了的陈晓克忘了该去喜欢那个叫小红的女人肉体，他是为自己的心情才迎着冷风赤裸上身的。

小红说：“你疯了吗？”

陈晓克把小红拉过来，那条棉猴正面的六只扣子，一颗一颗冰着陈晓克。他喷着热气对小红说：“我要走了，我陈晓克熬到了头儿！”

小红说：“哥，真的吗？你带着我走！”

陈晓克突然停住说：“我为什么带你？”

现在，陈晓克上身的皮肤有了青白坚硬的一层光，疙瘩突起，陈晓克好像披了一张兽皮。

小红说："哥，你冷，身上不走血了。"

陈晓克一只手捡着衣裳们说："和你没关系！"

73．怪诞的事情

穿破大棉裤的朱老太婆快速地往荒甸子屯走，快得土道林带大地都跟随她的破褂子左右摇晃，快得袄和裤子的里面都是汗。进了自己家的院子，她麻利地解开裤上的布带，弯着，把藏的几条玉米棒子掏出来。朱老太婆这么做很坦然，以为没人发现。黄鼠狼闻到了某种熟悉的气味，朝这个方向吸着晶亮的鼻子。

有人在土墙外面问："老朱婆子，你忙活啥呢？"

朱老太婆说："我回来方便方便。"

外面的人说："你多大的尿泡儿，大地里不够你个老婆子方便？"

朱老太婆脸上不自然了，皱纹全紧上来。她只好挽紧了裤腰，裤腿下面突着，里面还藏着玉米棒子。这个时候，她看见黄鼠狼在天空上停着，不慌不忙，好像想飞走又想停住，两只眼珠盯住她看。朱老太婆一脚深一脚浅地向地里走。黄鼠狼一直跟住，她停下，它也停下，就在荒甸子上方，金毛拂荡。朱老太婆不敢抬头，摘了片大麻叶挡住前额。

朱老太婆有过当神婆的经历。有一些年，她能招来鬼神附身，附近住的农民在笸萝里装上小米红豆专门请她驱病消灾。有一个飘小清雪的晚上，朱老太婆正想拽下那颗悬荡的门牙，她被招呼到队上开批判会。队部的炕上放了两盏煤油灯，带着黑烟的长捻儿左刮右飘。刘队长喊她站到人前，她还撅在炕上找棉鞋。刘队长吼了一声说："立刻亮儿地下来，接受批判！"朱老太婆才知道批的是她。一晚上的煤烟，把她的鼻孔熏得又黑又大，活动的牙也不知觉地没了。出了队部的门，神婆朱老太婆成了最普通的农妇，头发变得飞快，别的老人是变白，她是变黄。朱老太婆站在门框下面发誓说："啥个鬼啥个仙，再来折腾我，我吐口唾沫淹死你！"

大地里的知青们一坐下就再不想站，望着几米外的水桶，坐着扭动屁股，挪过去喝水，一边喝一边向前吐出草末树叶。一个富农说："咋跟孙膑一样？"知青说："孙膑是哪个屯的孙子，敢跟老子一样？"富农顿时不说话了。

刘队长过来喊知青说："你们上老朱婆子家，看她当院里是不是藏了队上的棒子。"知青说："队上的棒子长什么样？叫它，它答应吗？"刘队长说："我有透视眼儿，麻溜儿去！"知青得了最高的信任，在大地里散掉的力气又都回来了。五分钟以后，他们跑回来，卫兵一样威武地默立在刘队长身后。

刘队长对向阳坡里的社员说："今格儿，我早起看了皇历，皇历说有的娘们手爪子又刺挠了，不抓儿把东西难受，抓个人家的舍不得，抓队上的，就掖在身上，就会儿，我要查查，查出星蹦儿地（个别），可别怪我损，偷一罚十！"

两个妇女的腰上别了玉米棒子，认了错放掉。刘队长盯住朱老太婆："你这条棉裤能装一囤子。"朱老太婆说："你找着一囤子我再赔上一囤子。"刘队长说："解绑腿给我瞅瞅！"

绑腿的布刚松开，又黄又沉实的玉米棒子全掉出来。站在刘队长身后的几个知青都从后腰里抽出黄玉米棒子，在朱老太婆家里搜出来的。刘队长说："老朱婆子，认罚吧，查查是多少！"

整个下午，荒甸子屯的人总听见不远不近的地方有人唱地方戏。晚上，朱老太婆的女儿跑回家问：“妈，你一下晌喝喝咧咧唱个啥！”现在朱老太婆的嘴里进进出出许多白沫，在没月亮的晚上，昏老的眼睛放着光。

朱老太婆说：“我是黄仙，小丫头，你有眼不识泰山。”

女儿赶紧拿衣裳襟兜住朱老太婆的头说：“我的妈，你小声儿！”

朱老太婆突然放开嗓唱，发出极大的声音。按一个老太婆的音量气脉，不应当有那么大的响动。荒甸子屯的人都上了炕，又忙着往身上套衣裳下地。他们说：“多少年没瞅这热闹儿了。”还远着，已经听见朱老太婆唱的：

玉皇大帝穿龙袍，
满地满天金银宝。

集体户的男知青抱了麻绳跑，想捆人。他们说：“装疯卖傻。”守在井台旁边的刘队长突然不强硬了，推知青回去。刘队长说：“这事儿拉倒。”麻绳越缠越乱，弄得几个知青跌跌撞撞，他们说：“凭什么拉倒？”

天亮以前，守住朱老太婆的女儿儿子都睡了。朱老太婆光着脚走向光秃的庄稼地，霜跟碎银末那样。靠近屯子边缘的人家都听见怪声。朱老太婆忽忽悠悠地唱：

天兵天将下了山，
十里八村起黑烟。
本乡本土我不惹，
外乡恶鬼的魂儿不散。

刘队长趴在炕上烤他的寒胃。刘队长说：“老朱太太八成儿真中了仙，惹唬不得。”他女人脸上带着寒气说：“就是，别出事儿呵。”刘队长说：“外乡人还有谁？退伍兵最招人烦，可没见他偷鸡摸鸭子，要出事儿就是具体户。”他女人叹了口气，又说：“就是，这帮孩子，哈也不怕呀。”

74. 匿名的信件

赵干事的家属委托一个人来锦绣找赵干事，要他回家收自留地。赵干事说：“忙得脚后跟磕屁股蛋子，再等两天。”来人搓着红肿的手说：“一半天就下雪了，还等啥？”

赵干事说忙，举举手里的两页信纸。**来人想：弄两篇纸呼呼拉拉支我，那东西菲薄的，能忙着人?**

赵干事收到了一封匿名信，属名知情的革命群众。信上说乘降所后屯的沈振生和荒甸子屯的唐玉清根本不算知识青年，早在城里闹红卫兵的时候，两个人就弄到过一块，孩子已经挺大了，像这种犯了严重错误的人绝对不符合招工条件。赵干事赶忙去翻知青名册，沈振生一栏很简单：一九六八年下乡，一九七三年十月十五号转户到锦绣公社乘降所后屯集体户。唐玉清只记了一行：一九七四年九月转入。赵干事的脑子里乱得沉，他把知青名册的封皮扯下来，他早就看不惯那张芭蕾舞剧照，女兵不像女兵，伸腿劈叉地难受。他顺手把匿名信也扯了。**赵干事想：去他妈的告密小人。**

就是这个时候，一九七五年的冬雪终于落地了。开始还是小雪粒，随着阵风变成了鹅毛大雪，打着旋，飘满了天。赵干事刚推开门看雪，看见了王力红一张涂了雪花膏的又大又白的脸。

王力红说："你别躲，赵干事，正找你呢！"

赵干事最怕见到王力红，马上说："有事儿快说。"

王力红说："昨天问你，你说不知道今年招工的消息，今天呢？又过了二十四小时，消息不能总没有。"

赵干事说："今格儿和夜格儿一样。"

王力红横着挡住公社的小走廊，赵干事想退只能退到门外的大雪里去。

王力红说："你躲我，我也知道，我王力红这人长相不精，心可不傻，我下乡七年整，八年头儿，昨晚上我想了一夜，把锦绣呆够七年的人排了队，都写在纸上，我比李英子陈晓克出身好，我比杨小华早下来一个半月，就这几瓣蒜全搁到一堆儿比，今年不让我走，谁也好不了，我现在最不怕上纲上线，这七年从革命小将变成什么，干巴扯叶，再变就是精神病啦！"

这个时候，王力红的声音停止，却滔滔不绝掉出了眼泪。

像王力红那么小的眼睛里也有完全透明的液体流下来。冰珠一样晶莹，落在她的碎花棉衣罩上，凝住不动。

赵干事感觉心软得像团发酵的稀面坨，赵干事说："你可别哭啼啼，人家当我咋地你了，见人哭我就想躲。"

现在，赵干事拿着王力红塞给他的纸，上面列了第一批下到锦绣的知青名单，凡走掉的都画了红叉，好像给王力红判了死刑。王力红把什么东西蒙在头上走到大雪里，从肮脏的玻璃向外看，她是个只有腿没有脑袋的活动物体。

整个下午，大雪都没停，偶尔有一个穿过公社大院的人必须弯曲着膝盖在积雪里艰难地拔动腿。赵干事在油污的炕桌上翻那本知青名册。**落满了锦绣的大雪们想：这个叫赵干事的，天黑地白，他**

究竟让哪个活，让哪个死？

王书记披件崭新军大衣，故意抖擞着肩过来说：“你看看这信！”赵干事又见到匿名信，还是揭发沈振生唐玉清，和他扯掉的那封同样的。

赵干事说：“沈振生人真不错，也是七八年了，咋整？”

王书记说：“万一真呢！”

75. 李火焰过生日

牲畜们用绝对纯净的眼睛观察着雪势，能吃的饲料都给掩埋了一片白。一匹因为太年轻而没被拴住的马，跑到大雪里面的玉米楼前，啃出一根玉米，在嘴里嚼出了清甜的白浆，比奶还好的东西挂在马的嘴角。团结七队的队长过来，想从马嘴里夺玉米棒子，马坚决不同意。大雪封住的国道上猛然滑下一个人，队长和马都愣住，知青李火焰趟着雪过来，他扑打着脸说：“没点灯？别的队都有电呵！”

队长听说有电，赶紧跑。很快他的两条棉衣袖口各举着一只灯泡，到队上。有人说：“那么大的泡子，炸了咋办？”队长说：“没接上电，它凭啥炸？”人又说：“早晚不都得接电，不然还叫啥灯泡子？”队长想：**生和死不过是脚底下一忽悠的事儿，像具体户那个丫头**！他马上喊人：“谁勤快勤快腿儿，找具体户懂电的李火焰来。”

李火焰在集体户门里磕靰鞡鞋里的雪。他说：“人家烧锅集体户比我们强，杨小华有一本今年的日历，我查了才发现，今天是我的生日，我要好好享受享受。”李火焰刚上炕把冻僵了的脚套在棉帽子里捂住。找他试灯泡的人来了，踩得地上白花花的。李火焰说：“灯丝断了灯就不亮，没什么可试的。”来人说：“大泡子，不敢乱点，怕炸。”李火焰说：“大泡子费电。”来人说：“队长正扫场院，夜黑儿要开脱粒机夜战，非大泡子不可。”李火焰极其后悔说：“早知道夜战，看见来电也不告诉你们，我是熊瞎子喊猎人给自己下套子。”李火焰出了门，看见李英子正从柴垛里抽干柴。

李火焰轻声问：“抽工的消息你知道吗？”

李英子满头的雪，她说：“不知道。”

李火焰很简短地说：“听说名额下来了，五男二女，进大工厂。咱们户只有你够资格。”

可是，李火焰在李英子的脸上没发觉什么反应，什么也没有。李火焰想：雪人！他缩紧脖子往队上去。

雪亮的大灯泡下面的人都守着脱粒机在骂。脱粒机想：好天头儿盯巴儿掐电，大雪刨天的来电，纯心折腾老农民！脱粒机吵得任何响声都听不见。有人说：“这机器妖精似的突突，把心都给鼓捣出了二里地！”玉米们正被机器分析成颗粒和棒子两个部分，口粮和柴禾，最后又变成下一年种玉米的力气。

李火焰脱鞋，倒掉灌进去的玉米粒的时候，看见队里的保管员用铡刀切喂马的豆饼，切得精精薄。然后，保管员凑到队里的大灶前，神秘地勾着身子。很快，烤豆饼的香味跑出来，保管员掰了一块给李火焰。李火焰说：“原来马高人一等，吃这么好的东西！”保管员说：“马出多大力气，人出多大力气？给你一块拉拉馋，不错了。”豆子精髓的香味使李火焰幸福，又想到今天是他过生日。李火焰自己过去，踩住井盖大的豆饼，双手按紧铡刀，切了一大片。他说：“老子就是一匹马，干了一夏天一秋天，也该犒劳犒劳了！”

脱粒机工作了几个小时，突然停了，突然把世上显得极肃静。

队长说话的响声传到了四面八方的雪坑里。队长很惨地说：“皮带折了！”有人笑着说：“好像你屋里的（女人）把裤腰带挣折了，稀里哗拉布丝不挂，愁坏了老爷们！”所有人在脱粒机停掉以后，都坐在金山一样的玉米堆上。雪停了，风也不吹，人们都在笑。队长一个人踩着哗哗的玉米粒走，脸上很难看的颜色。队长一直走到积雪里停住说：“哪家的猪上队里睡来了！早通知各家各户粮食落地，猪都拴住，今天抓住谁家的猪就罚到他一家砸锅卖铁。”队长把脱粒机坏掉和他屋里的被嘲笑勾起的火气都发出来，拿一只木锨，拼力翻一垛有响动的谷草，翻着，还喊人给他四面截住。人们说：“跑不了，有这么大俩灯泡照着呢！”

谷草里忽地冲出一个大东西，比猪高大得多，草们簌簌扑落在雪地上，最后露出了李火焰。队长说：“你猫到那里头干啥？”

李火焰说：“睡了一觉。”

人们说：“这孩子，啥是好天头。钻谷垛睡，不怕冻成尸倒！”

积压了许多天的黑云都下来了，雪地的天空显得更高更清明。做了大半夜活儿的农民在大白大蓝之间往家走，想回炕上喝点热的，知青落在最后面。李英子对李火焰说：“多冷的天睡草垛，下回看你还敢？”李火焰突然觉得能说这话的只有他母亲。苍茫一片的大雪地上，李火焰有点委屈，他说：“我过生日！”李火焰心里一阵滚热，还想叫一声姐。

76. 向东走，又转身向西

冷的天，大队干部们都守候住大队部的火炕，前心后背反复地烙。

通知红垃子屯老刘参加知青大会的事因为冷，给拖延了两天。早上，干部们说："王八羔子雪，广播线都压没声了，屁大点儿事儿也得派个人。"正遇上小学代课老师经过，马上给叫住。

代课老师停在雪坡上，计算一下路程，找到老刘，要向东多走二里山路。代课老师抱怨说："死盯地绕远儿！"

这个自视很高的人越走越不满，山路和寒冷把他变成一个愤愤不平的人。他说："姓刘的娶了乡下的老婆，又生了吃农村口粮的孩子，还算啥知识青年？这样的一概不算数。"他又说："知识青年多个耳朵还是多个眼珠子，比我强到哪儿？三天两头地开会、唱戏、练队列、发材料，是官家肝尖儿上的肉，我回乡的全是后娘养的，外秧儿，教学还是个代课。"代课老师走到一片突出在崖壁上的红褚色的石头前面突然转向，往西，往他家那三间小屋的方向走。半路上看见野鸡飞过山林，积雪扑扑落地，五彩的翎毛漫天地张开。代课教师学了几声鸟叫，心情好了，可是野鸡群没再转回来，洁白的松树又变回乌绿的本色。到了晚上，代课教师听见炕头上的广播响。他问铺展炕被的短腿女人。他说："东边红垃子屯老刘还算不算知识青年？"女人头发顶着白炽灯泡说："做事都讲随大帮，他单蹦儿一个人扛着行李来，成个亲连高粱米大豆饭都不摆几桌，我看他啥也不算，二人转里唱的硌楞（特殊）傻柱子一个。"

代理教师听了女人的话，放心去睡了。

下雪的日子，老刘在炕桌上画图画。孩子还不会说话，只有老刘一个人自言自语："这是玉米。这是黄牛。这是谷穗。这是犁杖。"全部的画都张贴在土墙上，把黯淡的屋子映亮了。下午四点钟，北方的天已经开始黑暗，只有雪闪着光。

老刘的女人说："你为啥不画楼不画火车？你啥啥都瞅着过，我闺女还没瞅见。"

现在，有火车响，居然听得出车是由南向北行驶。火车是个搅人的东西，女人又说："听大队里的人传，又出招工的消息了。"

老刘捻着粘饭粒，挨着墙抹，加固他的画说："爱啥啥，别学着眼热。"

77. 知青开大会

赵干事端坐在炕上发愁，炕席都烧糊了，他居然没感到烫。赵干事起来，小协理员笑他猴屁股着火。赵干事在寻思这场雪，公事私事都给误了，家里的大白菜都冻在地里，全公社知青大会发了通知。食堂的老师傅两只小臂轮换着，托着玉米面说："头场雪站不住。"

不过两天，雪全部化净，天又温暖了。开大会的这天，天还没有正式亮，赵干事起来咳嗽清嗓。后来，他往公社中心小学操场上扛彩旗喇叭。主席台安置在砖台上，书桌拼成讲台，铺红的油光纸，为方便发言人上台，又搭块木跳板。所有的准备都是赵干事一个人做。在深秋里锦绣小镇的各个角度都能看见他蒸汽腾腾地忙，公社里的人吃着玉米面饼笑赵干事像黑熊瞎子掰玉米。

开会的时间到了，操场上没有一个知青。赵干事到供销社周围，赶出了大约一百人，黑黑的一片。农民靠了路边说："没点儿脓水儿的，整不了这帮老鹞鹰。"赵干事上台总结一年的知青工作，许多时候他在左右地按住风掀起来的红纸，操场中间几乎空着，知青都凑到操场两侧柳树底下，干草上摊开一件大衣，围坐一伙。赵干事听见自己的声音从柳树叉上的喇叭里出来，声如洪钟。洪钟下面的知青正在湿润的大地上忙着摸扑克牌。从国道东来了一伙知青敲着搪瓷碗，赵干事停顿了一会才继续念稿。敲碗的知青住在最偏远的上沟，听信了传话人，说上锦绣开会中午包一顿好饭，只要自带餐具。这伙失望的人连会场都没进，直接去了供销社。

台上的赵干事开始疲倦，左腿站了又换右腿，声音也弱小不清，读着读着自己感觉没有意思，把讲稿卷成了纸筒，顺着跳板下了主席台。小协理员说："念完了吗？"赵干事说："念不念完都一个味儿。"一个穿羊皮背心、羊毛肮脏地全卷在外面的知青，一下跳起来说："来！呱叽呱叽！"完全没听见什么的知青用牙齿叼住扑克牌，热烈鼓掌。

现在，知青大会静场。一个知青单脚跨上空荡荡的主席台，对着麦克风大声说："张三同，张三同来了没有，张三同马上到粮所门口，有人要会会你，不来是孙子！"喊完这些话，人跳下台，又喊："是我滴答孙儿！"马上有人应和说："再呱叽呱叽！"给寻找张三同鼓掌的人并不比给赵干事的多。

又有知青想上台说话，很年轻，黑裤子接了半尺长的蓝裤腿。赵干事抢到前面先上台，继续读他的发言稿，声音又如洪钟了。柳树下面的知青又恢复了一段安稳平静。

知青发言的第一个安排了荒甸子屯的姚建军，她那张红胖的脸因为上台，红得快向左右裂开了。几个男知青像表演男声小合唱一样，差参不齐地喊："姚建军，快扎根快扎根快扎根。"姚建军发言极快，混混沌沌的，没听出什么，人就跑下跳板。

田家屯的马列发言，讲他们栽茄子，又讲种白菜种胡萝卜向日葵，明年，一九七六年准备种黄瓜。有人在下面喊："种肉包子！"又有人喊："不要再说吃的了，受不了刺激！"

后面的发言没人听了，从柳树丛后面钻出五个陌生人，到处找陈晓克。马脖子山的大权过去问："你们是什么人？"五个人说："后山集体户的。”大权突然兴奋了：“后山的，我们等你们大半年了！”大权跳动过打扑克的人群，旋风一样寻找陈晓克。有人说：“别找了！”大权愣住说：“你说别找就别找，你是老几？”那人小声说：“刚摘走我的狗皮帽子，出溜下沟了。”大权过去对五个人说：“陈晓克今天没来。”五个人斜视了大权一下，好像他不过一条狗，不配和他们对话。他们横着，站到操场正中间，好像认真听了赵干事的发言以后，像五个将军那样镇定无事地散步，离开了锦绣中心小学操场。大权靠住最歪斜的一棵树说：“真到了卡根儿上，熊了！丢不起这人！”马脖子山的小刘挪动过来，大权厉声说：“去！”

金榜带着烧锅的男知青来到会场，知青们忘记去嘲笑台上结结巴巴发言的女知青，他们看金榜。金榜一伙刚剃的光头，青的，青地雷一样，耳朵在冷风里支着，冻出了全透明的红。大衣有意错扣了眼，一襟长另一襟短，长毛的帽子别在后腰上像肥羊的尾巴。金榜穿一双高筒毡疙瘩，找一块石坎，磕着毡底上的泥。

有人说：“打虎上山的来了。”

金榜说：“差点儿和后山上来的五个对火，他们熊了。”

金榜抚弄过无数只脑袋，寻找陈晓克。这时候陈晓克又回来了，正坐着捋狗皮帽子上的灰狗毛。

金榜说：“看你打蔫儿，今儿是什么日子？咱知青过年呵！”

陈晓克的确准备对金榜说实话，说他为了招工要装几天孙子。但是，陈晓克克制住了，什么也没说。

金榜想：你是老兵，我也是老战士了。金榜看明白了。

金榜说：“没用的别扯，看我这毡疙瘩怎么样？”

陈晓克说：“好哇，哪儿顺的，锦绣没见过。”

金榜说：“上了趟后山，猎户的。”

陈晓克和金榜说话，始终声音不高。金榜拍一下陈晓克说：“好，比十双毡疙瘩都好，哥们你快整明白吧！”

金榜走开，陈晓克扣紧帽子又拉下帽耳朵。

小协理员千山万水地跑过来，对看手表的赵干事说：“大树底下那个有胡子的就是沈振生。”赵干事说：“我认识。”小协理员又说：“那边，那群妇女，戴棉手闷子的就是唐玉清。”赵干事对后面这句话有了兴趣，反复注意着这两个看来完全无关的人。结果，安排好的发言人都念完了稿子，主席台上又空了一阵。赵干事上台，忘记了下面的议程，红油纸给风刮成零乱的碎片。**赵干事想：冤屈人的事儿，到啥时也不能干。**

沈振生离开会场，走向小学校的泥泞白菜地，又走回来，唐玉清看见沈振生的棉裤后面又薄又油亮。这天，唐玉清好像完全无意，对经过眼前的沈振生说了一句话。她说：“裆上没棉花了。”这话她是朝着一些毛乱豆秸说的。

赵干事跳下主席台说：“快找王书记！”轮到王书记总结发言的时候，他正对着小学校教室里的一面泥墙生气。王书记说：“不发了，气得一句话也说不出来了，我不想对牛弹琴。”小学校的人跟紧了王书记说：“你挨屋瞅瞅，眨眼的工夫，我这儿成了啥？停课几天都清不净。”小学校成了图画纸，墙上黑板上门上，写满骂人的话，中间夹画了长头发豹子眼的人头像。

最后，王书记还是通过跳板上台，讲了一阵国内外形势。太阳照在正头顶，讲话的王书记几乎没见到听众。柳树下的知青多数走了，少数奔着太阳的光，这个时候，都集中在主席台下面最温暖的地方。王书记只是看见台前一些翻毛皮的大头鞋、胶鞋、鞋。两个知青摔了衣裳到操场中间，斗鸡一样支架起来。赵干事跑过去说：“换个地场，上粮所门口打去，那旮儿宽敞，能支巴开。”两个知青好像又不想打了，踢着一堆黄土大声说话。

赵干事说："样板戏户唱一段，咱们再散会，李英子呢？"

李火焰的头从台下探出来说："没来！"

赵干事说："来几个唱几个，弄一段。"

一个知青说："管饭就唱。"

赵干事跳下台说："散会。"

赵干事抱着喇叭回公社，有干部问："会开得咋样？"赵干事说："能咋样，稀松平常，没打起来。"

下午，太阳的热力减弱，锦绣公社周围聚拢着特殊气氛。打探招工消息的知青互相躲避着，到处找赵干事。食堂里的大师傅说："坐班车回家收大白菜去了。"知青们不相信，一直徘徊到天黑。

78. 张渺和红马说话

开知青大会这天清早，队长喊张渺套车。张渺以为送公粮，到了队上，才知道是大队用车，送邻队知青去公社开会。张渺说："马都忙了一秋，刚歇歇抓点膘。"他骑住牲口棚那半截矮墙，不去牵马。队长说："大队在咱上边儿，上边儿发话还敢滞扭？"张渺慢悠悠回了趟家，戴上了他叔的四块毡片帽，帽顶中间镶一枚暗紫色的玻璃球。农民把这种旧式帽叫四块瓦，知青里面没人戴。

张渺拉了一车去开会的女知青，喳喳地在小学校外散开。马缰绳拴上电线杆，马在吃草，张渺躺在车上的谷草间，非常认真地静听喇叭说话。太阳光暖洋洋。有两个知青经过，议论今年招工的消息，张渺拨开头上的谷草，听见其中一人说："轮不到你我，咱才几年。"

张渺想看见说话的人，睁开眼，看见无数谷草杆反射出耀眼的光。**张渺想：可不可能找回我的知识青年身份？**这个想法使张渺再也躺不住，他几乎感觉自己已经恢复成一个有救的人，一个优越的人，能拿鞭子坐到会场上去开会了。

张渺转进了乡邮所，问大个子女人有没有前进大队的信。女人说："信都在炕上，自己挑去。"张渺没找到信，过来烤火炉。乡邮所的火炉上热着一只铝锅，里面煮的东西鼓动着锅盖。张渺说："我在炉脖儿上烤两个饼子，行不？"大个女儿人说："都上我这儿烤饽饽，邮电所成了啥，成了车马大店了！"张渺说："就我一个人两饼子，烤热乎就走。"他吹掉炉管上的尘土，从怀里拿出玉米面饼。

又有人进来，和大个女人到有电话交换台那间房子说话。女人叹气的声响传出来。翻饼子的时候，沈振生和大个儿女人阴沉着出来。张渺认出了沈振生。**张渺想：这哥们摊上事儿了？**

拉知青回家，张渺把车赶得飞快。太阳孤零零地斜着，收尽了所有的光芒。张渺突然喊一声："大漠孤烟直，长河落日圆。"

车上的女知青说："车老板有文化水儿！"她们笑得简直太放肆了。**两匹马想：就是马笑，骡子笑，也不能笑成这个样子，她们太有福了。**

农民家里撤了吃晚饭的炕桌就会关灯，他们很怕点灯熬油。张渺出了叔漆黑的家，到队部去。更倌在缝马套包。张渺把白天跟他的那匹马牵到屋子里，拿一把梳子给它梳毛。马是绛红色的毛，张渺叫它红马。红马配合着张渺，梳子梳到哪儿，马都尽量让哪儿舒展开。更倌说："马懂人意。"张渺给马鬃梳成几条小辫子。

更倌说："你弄马干啥？"

张渺说："不困。"

更倌说："现今的马像啥，呛毛呛刺的，早年间，哪匹马不弄得溜光水滑儿。瞅瞅马怎么待人，人怎么待马，世理都明摆的了。”

更倌放下行李卷，睡在火炕上。他时睡时醒，听着张渺和红马说话。

张渺说：“扎上辫子多好看。”

马说：“丑。”

张渺说：“你不知道，过去的马都溜光水滑儿，又精神又威风。”

马说：“不信。”

张渺说：“你才活了几年，你才懂几个问题。”

更倌起身，他是孤身一个人，全部家当都卷在枕头里，更倌抱着枕头翻，摸出了灰黑的两个铜铃。更倌说：“小子，像你稀罕牲口的人不多，这对铜铃给红马拴上吧。”更倌在手掌里把铜铃摸索热了，放在炕沿上，又倒头去睡。

张渺用力吐唾沫，擦亮了铜铃。是一对蛙形铃，铜青蛙嘴里含颗豆粒大的金属球，灵活极了。

张渺说：“把青蛙铜铃挂上。”

马说：“好看。”

红马站着睡，张渺坐着睡。他自己在梦里的角色从来都是刚到农村的小知青，看什么都新鲜，泉眼水、白菜叶、马尾巴都想去摸摸。张渺睡着了，还戴着四块瓦的毡帽，五十岁老农民的样子。

79. 集体癔症

第二场雪马上就到了。人们又走进大地，抢收最后残留的庄稼。

荒甸子屯知青的棉衣前襟都冻出了冰的铠甲。刘队长说："你们干活儿，不会闪开怀吗？"姚建军斜挎满筐玉米横过结着冰盖的大地，她说："闪开怀，才能借上力气。"姚建军上公社的台子发言以后，荒甸子的知青都不理她，她一张嘴讲话，马上有人东张西望地唱歌。现在，七八个知青一起用怪腔调唱：

戴花要戴大傻花，
骑马要骑瘸腿马。
歌唱要唱要进歌，
听话要听我的话。

赶车的农民一边听一边笑，都说："别喝咧了，再整，马都毛（惊）了！"

这个时候，什么事情都没发生，太阳变得又黄又软。甸子上落尽种子的草穗们静止伫立。朱老太婆被锁在自家西屋里，在一囤黄豆一囤玉米中间自言自语。一个女知青追上姚建军，正面对着她的鼻子眼睛和嘴说："今年招工你想走，我在这块地头儿告诉你，那是不可能的！"

放工的路上，姚建军默默地流眼泪。看见集体户的烟囱了，她突然放声大哭，哭着并且呜呜噜噜说一些话，其他女知青进了院，都靠紧集体户的黄土墙僵住，全张开大嘴哭。留在家里做饭的一个，带着大团的水蒸汽，扑出了门，马上加入了号啕。绕路去偷白萝卜的男知青很远就听见不一样的哭声。等他们抱着萝卜赶回来，她们正集体大笑。**荒甸子屯的农民想：连具体户的也给黄鼠狼迷住了，都说学生不信呢！**

刘队长来看一眼，马上又走掉。他回家问他女人："这可咋整！"女人说："眼下没有会写符的人，老朱婆子也锁住了。"刘队长像拉碾子的毛驴，在屋里转。女人说："具体户的学生出事儿，吃枪子的都有。"刘队长决定派人送她们回家。

赵干事骑他的破自行车赶来，人都送上了火车。刘队长说："闹腾了一宿，换个人早舞扎不住了。"赵干事问："社员咋议论？"刘队长说让他咋议论就咋议论，就是招上病了。赵干事放了心，蹬在生产队锅台上吃了一大碗土豆粉条以后走了。

送知青的妇女回来说，火车一到站，人都正常了。她们把过程简略成这句话。然后，在刘队长家的炕上摊摆开从城里买来的彩色丝线、塑料扣子、纳鞋的锥子，一件件仔细地端详。刘队长一个人在地上发呆。**刘队长想：还是城里好，阳气重**。大队派人来找刘队长说："收到具体户写的入党申请，申请人忘了属名，你看看是谁的笔迹？"刘队长辨认了很久才说："我就认得周周正正的字。"来人把申请书团在手里说："就当他没写。"

80. 起风了

乡邮员推开家门，迟疑着不想往黑夜里走，大个儿女人推他。乡邮员说："我看着鬼火了。"女人说："鬼火还看不上你。"乡邮员骑上车，沿着黑森森的林带走向乘降所后屯。

沈振生问："真有告我们的信？"

乡邮员说："指名道姓的，我亲眼瞅着了。"

沈振生说："无论如何，先别让唐玉清知道，她沉不住。"

乡邮员报了消息回来，平地起风了，车骑不成，人只能斜顶着风走，乡邮员衣帽翻卷着，单薄地和风这个活的大动物角力。松树榆树杨树柳树橡树都在号啕，锦绣上百根电线杆带电的头发们嚎叫轰响。乡邮员感觉给塞进了风婆子的怀里丢失了方向，一直到看见锦绣公社的屋顶他才安稳。

大个儿女人问："瞅准人没？"

乡邮员说："光想喊出来说话，哪能瞅真亮，黑拖拖个影儿，又躲着旁人。"

大个儿女人说："天大的事，喊出来的万一是个旁人，咋整？"

躺在炕上。**乡邮员想：是旁人吗？**这一夜，乡邮员像大风翻倒的一棵树，翻来覆去。

起风的晚上，招工工作按程序开始由基层推荐。烧锅推荐了杨小华。乘降所推荐了沈振生。团结推荐了李英子。李英子表示她弃权。李火焰在风里追着李英子问："你为什么弃权？"

沈振生想：推荐也没用。

陈晓克想：不推荐也不用急。

81. 在地平线以下

天冷了，坐在热炕上的知青想起乘降所后屯队长的父亲老石墩，听说他早年进山里当土匪，在雪地上拉屎冻坏了家伙，这个话题，天一冷必然被人记起来。老石墩腰上别着枪的情景没人见过，他给现在人的印象就是蹲在一片白雪里的可怜老人。

两个小知青在炕上试新棉裤，没想到套上新裤子以后，弯不成腿。

他们抓着裤腰怪母亲。他们说：“这叫什么棉裤，像两根大棒槌。”沈振生查看棉裤，裆上的棉花早溜向大腿两侧，裆中间只剩了上下两层黑布。知青们说：“户长可不要学习老石墩。”找不到棉花，小知青扯了棉大衣的剪绒领子，让沈振生垫在裆里。他们说：“这条领子多像条狐狸。”他们又说：“户长就这样成天夹着条狐狸走。”沈振生缝好棉裤，马上感觉后身不钻风了。沈振生说：“看这条狐狸能顶几年。”刚说过这话，就有人喊他去公社。唐玉清找过来的时候，沈振生已经走了两小时。男知青女知青都趴在窗上，看电影一样看唐玉清。有人从房后厕所跑回来问：“看见什么了？”知青们说：“是一个女的！满头巾的霜。”

唐玉清终于在锦绣公社的大菜窖里找到了沈振生，他正提着筐，在地下的菜窖里。大个儿女人并不一定要取萝卜，但是沈振生说：“表姐，我想清静一会。”大个儿女人说：“死冷寒天的上哪儿清静去？”沈振生说：“要是我一个人就好了，一个人刀山火海我都不怕。”大个儿女人说：“今年给拿下来，还有明年，你下窖帮我取萝卜去。”**沈振生想：我们两个人在锦绣，永远都得给拿下来，永远没有明年。**

唐玉清也下了菜窖。她说：“昨天晚上，我都听说了，说大队把你报到公社，马上给拿下来。”

沈振生说：“是我们命不好，当时两个人离得越远越好，根本搭不上边儿。”

唐玉清说：“反正是沾污点的人了。”

菜窖里土湿气发出腥味，勉强能通过一个人的窖口投下微微的光亮，照着垂直的大半个木梯子。地面三米以下，完全隔绝了世上的事情，只有光、梯子、萝卜、白菜和两个人。唐玉清靠住梯子，这样，她的面孔显得非常洁白和凉。**沈振生想：给我生了女儿的这个人，即使哭的时候，她心里也有让人意外的坚强。**

沈振生说："你先上去，我过几分钟回表姐家。"

唐玉清说："为什么先上去，我什么也不怕，他们把告我们的信从公社抄回去人人传看，到现在了，还怕谁？"

沈振生发觉唐玉清的手就在他的眼前，这双手他也早不认识了。**沈振生想：为什么人这么啰嗦，穿这么多层的衣裳？**他把他女人这双冰一样的手抓过来，千辛万苦地挨到自己的肋骨上。

菜窖的口是敞开的。现在，赵干事走在菜窖上面，用脚踢一下菜窖盖，他说："谁下去了？"赵干事探下身子，恍惚地看见一对男女，立刻慌乱躲闪，扑着裤子上的土走远。一边走一边说："我可啥也没瞅见。"赵干事在公社食堂的棉门帘旁边，看见知青沈振生拉着唐玉清，两人从菜窖里钻出来，毫不避讳。赵干事的心突然聚起来。**赵干事想：傻呀，年轻呵，没脑袋呵。要想人不知除非己莫为呵！**本来，赵干事还想在公社最后的招工秘密会上给沈振生争一争，他准备说一张纸不足为凭，现在，他只有生气。

82. 陈晓克一个下午成熟了

马脖子山队没有推荐出公认的知青参加招工，开社员大会，几乎人人在睡觉。等社员都散了，留下知青不记名投票，十二个人，除插队不足一年的小刘和两个女知青外，其余九人，每人得一票。大队不愿意管这种惹麻烦事情，把选举结果上报公社。陈晓克事先安排了小刘，选举结束以后，偷偷留下选票给他看。现在，小刘吹口哨，在集体户厨房水缸和柴禾之间，小刘把油污的棉衣袖子搭过来，像早年的农民交易牲口，两个人在棉衣袖筒里无声地接触。**陈晓克想：还看这些废纸有什么用，每人投自己一票，真是知人知面不知心。**

这个晚上，陈晓克躺着，用了多么大的力气都闭不上眼睛，月光正照着棉被上的破大衣，灰银色的耸起来的肩。**陈晓克想：不过是个光杆司令呵。**

陈晓克骑辆没任何闸的自行车，趁着早雾冲下山，一直到锦绣。王书记正在院子里刷牙，很疲倦的样子，但是对陈晓克特别热情。居然和陈晓克握了一下手。王书记的木凳上垫一张白玉米叶编成的垫子，坐着舒服。陈晓克说：“这次上锦绣，主要想听听王书记对自己有什么意见。”王书记突然严肃了，静止了脸，等陈晓克说话，而陈晓克只准备了这一句台词，他愣着，看王书记的嘴唇。

赵干事推门看了，又出去。王书记声音不大说：“要下雪了，快回山上，老实，埋头苦干。”

陈晓克听到这句话，其他什么都不再想，他赶紧出门。雪像谷壳一样细碎着落下来。陈晓克蹬上车的时候，雪变得疯狂，漫天乱舞。陈晓克看见车轮突然右转，人倒在雪里，嘴巴不断吐出雪和泥。陈晓克对着雪野说：“爸、妈你们看见我嘴里啃的泥雪，让我回去干什么，我都能行。”这句话，后来被陈晓克写在给父亲的信里。现在，他骑上车，把这话反复说。最后简练成了凄厉的两个字。他说：“爸！妈！”

陈晓克看见路边一个集体户空荡的院子里，一个女知青在收冻硬了的衣裳，那件衣裳是蓝的，冻得像两块折叠在一起的铁板。**陈晓克想：那张可怜的小脸！**就这个时候，陈晓克在心里决定，只要他这次顺利离开锦绣回城，他谁也不报复。

83. 姐姐把弟弟叫到房后

杨小华把杨小勇叫到了屋后，从那地方看见冬天的野外，荒凉，好像从没有过人烟。一只可怜的鸡在土墙头上走，离了群，正一声一声凄凉又大声地叫，脖颈挺得像个王子。这个惊恐王子出生晚了，大雪已经落地，它翅膀刚生出来。杨小勇猛然做出扑鸡的动作，身上披的黑大衣顿时跟着他匍匐下去，像十倍于鹰的猛禽。杨小勇跺他带铁钉的大头鞋，鸡惊得先伏地，很快惊叫着从墙头上消失。

杨小华说："一只鸡，你吓它干什么？"

杨小勇说："死鸡崽子，我看着它不顺眼！"

杨小华告诉弟弟，她去公社找了赵干事，赵干事劝杨小华今年不要跟别人争了，争的结局既走不掉又显得没有高姿态，还说今年锦绣只有两个女知青的招工名额。杨小华对赵干事提到了杨小勇，说男的好走，让弟弟杨小勇先走。赵干事说到年底征兵的时候再考虑。现在，杨小勇突然笑了，是那种阴险奸诈的笑。他的头光着，大衣领子像碉堡竖在他整个人上端，使他很像没有头部的人。

杨小勇说："你信他的！"

杨小勇听说，锦绣公社在这次招工中，有三女六男，被公社的人在县里直接换成了二女七男。

杨小勇说："老实，永远给人踩在脚底下。"

杨小华没有话说，在姐弟两个说话的时候，那只鸡又到了柴禾垛上，只是探长了头眺望，不叫。杨小华说她要烧火了。杨小勇等姐姐走开，疯人一样伏在雪地上狂抓雪团，袭击那只没长大的鸡。鸡用小圆翅膀狂飞。**鸡想：这是咋了？**

杨小勇不知道他在对谁说："我还不想回去，拎个丁当响的破饭盒子，不自由。”他狠狠地往集体户快塌了的墙上吐了口唾沫，它立刻凝冻在那儿，白花儿一样。

这个下午，杨小勇没有听杨小华的，又和金榜一起走了，到荒甸子屯帮知青捕黄鼠狼。雪地上的脚印看准了，他们追踪到洞口说：“黄皮子，出来迷迷你爷爷我！”骂了一阵，烟熏、灌水、放鞭炮都试了，没有逮到那种精灵一样的动物。

这个晚上，锦绣公社几个重要领导在王书记家炕上开会，确定知青招工回城的人选，为了保密，专门叫了王书记的侄子王树林来守门。王书记家的正屋生了生铁的火炉，热得跟瓦罐里一样，外屋的水却冻在缸里。王树林就在水缸和门缝之间向里面探视，两只脚都冻没了知觉，只剩一双冻脆了的耳朵。除锦绣的知青以外，对这个冬夜里的会议最有兴趣的就是王树林。每年抽调离开的知青都有人去王树林的照相馆拍照。王树林一直想通过王书记把他自己也变成知青身份。王树林把会议从头听到了尾，这使他一夜之间变成一座消息宝库，什么都给他知道了。靠着描花炕琴的干部说：“那些年头多岁数大的咋办？快三十的老姑娘了！”王书记问：“这样的还有几个？”赵干事说：“起码十个，像烧锅的杨小华。”王书记从炕上滑下地。他说：“那么多人，我哪记得杨小华张小雁的。”

外面的狗一咬，王树林就要离开正屋的门，出去巡视。他对狗说：“嗷嗷什么，耽误事儿！”后来，他开门把狗放进来，狗偎到灶前，再也没有声响了。

杨小勇提着一条硬木板和金榜他们回到集体户，杨小华已经在煤油灯下面坐了半夜。没有打到黄鼠狼的失望让这伙人直扑到炕上，衣服都不脱，踩着雪疙瘩的鞋蹬在炕沿上。

杨小华说：“那东西不能招的！”

杨小勇说：“看我不逮一条，扒了皮，当围脖儿！”

杨小华在炕上的黑影里分不出哪一个才是杨小勇，她守在门口，又想对弟弟说话。

杨小勇在没有光亮的炕上说："你怎么跟个老太太似的。"

杨小华无声地退回到另外一间屋子里。她看着灯捻，对锦绣的黄鼠狼们说话："别跟他杨小勇一般见识，他懂什么，才十六就下乡，他是给别人带坏了，别听他说狂话，没招没惹的，他谁也不敢打。"

84. 郭永的快乐

上午，郭永一点也不快乐，甚至有点怨气，他正带着这股气，在锦绣三队集体户的门板上烫图案玩，郭永拿烧火棍，用顶端的火炭，烧得那扇破门斑斑点点。郭永和人打赌说，烧一只潮湿虫的气味好闻，就是火燎肉丁那种香。他在寒冷的厨房翻拨起码积压了五年的柴禾底，想找条潮湿虫。里屋热炕上的知青不断变着调子唱一句气郭永的话：

"全都冻死了！"

这个时候有人猛力推门，郭永的眼睛马上给照白了。雪地里来了几个知青，进了门说："密电码通通地交出来！"郭永说："什么密电码？"几个知青口头传述了一个二女七男的招工名单，其中居然有挂名在荒甸子屯集体户的高长生，这个人现在大家叫他头号粪精。**郭永想：这个火坑是蹦哒不出去了**！他不想看见人，所以向外面走，再也不追究潮湿虫的香味。外面的太阳也发青，雪给照的。青光下面郭永看见了供销社卖盐的人。

卖盐人说："郭儿，请你吃猪头肉，吃不？"

郭永说："为的什么，请我？"

卖盐人说："才刚，我顺国道往南瞅，瞅见地上一嘟噜，冒热汽，近前了瞅，谁掉下一块猪头肉，煮得稀乎烂，我就想具体户的郭儿，咱俩该喝顿酒。"

郭永和卖盐人坐在供销社的炕上，这里暖和得穿不得衣裳，因为有一面火墙，火在红砖墙里面长尾凤凰一样跳舞，比任何舞蹈家都技巧好，还有点气喘。郭永说："供销社的火墙都唱歌，我们那损地方，今天早上，大衣袖子冻到墙上了。"卖盐人说："拽掉袖子没？"郭永说："没，拽一被窝子白霜。"卖盐人抚摸自己的背部说，后脊梁给烤出糖稀了，要出去见风。他回来，又带了一个知青来吃猪头肉。卖盐人准备还人情，一年前，集体户打狗队没勒死他家的黄狗。可是，两个知青冷落了卖盐人，在桌上说的都是招工的事情。

郭永说："连马脖子山的头子陈晓克都填招工表了，上个月我还看他给押在群专小屋里，腰猫猫着。"

另一个知青说："一说这事，我快给气成大粗脖子病了，不说，又怕憋出了胸膜炎。"

卖盐的人开始烦燥，不断跳下地，往火红的灶里压煤灰。他说："挨着排呗，早晚不等，都落不下，都走光，你看咱共产党捕国民党，最后有剩下的吗？手盖儿大的也没剩下，一网打尽。"

在肉以外，还有酒，直接把盛酒的细缸从供销社前屋扭过来，缸口挂一只白铁的提斗，三个人共同使用它做酒杯。

郭永提着棉衣出了供销社。**郭永想：风要杀我**！风沿着郭永的身边，一圈圈地吹。**风想：这个醉人，要作死**！郭永看准了树，还有房子和巨大的粪堆。他开始走，刚落地的小马驹一样。现在，郭永躺到集体户的炕上，没有意识，脑壳里面空着，过了一会儿，他发觉冷，天正黑下来，冷空气是蓝色，一点点贴近了满是霜花的玻璃窗。郭永把两只手套垫在冰凉的腰下面，然后抬头说：“去！”他对外面喝斥，玻璃越来越蓝，但是，都蓝在玻璃外侧，并不接近。郭永又说：“去！”他还挥手，自己也说不准想驱赶什么。这个时候，听见对面女知青屋里有几个人同时咳嗽，有男有女。郭永抬起头，发现这间男知青睡的屋子里只有他一个人，炕完全是凉的。郭永顶天立地站起来，没有什么东西不跟着他摇晃。

锦绣三队的知青都躺在女知青的热炕上，郭永也挤出空隙躺下。他向四处喷着高粱烧酒的气味，看见早已经钻进被窝里的王力红伸出两条胳膊，她有点得意，晃着说话。**郭永想：王力红也配张嘴说话！她完全是一头白猪。**郭永挺起来说：“王力红，你一身贱肉舞扎什么？”王力红说：“你抬去（滚开）！我舞扎你了吗？”

郭永被王力红激起来，他蹬住炕沿窜下地说：“我真替你发愁呵王力红，你颠着一身肉天天上锦绣，知识青年的脸不够你一个人去！我今天非要舞扎舞扎你！”

马上有人响应郭永，地上站满了人，本来满屋子的昏暗，现在通明透亮了。郭永的心情变得大花朵一样，红的香的，向外翻卷着开放。郭永伸手抽掉了王力红的枕头，那颗头磕出了沉闷的响声，头发也顿时茂密了，黑黑的一片。

王力红仰对着上面说：“招谁惹谁了！”

郭永说：“你恬不知耻！”

王力红缩着，想缩到棉被下面。她说：“狗尿（酒）灌多了！”

郭永听见他自己怪叫了一声，他抓住王力红的肩上的薄褂。**郭永想：肉呵！**

王力红被三个知青提着，悬在这间泥屋的正当中，很多的白肉，很少的布。锦绣的泥炕被锦绣的玉米秸燃烧产生的热力都在王力红的身上。使她热腾腾的。

郭永说："颠她！"

王力红用力挺直，挣扎，两条脚腕给人紧紧抓住，一条腿全暴露在裤子外面，颤颤的白面袋一样，另一条腿在有条纹的单薄裤子里弓着。

郭永说："东风吹战鼓擂，看看今天谁怕谁？"

王力红像身上给刺了无数小刀的动物，在几个人的抓紧中腾空翻动，幅度越来越大。她是一条痛苦的活鱼。活鱼喊："杀人了！"

郭永的手松开，王力红的上半身沉重地着地，她开始骂最难听的话，那张嘴越骂越尖，越骂越尖，王力红快速张合着骂人的尖嘴，扯着裤子，又钻回棉被下面。**郭永想：没意思，睡去**！有人把整捆的柴填进灶里，锅灶开始像肺病患者咳着，吐出浓白微黄的烟。

一个男知青说："我第一回碰女的。"

另一个男知青说："谁是第二回？"

郭永眼睛看着王力红，他说："王力红也叫个女的？"

郭永上了炕，忽然想到一句西哈努克写的歌：

你是一口大锅（国），
待人彬彬无（有）理。

唱过这两句，郭永立刻蒙住头睡了。

85. 养五条狼一样的狗

金榜背了很沉的麻袋在雪地里走，烧锅的人从来没见金榜这么用劲儿地背过东西。他们说："是新出锅的杠头（馒头）？"金榜停住说："杠头会喘气吗？这是活物。"金榜背回五只黄色小狗。敞开麻袋，它们走得遍地都是，抖着全身的绒毛。

因为五条狗的嘴巴比普通狗尖长，金榜以为它们能长成狼，起码像五条狼，费了很多口舌才从留长指甲的老兽医那儿要过来。烧锅集体户的人都喜欢狗，他们按皮球那样按住狗头，给它们起名字，得了名的狗立刻挣脱开，警觉地都靠到泥墙下面。**狗想：我要回家！**

金榜提着切菜的刀出门，旷野上立着几十根粗壮的向日葵杆，向日葵头早没了，只有黑色的杆，枯竭顽强地勾立在雪里，哭一样叫。寒冷把什么都给冻脆了，人和刀都还没用力，一棵向日葵杆带着雪倒下。这个时候，金榜看见对面农民家的土坯墙。他说："土坯好，结实。"搬运土坯的金榜像一节工作着的黑色火车头，喷着大团的白汽。菜刀被忘在雪地里，只露一截木柄。天和地连在一起，是冬天的那种睁不开眼睛的昏黄。**金榜想：我要搭最严密的狗窝，让它们见不到一个生人，看金榜养育出五条恶犬来吧！**

杨小华一直在厨房里忙，她的两只小手冻成了血块的颜色。她把菜和鸭蛋分别摆进窄口的坛子里，还不断地撒进马料盐。下午，她听说马脖子山的陈晓克填了招工表格，就没再离开厨房，一遍又一遍抓盐。浓盐滑润如油，她努力稳住坛子的口，感觉它会变扁、扭曲，会滑掉在地上粉碎，会七零八落地飞，整个冬天的菜都在这里，所以，要用力按住，不能失手。丝毫都没感觉，坛子和手背上全是杨小华的眼泪。

狗的窝搭在墙外，但是金榜他们把狗窝的门开在屋子里。这个晚上，几个人轮流用电工刀跪在墙角给狗窝剜门。熄了灯以后，五条狗在陌生的窝里凄厉的哀叫，全烧锅的人都没法睡觉，双肘支在谷壳填充的枕头上。他们说："可怜见儿地哪旮狗崽子嚎？"金榜把煤油灯点亮，狗不叫了。金榜在地上放一块玉米饼说：“出来吧，给你自由！”**狗想：这是啥地方，我要回家**！煤油灯又吹了，狗又叫，隔着墙仍旧能看见手电筒灯泡大的十只眼睛，很焦灼。

杨小勇在完全赤裸的身体上裹紧了大衣出门，突然撞见黑暗中的杨小华，他说：“我以为是鬼呢！”

杨小华说：“你姐是鬼吗？”

杨小勇说：“黑灯瞎火，谁呆在外屋！”

杨小华说：“给个亮儿，狗就不咬了，咬得心难受。”

杨小勇说：“你哭了，姐？”

杨小华说：“我杨小华是不甘心呵！”

早上，没弄出一点声响，金榜他们顶着风往锦绣去，要给杨小华出气。横横纵纵的路上，捡粪的农民刚出门，游魂一样抄着袖。半路上，金榜他们说定，进了公社大院就开始骂，指名骂那个从来没在大地里干过就填了招工表格的高长生，几个人想了四十多句绝不重复的骂法儿，由金榜领骂由杨小勇配合，隔一会儿喊一声：“该走的走不了，不该走的都溜了。”刚出门的时候，他们还有点替杨小华义愤，到接近锦绣公社，心里甚至只剩快感了。

公社大院里没见人，积雪倒扫得干净，遍地画着扫帚走过的痕迹。小协理员跑出来说：“官儿都上外公社开现场会了！”

金榜踢那棵快杨，它把身上的积雪都抖落在院子当心。金榜说：“人都快死了，知道不？”

小协理员说：“你说谁快死了！”

知青们说：“我们还能说谁，锦绣这地场的知识青年快死了！”

小协理员的口气缓和了一点，他说：“你们可真能来悬（夸张）。”

金榜一下变了脸，准备骂高长生的话，现在转向了王书记和赵干事。乡邮所的大个儿女人包了很厚的围巾，探出硕大的头来看一眼又回去。照相馆的王树林刚进公社大院，金榜抽出腰上结着大疙瘩的麻绳，突然甩过去说：“看鞭！”王树林马上没了。骂，使身体发热，但是也很快疲倦，金榜他们想回集体户。路过锦绣小镇上最气派的一垛玉米秸，它完全像一座大城堡。

杨小勇说：“这是他妈谁家的？官儿硬，柴禾垛也豪豪（威武）着！”

金榜说：“不顺眼，是不是？”

另一个知青从贴胸襟的地方，摸出火柴盒，他的怀里像刚给剖开，没来得及缝合那样，一层一层翻开着。

金榜从空中抓住火柴盒说：“烧他姥姥个屎的！”

知青们全张开大衣，围成一圈来挡风，像上百只黑雕围拢着豆荚大的火头。很快，火燎燃了玉米叶子，遇见雪嗞嗞地响，燃成怀抱大的一片。火的中心是白的，外面才有欢蹦乱跳的黄红色，黑烟随着风跑。

烧锅集体户的知青在国道上飞奔，**他们想：跑出一里地，看看咱点的熊熊大火，浓烟冲天**！并没有到一里地，他们忍不住回头，可惜积雪和不顺势的风把火头给熄了，玉米秸的城堡凛然不动。纵火者也没了精神。

现在，金榜他们看见烧锅集体户。杨小华戴着男式狗皮帽子正低头讲话，对五只狼脸的狗。金榜想起他们还有狗，又快乐了。金榜说：“从今天起咱们要训出全锦绣最恶的腿子！”

这个夜里，狗还是哀号，头半伏在地面。锦绣公社院墙外又发现被人写了字。小协理员不汇报也不紧张，提半桶淘高粱米的水泼过去，反动标语马上给发红的冰冻住。小协理员不小心弄湿了的手也给冻在水桶梁上。赵干事问：“写些啥？”小协理员说：“没许唬！”

金榜被狗叫得没法睡，连夜开始了他的训犬计划。整个冬天，他经常提着一条猪肉皮，引逗着狗听他说话。金榜说：“瞅瞅这个人，尖嘴猴腮的，叫杨小勇，是哥们儿。”再瞅瞅那个人，一个个全介绍过。讲到杨小华，他说：“那是咱杨大姐，最可爱的人。”狗扬起它们天真忠诚的脸，狗的记忆比人好，因为该它们记的事情不很多。金榜还没说完，狗已经想到了。**狗想：其他的都是仇人，咬他姥姥屎的！没错儿。**

金榜两只手都拿着玉米面饼，左右地吃。他说：“明年，咱就鸟枪换炮了。”杨小华说：“多可怜的狗，放它们去见见太阳吧。”金榜说：“不行，我让哥儿五个恨一切，到关键时候，撒出去也替姐你出气。”

杨小华说：“我算个什么。”

金榜说：“这年头，谁也不算什么。”

86. 钻在柴禾垛里说话

两个知青，其中稍稍胖的刚从锦绣照相馆出来。脖子上扭着一条灰围巾的王树林扯过一张红纸片。他说：“拿这个取相。”胖知青说：“啥玩艺，管用吗？”王树林说：“咋不管，我认就管用。”胖知青很怀疑，看那红纸片。王树林说：“写字不？”胖知青说：“别人都怎么写？”王树林说：“每年招工走的都写峥嵘岁月。”胖知青说：“我加一个稠字。”王树林说：“不好，愁啥，回去的愁，剩下的还咋活，还找根绳吊死？”胖知青想这个稠字的写法儿，想不出来，决定不写字。胖知青给瘦知青领进了集体户的柴禾垛中间的空洞。

瘦知青恳求胖知青把招工的名额让给自己，他以半个月后征兵的名额交换。瘦知青有点诡秘说：“好兵种。”胖知青说：“半个月以后的事儿谁敢想，到那时候我走不了呢？”瘦知青说：“我带你找公社王书记，咱当面儿说，你还不信，咱上县，武装部长是我叔。”胖知青说：“连相片都照完了，顶多五天我就回家了。”瘦知青说：“新兵入伍，哪人不上照相馆，戴花还端枪，我是近视太厉害，怕进了新兵连给退回来。”

胖知青说：“这么多年，咱俩挺好，这回我不行，多一天我都挺不了，我得走。”

瘦知青听见胖知青的话，稀里哗拉地跪在几乎没有光亮的玉米秸垛里面，人一下子给陷住，看着又干又小。瘦知青说：“我求求你。”

胖知青几乎和瘦知青同时跪下去，许多玉米叶子从空洞上方落下来。胖知青说：“我从来没对人说过，我妈瘫了两年，去当兵，我一定见不着她了。”

现在，外面来了拽柴禾的女知青，拖两双粗糙的大号黑棉鞋。她刚弯下腰，立刻尖叫着狂奔，跑到雪里才喊出话，她说：“有鬼呀！”

两个知青围着生产队的田地走了一会儿，北方的土地正合着眼睛休息，两个人快冻成冰了，也没讨论出好结果。集体户里其他的人都吃过晚饭，躺在炕上，准备享受十几小时的平卧。两个知青站在煤油灯影里完全无声地喝粥。粗玉米渣粥，热的，每人喝了三碗。有人在炕上说：“喝差不多了？”两个知青说：“差不多了。”炕上又说：“味怎么样？”两个知青说：“粥味，热乎。”炕上的人立刻跳起来大笑，说这锅粥煮好盛进碗，才发现掉进粥里半块香皂。

两个知青说：“你们没喝吗？”

炕上的人说：“喝了，还喝出茉莉花味。”

胖知青说：“当灌肠了。”

瘦知青一点心情也没有，所以，他什么也不说。胖知青冬天喝粥，必须摘下眼镜，防止镜片蒙了水蒸汽。现在，他到处找眼镜。戴上眼镜以后，瘦知青的心情更不好，**凉了的铁锅想：香皂是啥玩艺儿，**

香呵！集体户里的人都知道瘦知青在县里有人，那人和锦绣公社管知青的赵干事关系不好。他们经常说："瘦麻杆，你扎根吧。"想挤对他，就说这句话。

胖知青这一夜也没睡好，他回忆过去，自己受连环画影响，是个关云长一样的仗义好人，就在烂柴禾垛里，毁了一世英名。胖知青宽慰他自己说："我是一天也呆不了了，真的。"

87. 陈晓克走了

小刘想把一串干的蘑菇挂上马脖子山三队集体户的房梁，刚挂住，大权过来，用根柳枝拨，蘑菇给拨落到地上。小刘说："别闹，快摔零碎了，过年还想带着回家呢。"大权说："谁跟你闹，不让你挂，马尿一样当啷着，我嫌它碍眼，让我瞅不着后墙上的霜。"这个时候，陈晓克正从外面进来，陈晓克说："大权，肚子里的馋虫养得不小了吧？"大权枕着几条枕头说："半尺多长吧。"

陈晓克说："要走了，吃不成百鸡百驴宴，我请你们吃土豆炖大鹅。"

大权说："寻思吧，鹅都圈着，不出门了。"

陈晓克从衣袖里捅一下小刘，紧接着，把一卷纸塞过去。陈晓克说："小刘，给你半小时，弄只大鹅回来，瘦骨零丁的不要，快去，我可看表了。"

走出集体户，让太阳的光斜照进袖子里，小刘看见了一张五块钱。正好过了半小时，小刘扭着一只白鹅的长脖颈回来。

陈晓克说："谁说小刘没一手，那是看走了眼。"

陈晓克把锅盖反扣在雪地上，他要剁鹅的头，怕鹅挣扎，准备在身边一只筐头。刀落下去，鹅的眼睛松松地闭了，头落在软木锅盖上，鹅的身体开始扑倒，只有一点儿抽搐。两分钟左右，突然，无头的鹅顶着筐头站起来，向宽阔的松林里跑，又快又笔直，不躲避任何障碍物。一直跑出了二十多米，才舞动着筐头和血倒下。大家都追到雪地里看，有人说："鹅也不想死。"

陈晓克亲自动手烧火煮鹅肉的时候，小红挨过来，拿了半根蜡烛。小红第一次不像个矿山的女儿，棉絮云彩白绢锦缎催眠曲花瓣儿，全部美好而细软的好东西，小红就是它们。小红蹲在灶前边，对陈晓克说："哥，你别忘了我，管是个啥样儿的，在市里帮我找一个人，死我也不回矿山，不跟个下井的。"陈晓克说："瞎子瘸子半语子六指儿，你成天想的就是这个？"

陈晓克唯一一次发觉小红的哭这样让人心酸。陈晓克说："你和小刘好吧。"小红隔了一会儿说："软不啦叽的，没意思。"

大权偷了干辣椒和葱头回来，他一直追问小刘，从哪儿抓的鹅。陈晓克说："除了你，别人都是大白扔？"大权不说什么，跟人摆碗筷去了。厨房里只剩小刘干枯地望着陈晓克。

陈晓克说："你瞅什么，这几年我见什么拿什么，锦绣的东西只要我能摸到，就是我的，我早想了，到我走的那天，我要自己掏钱请客，锅盆碗全盛得满满的，你就算帮我跑一趟腿。"

吃过鹅肉的第二天，陈晓克要下马脖子山，要坐乘降所的火车离开叫锦绣的小地方，其他人还没起来，陈晓克已经把属于自己的东西，他的棉被、木箱、洗脸盆都堆在雪地上。

陈晓克说："我要放一把火烧了它。"

知青先围过来，然后是路边的农民。农民说："枕头不能烧，快把枕头拨拉出来！"按农民的理解，只有死去的人才烧他用过的枕头。

陈晓克说："我不信，一件不留。"

农民说："不中，不是个事儿！"

陈晓克说："就当我这个王八蛋真死了。"

燃烧到棉被，人们都后退，它在火势的推移下扑扑地展开，又翻成了打卷儿的火蛇。陈晓克挡住脸说："闪开点吧，烧的是人油。"

陈晓克离开马脖子山坐的拖拉机，他感觉是第一次认真地看看锦绣这片地方。半白半黑的山脉，大雪还没到封山的时候，在马脖子山的右面，有一片白桦树，树干像白鹅的美丽翎毛。过去这些年，陈晓克只关心山里的山梨、酸枣、山里红，从来没见过白桦林。驾驶拖拉机的人坐在有玻璃罩的驾驶室里，机器的响声隔开了他们，陈晓克朝着前面的方向唱了他在锦绣学会的所有歌曲。光秃秃的庄稼地、林带、没有生气的泥房子，锦绣一点一点向后退，旷野上的风把陈晓克灌得唱不成歌，他只能从身体的最深的某一处往外咳。

陈晓克在照相馆见到了王树林，把自己的旧军帽送给王树林做礼物。王树林暗示，自己可能也快离开锦绣。陈晓克准备问他去哪，马上又不问了。**陈晓克想：所有这地方的人，今后和我有什么关系**！所以他走出照相馆，翻开棉衣袖子看了看手表。陈晓克回头说："再见。"王树林从不明亮的门那儿跟出来说："常来玩。"

陈晓克感觉他爬上那辆有玻璃罩的拖拉机，就已经是一个城市人了。

88．赵干事心烦意乱

每年收过庄稼都有一段时间，赵干事感觉他干的简直不是件人干的事情，招工前后，像老鼠躲猫一样躲避找他的知青。**赵干事想：这个走那个走，几百个学生，又没一个是我的孙男弟女，我不就是山里一条傻狍子吗？**听见墙上的广播唱戏：“做人要做这样的人。”无论正做着什么，哪怕手上端着满碗的热菜汤，他也要停住，对墙上那缕勒得精细的唱腔说：“做人可不要做我这样的人。”

赵干事起床的时候，卷起行李。前一天脱掉的袜子给炕（烤压）成了又干又咸的两个长筒，他又往毡面棉鞋里垫干玉米叶，不紧不慢地把叶子顺进鞋里，使穿上鞋的脚像严密包裹的两条老玉米。县里开会要求分管知青的干部有半数以上的时间下集体户，当时赵干事就说：“这时辰下户，不得给五马分尸了？”拖到太阳上屋顶，赵干事才出门，看见肮脏的红瓦都亮了，阳春一样。**赵干事想：天大暖必有大冷。**

赵干事往团结七队样板戏户去，他想问李英子为什么在招工的时候提出要进敬老院。除李英子外这里的知青下乡年限都不符合招工条件，赵干事最怕被老知青围攻。进了门，最先碰见的居然是烧锅的金榜。金榜正靠住门板，给炕上的知青演示鬼扑人的故事，他那张黑而且糙如糠皮的脸上布满了鬼气。

赵干事说：“你们不老老实实呆在烧锅，串到这来干啥，死冷寒天的？”

金榜说：“不老老实实还能咋样，捆我们下笆篱子（监狱）？听说那地场伙食比咱强。”

赵干事说：“你们想啥呢，还想杀人放火，那就是敌我矛盾，吃枪子！”

金榜说：“吓唬谁，吃枪子就是吃根尖辣椒。”

赵干事赶紧走，一直走过大榆树才安心。**赵干事想：祖宗呵！**赵干事见到烧锅的人立刻会想到杨小华。她不说话，但是眼珠定住不转，眼珠里不是悲伤也不是怨恨期待恳求，那里面什么也没有，空的，又深又虚。赵干事一路上都掂量着良心，准备下一年无论如何让杨小华走。公社的小走廊开始发暗了，北方的冬夜有十几个小时长，王力红缓缓慢慢从走廊里面出来说："赵干事，我等你半晌儿了，我告诉你一声，我要往上告。"

赵干事说："告啥，为的啥事儿？"

王力红说："不能对你说。"

赵干事说："告？你要告谁？"

王力红说："不能对你说。"

王力红推开破门帘出去，飞一样出了公社大院，赵干事推上他的破自行车追出去。王力红越走越快，甩一条深紫色的围巾。赵干事说："你站住！"

王力红真站住了，她说："赵干事，现在你忙着追我，那个挑水的人瞅见了吧，你再跟我，我告你天黑以后追妇女。"

赵干事再也不敢走，和他的破自行车傻立在一片雪草间杂的坡上。王力红往乘降所远去了。

第五章　大地的裂缝

89. 冬天呵

老石墩盘坐在火炕上，把人显得只有精小的一堆儿。骑马挎枪抢浮财的事情都不讲了，他用两只苍老的手捏着泥笸箩里面的烟梗，像剔掉鱼的骨刺儿那样。老石墩抱怨这个冬天。他说："这叫啥冬，头二十年，进了冬天得下大烟泡儿雪，前不见村后不见店，多水亮的人都得给冻缩缩了，到了开春儿，那人才展扬（舒展开）。"老石墩说话的时候，最厚实的黑云定在北中国的上空，大烟泡雪雍荣尊贵地起身。

狂风暴雪来得相当快，国道忽起忽落忽灰忽白地挣扎，整个锦绣给压得扁，天贴紧了冻土，它跟死的一样。刚在锦绣卖掉了猪的农民赶着车，他要向东北走，他的三间泥屋在东北。大风雪迎头而来，赶车人大声咒骂天气，雪片滚滚呛进他的嘴巴，立刻凉丝丝地化掉。赶车人想挺起来用力抽打辕马，可是风雪不让他张开胳膊，马车几乎横着在风雪里扭。从十米以外看这辆马车，不过一个太渺小的物件，两匹马的细腿们火柴杆那样无力地弹动。三十米以外，只见风雪，车马人都不存在。

迷路的知青半蹲在路中间，有一种大呕吐之前，体内所有脏器都向上冲的感觉。**迷路的知青想：死在这儿吧**。有了死的准备，试图坐下，但是没可能，全身都僵硬了。迷路的知青已经不能支配自己的肢体。

现在，赶车人眯着结了冰珠的眼睛，发现前方有人影。一直到马的头快撞上人了，才看清那是个知青，戴着狗皮帽子和白口罩。农民嘲笑那东西是马粪兜。赶车人说："是魔症，还是冻硬了，不动蹭儿，你当你穿的是火龙衫！"知青哇一声哭嚎，是个女的，耸起的口罩像块冰。女知青说："我要回家！"赶车人愿意把女知青送到乘降所，因为顺路。赶车人扭开脸躲着风头说："跑，丫头，要想保住两条腿，你得自己撩呵！"现在，大地上只有这两个人两匹马和北风大雪顶着。能见到乘降所飘忽的屋顶了，赶车人才让女知青上车，拿几小时前围猪的草帘围住她。赶车人想告诉女知青，年轻的时候他在城里赶马车，专拉马路边冻硬了的尸体。风雪根本不让他张嘴说话。

农民常说："有些个东西不经念叨，念了，它脚前脚后就到。"大烟泡雪断断续续下了四天三夜。地面纵横着，冻出了无数裂缝，人腿都能漏进去。最冷的季节到了。

90．大雪封住了门

乘降所后屯集体户的知青整天躺在炕上，烙过前胸烙后背，下大雪的几天，他们就这样翻来覆去。有人说还不如下地干点活，出一身透汗。出去解手的人说："操，人给冻得尿不出尿了。"他们站到炕上感觉屋里有怪味。躺着的人说："烤人皮的臭味。"两个知青回忆插队前的事情，把几条袜子连接起来，代表胡同，红芸豆粒代表人，演示了几场知名的红卫兵巷战。两个人又跳到地上较量摔跤。没有人愿意做裁判，甚至连观战都不想，他们说懒得扭脖子，谁输谁赢都是一回事。沈振生把红芸豆们均匀地排列在枕头上，街头少年满胡同扔砖头的时候，沈振生已经有一杆长枪了。后来，这间住了几个活人的屋子静得越来越空，像座冰宫。没人睡踏实也没人说话，只有干咳、叹气、打鼾、抽鼻子这些自然的响声。有人下地去，在厨房的水缸里砍了一块冰，拿进来响脆地嚼。谁也不想和谁说话。**沈振生想：我们是冬眠的动物**。他直坐起来，好像想抗拒点什么。**沈振生又想：有一本带字的书多好，把眼睛脑子都占上，哪怕一本字典**。沈振生坐着睡过了晚上，窗外有了暖色的光，一个知青拿枚硬币，把窗上的霜刮薄，他说："天晴了！"

沈振生穿了修补过的棉裤，裆里厚实多了。现在，他想出去，外屋的门无论如何都打不开，门板和门框结结实实冻住。沈振生找到斧头，冰碴四溅，斧刃凿冰的响声迟缓而顽强地散布向田野，没有遮拦，白茫茫地沿着晶莹的雪线滑过去。门突然一闪，完全敞开了。沈振生感觉他是掉进了另外的世界，天蓝得吓人，深不可测。大地因为太洁白而不真实地升浮起来。知青们都出来，伸展着躺酸了的腰。他们看见沈振生的脸说："你成了白胡子老爷爷了！"沈振生拿油亮的袖子，抚弄脸，发现人是在一场大雪里苍老的。

这个时候，天的边缘上跑着一个人，是背着粪筐的农民逻辑。知青们喊："逻辑！"想把他从天那地方给喊下来。

91. 乌鸦看着人的游戏

冬天，最快乐的是乌鸦，稀疏的秃树给它们压得又黑又沉。几十户人家的屯子都消失在雪里，而乌鸦们只要扇着翅膀飞，就摆脱了雪。它们还在寂静无声中突然集体大叫，好像要发生了不得的大事情。没有人愿意理这些黑东西，连捡不着粪的农民都不去抬头看落乌鸦的树，他宁愿生闷气。偶尔一条狗叫，乌鸦一团一团飞起来，转去停靠几米以外的另一棵树。

荒甸子屯的集体户现在没一个女知青，也没有她们发疯以后呆在城里的消息。男知青说："剩了几条和尚在乡下受清风。"他们躺在炕上，总听见队里的会计拨算盘珠，另外有一个声音唱出1、3、5、7等数字，唱得音儿很长很凄凉。知青们说："算吧，从春到秋，挣不出一双大头鞋钱。"

和集体户相连的农民家里变成了手工作坊，女人在炕上编炕席，男人用一把特制的小刀剖开高粱秸，飞快地刮掉内瓤。他干得麻利。脚下的高粱秸皮弯出好看的弧线。女人一移动，整片席子都移动了，长时间盘着腿，女人站起来以后，像严重的佝偻病人。男人算不出每条席卖七毛钱，平均两天编一张，一个冬天能得多少钱。他排列一些高粱秸，还是算不出。他说："算个球。"说完这话，他到院子里去抱高粱秸。男人把破棉袄兜住头端详了一会儿，感觉自己家的柴禾垛矮了。他对女人说："具体户的柴禾没个数儿，夜里我去拽几捆过来，啥玩艺给他们，算给瞎了。"第二天早上，女人带着寒腥气从外面进来，对男人说："你再不识数，不能唬到把咱家柴禾拽到具体户柴禾垛上吧，我看咱那垛见天的矮。"

男人又拿棉衣兜住头，站到院子里，向着集体户的房子骂。乌鸦们都飞到最近的干榆树上。**乌鸦想：听这个人的声音多豁亮**。女人出来说："你四脚拉胯的像个啥，没按住贼爪子，贼能认吗，家来吧！"

知青们偶然发现隔壁的农民偷柴禾，突然产生了大量屯积高粱秸的热情，一夜之间，本来空着的女知青屋子里几乎堆满了。

男人缩着头骂人的时候，知青们得意地都趴到窗口来听。他们说"今晚上消化消化食儿，给他连窝儿端。"农民一家再起来，柴禾垛不见了，上百捆又长又直的高粱秸在屯子和荒草甸之间散成一片。女人顿时坐在雪地里，双手抓挠着雪哭。退伍兵一个肩膀顶着扁担经过。男人问："瞅见谁家多柴禾没？"退伍兵从出了枪支走火的事件以后，很少讲话。他说："我有眼睛也瞅不着。"男人生气说："你说的是人话吗？"

退伍兵说："外人在锦绣这地场呆不了，人话也说不成。"

旁观的农民说："你说我们欺生？人家具体户的学生咋呆得了。"

退伍兵说："能比吗？人和骡子，洋瓷盆和破筐箩，粪精和牛屎。"退伍兵痛痛快快说了这些话，去结满了冰的井台挑水了。

中午了，知青们还忙着烤前夜里雪弄湿的棉鞋，这使他们不能去外面看邻居一家的热闹。这个时候，哭泣的女人已经起来，这个愤怒的雪人到队部去找刘队长。刘队长有意不出去，翻看新钉的账本。在女人没找来以前，他还在说："闲饥难忍呵。"女人走得相当快，她头顶上一群乌鸦打着黑的旋儿跟着她飞，并且叫。

92. 两个农民的儿子

王树林拿一把铜锁把照相馆给锁了。现在，他靠在自己家的炕琴上，老炕琴曾经有手绘的图画，小树、小马、丫环小姐都拿了团扇。后来，破四旧，都给红漆涂过，只剩下些凸斑，略微才能看出人形马形，阁楼像垒尖了的粪堆。母亲喊王树林说：“你成天这么靠着，骨头都靠酥了，成了个秧子，还指着你出人呐？”王树林反感母亲唠叨。**王树林想：这一天一天，没意思透了，瞪冒了眼珠也瞅瞅不见前程。**他夹上大衣往外面走。

骑自行车的测量员进了锦绣小镇，积雪使车轮几乎不旋转了。他只好下了车，前面不远，走着一个穿黄色大衣的人，测量员以为是锦绣的知识青年。测量员又骑上车，想超过去，结果发现他超过的是农中同学王树林。两个人在干枯的树底下说话。王树林看见测量员穿了干部制服，戴了人造皮革的手套，而且说这次回来是受县里指派，监督下面修水利。王树林有点自卑。测量员问王树林在做什么。王树林说：“呆着呗。”测量员说：“远瞅你像个具体户的。”王树林说：“扯呢，才不像。”两个人都感到了冷。分手的时候，测量员说：“有时间上县里玩。”他骑上自行车，歪歪扭扭朝公社大院去。王树林看见西天出现一些紫黑色镶了金色边缘的云彩，**王树林想：啥叫玩，咋玩，玩啥，连他这号人也出息了，学会城里人的那套。**天，在这会儿飞快地暗下来，北方冬天的漫长夜晚开始了。王树林没有地方可以去，他只能回家。

测量员在公社食堂的炕上找到干部们，他们都弓身到一只盆里挑粉条吃，呼呼啦啦吃得很热闹。看见测量员进来，他们静止住一瞬间，然后继续往嘴里送粉条。

测量员的脸被风吹了几小时，遇见热炕，火盆和煮粉条的热气，很快变得又红又紫，这种红紫说明了他是一个农民的儿子。王书记用手指头刮断了拖在下巴上的粉条头，他说：“哪来这么个红脸大汉，干啥的？”测量员在冰凉的身上摸出介绍信。王书记顾不得看，他说：

“你说吧，你啥事？”测量员说了修水利。王书记打断他说：“明儿再说，先吃粉，晚上睡这炕上。”测量员说他家就在锦绣，回家去住。王书记有点轻慢了，他说：“当是个县上的官儿呢，闹半天还是咱锦绣的，锦绣出去的人也牛哄哄的了，啥话都等明天说。”吃粉条的人都下了地，毫不避讳测量员说：“又折腾着修水利，七挖八掘，想好好猫个冬儿都不中，啥人出的这损招儿！”

屋子里顿时空了，只剩测量员一个人。

王树林夜里到王书记家，他说：“你得快点安排我进个具体户。”王书记正拿一件破旧的背心擦拭柜盖上的摆设们，两只高胆瓶。两瓶山楂罐头，一个毛泽东的陶瓷座像，三只酒瓶。这些有光泽的东西，全给擦得水汪汪亮。王书记说：“你猫爪子挠心呵，急得火上墙似的，啥事儿也得等开春，具体户也要散了，谁不回家过年？”王树林说：“不是要修水利？”王书记突然义愤上来，他说：“又他妈修水利！”

王树林用劲踩着雪说：“挨你个狗屁呲！”雪地的青光照着王树林脸上的口罩。王树林母亲给他开门，同时，厉声骂他：“把马粪兜摘去！”王树林把口罩展平，包了白纸，摊在炕上烤，看那丝丝的热汽，他把母亲发出的声音当成风响林子呼啸破铜烂铁互相磕碰。王树林自己一个人过着想象中的知识青年生活。

93．金榜要揍广播里的人

金榜握着拳头，把它越举越高，引得狗们直立着，想看见拳头里面落下什么好吃的。金榜的手张开了，什么也没有。狗失望了，用鼻尖去闻地上的泥土。金榜抚摸它们的头说：“儿，你爹要坐火车回家了。”想到回家，金榜高兴，决定带着狗们外出遛遛。一九七五年出生的狗第一次看见雪，它们不明白大地为什么要变成这样，耀眼而寒冷。**狗想：我们被骗了**！它们像刚来烧锅集体户一样哀叫，四脚刨着雪。金榜出来，它们才安静。金榜说：“来，看我的眼珠！”狗已经训练有素，五颗头都凑过来。它们在金榜清明深邃的眼珠里看见自己和刺眼的雪光。

大队干部正朝烧锅集体户走，戴了顶毡帽，脖子上包块女人的方形格子围巾。他这种打扮居然还表情严肃。大队干部通知知青参加修水利的大会战。

金榜现在已经背上了准备回家的马桶包，其余几个人正往马桶包里装小米。杨小勇背好了两个包，像五花大绑的死刑犯。

金榜说：“谁说的？我们不知道。”

大队干部说：“匣子广播了！”

金榜说：“我们的匣子线让耗子给嗑了。”

大队干部说：“匣子线走房梁。”

金榜说：“那就是家贼（麻雀），反正我们什么也没听着，我们要回家。”

大队干部说：“就当我是匣子，我这就广播了，公社通知，不能放走一个具体户学生，移风易俗，过革命化春节，参加农田水利大会战。”

大队干部包裹住他的半张脸，刚走到刀片一样利的北风里去。金榜几个跑出门，朝乘降所走。两小时以后，杨小华听见狗窝里欢快的响动，金榜第一个沮丧地进屋。他说：“他妈的，火车道给埋了！”

这个晚上，广播里一直有人讲修水利的重要急迫，说附近的山上发现了一股氓牛水，利用好了，锦绣等等几个公社可以种水稻。

金榜说："这犊子是什么人，咱去揍他！"

队长在这时候来了，穿件棉袍子，长袍襟的一角掖在腰带上，队长像山里窜的土匪。队长说："具体户六个，明儿出民工。"

金榜说："这是谁说的？"

队长说："我说的，我说了咋的，不算数？"

金榜说："我们不想出民工！"

队长说："啥事由你想！"

金榜说："你是要抓劳工？"

队长变了脸，棉袍子都掀起来了。他说："你说啥？小鬼子才抓劳工，你胆子大，敢瞎冒炮，共产党能抓劳工？"

知青们一齐瞪眼。队长知道说不过知青，他撞开门出去了。

三天以后，金榜几个游荡到了修水利的张家沟，远远地看见彩旗，大喇叭带着线摇摆在雪地里，没见一个民工。进了张家沟屯，那里已经成了锦绣知青的地盘，土路上的积雪给大头鞋踩得油黑发亮。团结七队的李火焰正在井台上打水。他告诉金榜，听说县里来个测量员不是东西，二十多岁，赤红脸，不止一个人想打他了，几伙知青都在找他。李火焰说："小子好像觉了景儿（有预感），这两天没见。"

金榜穿着他的毡疙瘩鞋，冒棉花的黑大衣，两襟生风地穿越张家沟屯，像满地扑食的黑乌鸦，自己感觉相当好。金榜说："城市跑不掉，家跑不掉，火车道跑不掉，像修水利这么好玩的事儿不能总有！"有人问金榜，怎么不去挖沟？金榜说："我不是民工。"人问："那你干啥？"金榜说："凑热闹。"人们都说，烧锅的黑大氅来了。

94. 翻车

广播里通知出民工的生产队，必须自带两面以上彩旗。女广播员说：“要做到人站到哪里，旗插到哪里。”马脖子山队的队长把仓库翻遍了，钻到一些盛豆种的麻袋下面，扯来做豆腐的布。队长跑出仓库，两个穿花棉袄的妇女笑他像个白毛女。队长拍打头上脸上的糠皮，他在几平方的地方下着雪。有人说过去有一面红旗，还是绸子扯的，给老队长拿回家做被面了。队长说：“那还惦记啥！”

锦绣的各个生产队没有协商，但是，凡有知青集体户的队都派知青出民工，**所有的队长都想：具体户不去，还啥人去。**

从马脖子山到张家沟，二十多里路。早上，队里就在套车。三匹马，夜里加了做豆腐的下料，天亮以后，马的皮毛又顺又滑。马车装了三层。最下面是柴禾，大约两米高，中间是十二个民工的行李、口粮蔬菜、一书包盐、半桶泡胀的黄豆、一只铁锅。所有这些，用粗麻绳捆扎好。人最后爬上去，高高在上，鸟瞰大地。车已经动了，三匹马同时吐着长汽。队长还在车后面跑，让知青小刘坐到白菜顶上，说白菜怕冻。

小刘上车，感觉自己给逼上了断头台，费了很大力气，他才把自己的两条腿别进绑车的粗麻绳里，心里安稳了一点。

小刘坐在楼房高的位置看锦绣。他说：“锦绣是这样呵！”

坐在最前面的知青大权说：“你想锦绣是什么样儿，你个腿子！”

陈晓克招工回城以后，集体户里任何人都随意支使他，招呼他腿子。小刘也不发作，他记住陈晓克的话，人到了这一步，能做猫也能做耗子。小刘温和得不像个人，像棵干白菜，落在秋后的大地里，风吹雪埋行人踩。

三匹马一直向前。乡下的路没有尽头，马也知道，所以，不慌不忙。

赶车的人并没坐在车上。没有坐的地方，他只能站着，全身紧靠住柴禾，两手操纵着缰绳。开始马的长脸上结了霜，渐渐马的皮毛上也白了。大权居然想站起来，摇摇晃晃地尝试。他还挺了脖子唱：

朔风吹林涛吼峡谷震荡，
望飞雪漫天舞巍巍群山披银装，
好一派北国风光。

大权挺起来，成了这辆雪地马车的制高点。四野里能望见的，都放下手里正做的事情。**他们想：多悬啊**！乌鸦也惊了，满天打转，不在树上落脚。小刘想：野狼嚎。赶车的人不再催马，车走慢了。大权说："老板子，想冻死我们，咋不快走？"赶车的人说："大地裂了，瞅着没，掉进去咋整。"大地的裂缝不知道有多深，黑的。大权说："老板子你怕马失前蹄呀！"车上的人除小刘以外都笑了。笑，自己却没感觉，脸早冻得麻木。小刘居然瞌睡了一下，醒的时候，分不清眼前的横纵的腿们，哪条才是自己的。太阳正在下去，气温再降低，小刘抬起棉手闷子试了试，知道两条冰凉的鼻涕是自己的。

现在，赶车的人说："瞅着张家沟了，那片柳毛子后面。"马车正上一条拱起的桥，桥不宽不长，有点高。小刘感觉到非常缓慢的失重，紧接着是一点点偏离，干树枝们密密地直迎着他，从下面猛然上升到了眼前。**小刘想：翻车了**！眨眼人全落在雪地上，一片混乱。小刘的腰上被狠狠卡了一下。他喊："腿！"两条腿自动地脱离了麻绳的捆绑，只是有点疼。小刘感觉坐在大地上，人终于踏实了。两手摸到冰，他才知道，身下是河。

马脖子山送民工的马车滚落在冰河面上，人仰马翻。马腿在流血，辕马侧着，四条腿在空中徒劳地蹬。黄豆撒出去十几米，它们在马车上的几小时里都发出了芽。土豆滚了。大白菜也狼狈得摔成几瓣。

是柴禾保护了人。没一个人受伤，他们刺毛毛地都从玉米秸里爬出来。小刘的大衣背后沾满了黄豆，一颗颗散布得相当均匀，而且马上冻在上面。一个知青说：“小刘交待，在哪儿偷了件珍珠衫！”

95. 世面

测量员在简陋的锦绣公社挂图左上方画一条弧线。他给干部们讲解，民工队要按他的这条线挖两米宽深的引水渠，十天时间，和西北邻界的两个公社同时挖的渠汇合。锦绣的干部们说：“说的啥啥牛水，谁知道呢，八成是唬我们给人家搭跳板的，有牛水也借不上水力。”还有人说：“数九寒天，地都冻透了，咋挖？”

测量员说：“我也是传达，这是死任务，县里要让你们这一片明年开春种上水稻。”

干部们同时去扯一张旧报纸卷了烟不说话。食堂的老师傅在公社大院里劈木柴，尽量劈得细如手指，一个干部出来说：“小生荒子一个，他见过啥世面？他没来，咱这旮挺好挺好，啥时候蹦出个他，比比划划的，手榴弹掉在人堆儿里我都见过。”老师傅说：“叫他爹吕二子来，我修理修理他。”

下午，测量员到了张家沟，骑着车，穿着短大衣，还围了一条围巾，在喉咙一带扭个结，束进大衣领子里。农民猜测这是个什么官员。

张家沟是锦绣的大地方，过去年代，为防土匪，盖了炮台的地主就有三家。纵横三条街，街中心是口井。正亮晶晶地结满了巨型冰棱。姓张的队长没有在，只有会计负责。突然一天里要安排上百个民工，又有马鸣骡子叫。老会计在屯子前后街跑了无数次。很多人家要倒出放粮食的火炕，张家沟乱了，玉米谷子哗哗地挪地方，满街上怀抱柴禾的外人。天黑的时候，公社干部们坐的拖拉机也在沟外的拱桥上翻了。拖拉机的前灯陷在雪堆里，王书记吐着雪沫，看看车上的人都安全。**王书记想：挖这条沟必是犯忌讳**！他决定要阻挠这件事情。

早上，天和地之间还没分出交界，林带村庄马圈水井泥烟囱还都重叠交错在一起。炕沿的缝隙里呛出了烟，女人们都掩着怀，在烧火了。

中学生甩开卷起来做枕头的棉裤，他注意对面炕上借住的民工们全都蒙住脑袋睡着，听说是知青，他想认识他们。中学生出门，到微亮的雪地里走了一圈。再回家，知青们都在穿衣裳，有一条腰带是特殊东西做的，中学生不认识那是牛皮。但是，他看见了金属的皮带扣，用一棵结实的铁针别上，别住以后，迎着亮还发光。中学生在这之前，只见过布腰带。

知青说：“你多大了，小子？”

中学生说：“十七。”

知青说：“干一天给你记几分工？”

中学生说：“我还念书呢。”

知青说：“十七了，还念什么书，下地干活吧，我十六就下乡了。”

中学生想：张家沟要是有个具体户多好。

中学生的脑袋给出门的知青重重地抚弄一下。知青说：“小子，长了一脑袋好头发！是个好劳动力！”中学生有点兴奋，紧跟上出了门。院子里全是互相热烈交谈的知青，多数人穿得破烂不堪而不感觉丑陋。扎铁扣腰带的人肩膀上露着黑漆一样的棉花。**中学生想：为啥穿得像要饭的花子**。这时候，他看见了测量员，正拿着一盘皮尺走。见到中学生，测量员说：“帮我扯住一头，照直往西跑。”中学生非常卖力，雪烟四起，他越过了无数的高粱茬，遍地是探出雪地的刀尖。一个女人抄着袖，圆圆的像个没胳膊的人。女人骂：“大清早上挣命的小鬼儿，疯跑啥？我家的鸡都揣了蛋儿，给你吓化了，你赔吗！”中学生说：“你家的金鸡，腊月就揣蛋？”

现在，中学生站在白茫茫的田野里，手上的皮尺却没了，只能又往回跑。

王书记远远地瞄着测量员。他说：“扎个围脖子，咋装扮，也还是个屯下人。”

民工们稀稀落落从张家沟周围的柳林里出来，扛旗和拿铁锹的，比最大群的乌鸦还密。中学生见了这种浩浩荡荡，激动得还想狂跑一圈。测量员说：“没有十字镐不行。”王书记说：“我不是孙猴子，哪儿变十字镐去？知青开始鼓噪，他们说：“干不干活，人都冻体蹬（死亡）了！”寒冷让他们特别想握住一件工具，甚至用大头鞋跟敲打冻土。大地声色不动。王书记在这个时候在一家热炕上咝咝地喝白糖水。中学生跑过来对测量员说：“那几个拿锹的具体户学生说要揍你。”测量员顾不上卷好皮尺，全捣在左臂上，慌慌张张往屯子里走。

只有中学生满裤腿的雪，站在大地和张家沟之间。

中学生的父亲到处找儿子。父亲说：“你跟腚儿忙乎啥？”中学生说：“见见世面。”父亲说：“屁世面，快上家做活儿去。”

96. 保卫土地

太阳直愣愣地偏向西天，张家沟的张队长扎了黑绑腿，穿一双棉鞋，肩膀斜挎着布褡裢走。太阳从背后把他照成一个赶路的金箔人，在金箔世界里。张队长迎面看见乡邮员。他说："死冷寒天的还有人写信？"乡邮员说："全锦绣的民工都上你们沟里挖水利了，还不紧着家去？"

张队长说："啥？"

张队长撒开腿跑。短棉袄被跑得向上掀着，露出了他腰上捆着的青布带。金箔人越跑越发青，太阳下去了。

冻土已经被刨开，张家沟的田地里堆积着新翻出来的热土块。张队长看见地汽包住的挖地人，一边跑一边骂。张队长说："祸祸（糟蹋）我的那人，个个遭雷轰，是狗日的日本小鬼子！"奔跑使张队长像火车头一样喷着汽，棉裤的裆颠得又松又垮。距离工地还远，张队长就开始喊："麻溜儿给我停！"

知青们说："看那人颠儿得多逗，咱挖，气气小老头！"挖掘的人突然来了力气，一刻不停，从沟底甩出来的是泥块和热腾腾的棉衣裳，有人带头，沟里的人一起唱《大路歌》中的一长串呼呼嘿嘿的副歌。

张队长说："给我停！"

知青说："哪儿来的大瓣蒜，你说停就停了。"

张队长说："这是我的地！"

知青说："地是国家所有，你是国家？看着水裆尿裤地不像。"

现在，张队长见到了王书记，他说："说挖就挖，知呼一声了吗？眼瞅着祸祸了我的好地呀！"王书记说："你消消火，咱俩儿到边上说去。"两个人头顶头，蹲在雪地里。知青从沟里爬上来，浑身的泥雪，但是心情不错。他们说："那俩家伙拉屎呢。"寒气又青又黑漫上来。

王书记说："上边儿打了两回电话，说非挖不治，你朝我嚎丧有啥用兴？"

张队长说："这么好的地，说豁开就豁开，上边儿还是不是共产党？"

王书记说："磨洋儿工吧，先瞅瞅借壁那两个公社，死逼无奈再真挖。"

张队长说："还不真，你看那沟里，活驴似的干！"

王书记说："具体户小生荒子，懂啥！"

完全黑了的雪地上，留着大地被冻裂的缝隙和人工的沟。知青们还有力气，他们没什么缘故地欢呼，两个人影甩掉了棉衣，在雪地里翻滚。**王书记想：弄来这些混世魔王干的是啥，整不明白**！王书记说："收工了，还不家去！"

摔跤的知青抓着雪擦自己的脸，一个擦出了血，在夜里看，血不过比雪略微深一点，他连续抓大把的新雪掩住伤口。

夜里，王书记和张队长横穿过大地，先向西再向北，相邻的两个公社并没有大的举动。北边的破了土，浅浅挖了一段。西边只插了几杆旗。王书记把测量员从炕上叫起来说："就算你成了凤凰，不是锦绣的人，你爹还吃咱这地场的粮食，喝咱的水，你去瞅瞅，谁动真格儿的挖了？我看你细马长条儿的倒像根水稻，咱锦绣就吃大苞米，不吃水稻！"挖沟的第二天，民工们得到通知，就地放假两天。王书记坐在炕上看动静。而测量员推着他的自行车，在天透亮的时候走了。

97. 好冰！

又下雪了，寒潮又从叫贝加尔湖的地方滚滚而来。张家沟的水井一夜间冻得放不下柳罐斗，很多的人拿了工具来劈井口的冰。

农民说："今年冬，冷得邪唬，嘎叭嘎叭的，井都封喉了！"

知青们没事干，全拥过去看井口。随手带的水桶冻在地上，踢踏劈砸都不动。

一个知青在冰面上捡了块长水晶形状的冰碴，响亮地嚼它。

农民说："好牙！"

知青说："好冰！"

98. 眼光涣散的黑山羊

亚军想：肠子都悔青了！进了腊月，亚军生了她和农民张二的孩子。亚军说要上医院，张二一家人都反对，说公社卫生院的大夫是个老爷们儿。然后，接生婆来了，是旗人，头的正顶上梳了水溜溜的一个髻，她端端正正坐着马爬犁来，披一条黑狗皮，传说她家里有一只红木匣子，里面是她配制的各种草药。农民叫它小药。乡间的孩子生病，女人就拿鸡蛋去讨药。接生婆告诉亚军生的是儿子。亚军并没看见孩子，而是看见家里的芦花母鸡扑腾着翅膀。接生婆倒提住两只乳黄色的鸡脚，喜气洋洋地走出门说："奶壮，孩子就壮。"可是亚军没有奶。张二的母亲偷偷说："城里人真是不中用，奶不了孩子！"张二听到母亲控诉城里人立刻就出汗。后来，只要看到母亲把长烟袋从皱皱的嘴巴里抽出来，他马上躲出去，在柴禾垛下蹲住。

亚军给两条棉被捂住，看见她的孩子急迫地寻找奶，嫩小到透明的嘴唇接触到任何能吮吸的东西，马上叼它。亚军流眼泪，张二的母亲说："媳妇，你可不中哭，看把奶脉哭堵了。"亚军说："我没奶脉！"这时候，孩子正在吮炕上羊骨头做成的线锤。

张二跨过了铁道去锦绣北，早上走的，第二天下午才回来。拿棉袄袖子抽打一只黑山羊的张二进了烧锅屯。

队长说："哪旮牵来这头大牲口？"

张二说："啥大牲口，牵头羊，让它奶我儿子。"

队长说："一家一户养几只鸡鸭还中，上边可没让养羊，瞅瞅这羊，站到那儿，赶半个劳动力了，都这么整，你养羊，他养驴，搞上资本主义了！"

张二闷了一会儿，看着跟了他一路的羊肚子下面气球一样鼓着的奶，张二突然有了理由。张二说："我屋里的是啥人，是具体户，扎根干革命的，我屋里的在烧锅干了八年革命，奶脉都给累坏了，她搞的啥主义？"

队长给张二难住了，张二从手闷子里抽出手，手心里金黄色的玉米粒，羊湿润的舌头，马上舔光了张二的手。

队长说："你屋里的都扎根了，还算啥具体户的？"

张二说："我不管叫个啥，谁也挡不住我养羊，我儿子不能喝清风。"

队长看张二的决心太大。**队长想：糊涂庙儿糊涂神，儿子也是他家的根脉。**

张二带回了羊，还从棉袄里拿出了玻璃奶瓶。张二母亲在灯下面照着玻璃说："看人这玩艺，做得多透亮！"然后她又看了奶嘴说："人这胶皮奶头好，还能拧下来擦，真是的！"

烧锅的农民都听说张二娶了知青没有奶水，他们感到不理解："没听说能生孩子不能奶的，城里头的人长得不全乎（齐全），缺点儿啥。张二总是抚摸羊的肋，嫌羊瘦，说羊奶是清汤寡水，让他的弟弟每天出去遛羊。又瘦又干穿黑棉袄的男孩在雪地里跟着黑山羊漫步，远望着只是两个黑色的斑点。男孩实在没事情做，就扳住羊的头，仔细看它侧向两边的眼睛，那眼光实在涣散，有点悲伤。**男孩想：羊冷了**。他把羊头抱在怀里，再看羊，还是悲伤。男孩什么也不想，往灰蒙蒙的屯子里走，羊在后面，叼着男孩棉袄下垂脱出来的旧棉花吃。男孩进了门喊："奶回来了！"

亚军熬过了满月，顶着雪跑到烧锅集体户，杨小华正踏着灶台，向呲呲响的生铁锅里贴玉米饼子。她们在灶前说话，饼子熟了，都铲在盆里。亚军还是不走。杨小华说："你还不回家看孩子？"亚军说："家里不是有羊吗！"说了这话，她拿又粗又红的手捂住脸，号啕着哭。张二家门口，苍老的母亲带着两个儿子正在唤羊，高高低低抖着三束干草。

杨小华说："亚军，你再哭，我死的心都有了。"

99. 声音的力量

粮食进了仓，乡村很少供电，人们理解电的作用，是打庄稼不是照明。团结七队集体户的男知青接到出民工通知的时候，拉小提琴的知青没在，他在半路上听说消息，单条腿跳回了集体户。他说他掉到雪沟里摔了腿。出民工的人都走了，只剩他一个人在完全没有了光亮的屋子中拉琴。**拉小提琴的知青想：一个人单独和琴声在一起多好**！可是，女知青过来说，她们听烦了，她们要他马上不出声。拉提琴的知青跑到队部对炕上的更倌说："叔，我和你就个伴儿。”更倌说：“你不怕招一身虱子？”拉提琴的知青说：“我虱瘙子一点儿不比你少。”提琴的弦都走音了，更倌看拉提琴的知青调弦。他说：“这胡儿（胡琴）好听。”然后，更倌长久地坐在炕上的黑暗里拨灯，让豆油灯照着奏乐的人。更倌几次进出都没一点声响。拉提琴的知青看见更倌把脸对着燎黑了的墙壁，他说：“你睡，我不拉了。”

更倌转过他长的脸，有眼泪闪闪发亮。更倌说：“我听你拉胡，想起我爷爷了，想我爷爷拽着我买糖球了。”

更倌的眼泪快干了，苦苦地看自己的一双手掌。他说：“一个胡儿响，咋能一下子想到了他老人家呢？以前听具体户学生唱得好，李英子的嗓儿跟喇叭似的，可从没想过走了几十年的人。”

拉提琴的知青很感动，在这间睡了更倌和两只母猪的房子里拉琴，拉到了天亮。钉着塑料薄膜的窗都现出玫瑰花瓣的颜色，更倌用一只硕大无比的瓢端来了刚出锅的黄豆浆。他小心翼翼地进来，好像弓尖搭在弦上。

现在，拉提琴的知青没在。几个刨粪的农民提着镐来取暖，他们躺在几乎全磨烂了的炕席片上卷烟。其中最年轻的农民突然跳起来，抽出件东西说：“这是啥玩艺，生硌得慌！”

农民全起来查看。有的说：“啥玩艺通红通红的？”有的说：“能不能炸了？”

更倌的两条裤腿上挂满干草。他说：“可不兴给人家乱动弹，那是具体户学生的，胡儿上的东西。”

农民全躺下说：“胡儿上咋有这怪玩艺儿。”

拉提琴的知青没回来的这段时间，更倌一直守在炕沿边上，给他看住红色的琴托。

100. 一本书在秘密流传

民工队停工第三天，雪似停非停。全张家沟找不到一个干部，连一直火气极大的张队长也不见。乌鸦伏在树枝顶上不动，身体的上半部灰白了。牲口棚里的马们不平静地望着天空。一头黑白花斑的牛在残留着标语的墙上蹭它的胯骨，动物们靠特殊的洞察力听到云层中更厚重的雪声。农民说："瑞雪兆丰年呵！"可是知青心里越来越不耐烦，金榜几个感觉不好玩，都走了，知青们的神经像快僵死的老牛皮，需要锐利如刀的刺激。

民工队沿袭旧习俗，不劳动的时候，每天只吃两餐。下午四点，人就脱衣裳上炕。马列去供销社的代销点买了蜡烛，三支都点燃在炕沿上。这条炕上住了四个知青和东家的三个男孩子。农民的儿子们合盖一条棉絮，因为寒冷，又加盖了每个人的全套棉衣。他们睡在肮脏破旧的棉花和土坯垒的火炕之间，大的脑袋小的身躯。夜里，一个孩子看见红堂堂的光，孩子以为有三颗太阳同时升起来。他又看了一会儿才说："哥，你们看的啥？"

马列说："书。"

孩子马上蒙住头。**孩子想：点洋蜡看的啥书，必是宝贝书。**

马列和另外三个知青凑在一起看这本无头无尾无名的书，它已经相当薄了，开头是第 67 页，结尾是 164 页。天亮的时候，马脖子山集体户的小刘按约定的时间来取书。小刘问："看完了没？"

一个知青说："这个叫皮什么什么的小子是个流氓。"

另一个知青说："糊里八涂没看懂，脑袋都看大了。"

小刘把书卷成筒，从领口一直往下塞到腹部。他几乎就是在即将滑倒的倾斜里走。安排住处的时候，小刘有意拖在最后，这样躲开了大权，他和同队的几个农民住在一户农民家里。小刘过上了几天敢说敢笑的人的日子。现在，小刘抱着棉被安静地躲在角落里看书。

马列的记忆力让人吃惊，他背下了那本书中的许多句子。

命运为何要把我投进这群正直的走私者的安宁生活呀？

在一顶白色的便帽底下遇到一个有教养的头脑。

你打算在高加索度过一生吗？

我站着是为什么呢？我生来是为什么目的呢？

我决心要在这晚上吻她的手。

宇宙是个傻瓜，命运是一只公鸡，人生也不过值一戈比！

马列在被窝里背诵出一大串，知青们都说，马列的脑子该去当会计。**马列想：我为什么要一层一层穿这么多衣裳，我活得多么龌龊。**马列去房后的雪地里解手的时候，一个知青跟过来说："我也记了几句，她的衣裳单薄，什么大围巾在那纤细的腰肢上，有个腰还不够，还要肢。"说话的知青只穿一条肥棉裤，显得下身庞大，上身狭小，比例极不和谐，像一只向上矗立的铅笔头。

小刘跳跃式地翻看这本书，有对女人的描写他才停住细看。只用了很短的时间，书就从他这里传出去。小刘感觉身上空空软软的，力气好像给书携带走了。送走书，又回到炕上，他偷偷地观察对面炕上给孩子穿衣裳的年轻女人，她是这户农民家的儿媳妇，二十多岁，一只手正抓着孩子的腿，白地蓝花的棉衣向前撅着，使她像个长了三角形腹部的畸形人。小刘移动位置想看见她的脸，可是，那张女人的脸一直朝向墙壁，那儿挖了放油灯的凹坑。她的脸好像要去接触那只黑的灯油瓶。后来，她抱着孩子下炕，完全把脸的正面转给小刘看。**小刘想：丑哇，写书的人真能胡勒！**

小刘在张家沟屯仓库里见到一瓶麻籽油。赶紧喝了几口。远处有农民说："那小子抱着个东西，好像油棒子，干啥呢？"飘飘荡荡的小刘穿过张家沟屯。渐渐起了窥探的心理。

井台上有挑水的女人，嘴里正吐着热汽，衣裳的前襟溅了水，结成了坚硬的冰铠，女人踩着雪走远，还咯咯咯咯地唤着猪。小刘就站在她对面笑，好像要挡住她回家的路。后来，又有女人上井台，一直到小刘看见了大权。他的神志立刻恢复，马上转头向相反方向走，一直走到全身上下只能感觉到上下两片略有余温的嘴唇，才回到住处。**小刘想：灌下一瓶麻籽油，也遇不上水妖一样的女人，书上净瞎写，根本没有谁能好看到那程度。**

只剩不过一百页的一本书，秘密而快捷地流传，下午到了沈振生手里。沈振生说："我知道，这本书的开头我现在还能背出来，我乘着驿车从第弗利斯起程，还形容了红色的岩石，黄色的峭壁，金的雪的流苏。"沈振生告诉小知青，这书叫《当代英雄》，作者是俄国的莱蒙托夫。小知青说："苏联人都叫什么夫。"沈振生说："是俄国不是苏联。"小知青又问："什么是流苏？"沈振生说："好像长谷穗。"他看见自己袖口破损的线头说："我这儿就是流苏。"小知青们全笑了说："还是人家俄国大鼻子会写。"

小知青们更关心这本书的结尾。

沈振生说："这个主人公皮却林他后来死了。"

小知青们追问："怎么死的？"

沈振生说："蔫儿巴巴地就死了。"

小知青们问："不壮烈？"

沈振生说："绝对不壮烈。"

小知青们非常泄气。他们说："那算什么英雄，还不如我们，这个皮却林是个大流氓，早该押到群专了。"

沈振生不参与小知青们的讨论。**沈振生想：连我沈振生不也自**

以为做过几天真英雄。沈振生看《当代英雄》是在沙袋堆砌的防御工事里，当年陪他值勤的是一批收缴上来的黑书和一只军用水壶。刚放下书，沈振生觉得自己把守的中学教学楼就是高加索某要塞，但是他当然不是皮却林。沈振生对他的同学说过："这小子也配叫英雄？"那同学之中就有初中生唐玉清。沈振生在学校的制高点上说这话，心里鼓动着古怪冲动的好感觉。现在，沈振生戴上狗皮帽子出门，想找一张纸和一点墨水，**沈振生想：人就是幼稚呵**。

书传到锦绣知青郭永手里，已经有了沈振生加的封皮，和一行小字："内部保存。"郭永看了几页，感觉这本书该归他保存。郭永对来取书的下一个知青说："黄书，谁看谁招上事儿！找不着了。"《当代英雄》的传递断在郭永这里，他把它塞在枕芯中间，准备一个人慢慢享用。

101．精神病患者

从公社到张家沟的路上，有人向王书记汇报说："具体户的学生在民工队里闲得点灯熬油传看黑书，成天学说书里麻痒人的话。"王书记突然想到这是借口解散民工队的理由，所以，他趟着雪烟进张家沟，立即就找张队长通知开会。张队长说："沟还挖不挖了？"王书记反问他："你说呢？"张队长说："就是不挖了，我吃亏。给我大地里豁出这么条沟来咋整？生乎拉地出了个豁子，哪像地冻的大裂子到开春能自个儿弥上！"王书记说："你得寸进尺，简直是个老农！"

张家沟屯队部刚派人打扫过，灰尘还没落脚，满屋飞。小猪叼着一穗红的高粱头撞进来，给满屋子黑乎乎的人惊住，又撞出去。

两个正进门的知青说话。一个问："你打算在高加索度过人生吗？"

另一个说："去你妈的，你才在什么锁上度过一生呢？"

他们进了会场，炕上地上全是人，放倒了一条猪食槽，两个人并排坐下，向前伸出相当长的四条腿，好像有意要绊倒谁。所有的人都把烟抽上，王书记在烟气里讲话，讲了很多土语方言，他自己是不知觉的，知青们找到机会就哄堂大笑。王书记突然严肃了，他说要彻底追查一本在知青中流传的坏书，查反动书现在比挖水渠重要。王书记说："抓革命促生产，革命靠前，生产煞后。"

炕灶里被什么人事先塞了一颗甜菜疙瘩，恰好在这个时候烤熟，散发着稀淡而久久不散的甜味，所有的人都在想那颗又软又热的甜菜。王书记说："谁也别想隐瞒，有人早向我汇报了！"火炕里面有人用奇怪的尖声说："造谣儿广播电台，挨着个儿拉稀。"会场上刚刚快出现的严肃气氛马上又转向了轻松。

有人在炕上说："谁说有反动书？拍到这儿，给我们看看！证明他不是造谣广播电台的。"

王书记想：这些个玩艺可真是半疯儿！王书记又讲了许多话，农民都睡着了。知青们反而更有精神，在仓库里发现了放甜菜的囤子，灶里被填满了甜菜疙瘩，他们呼呼拉拉扇动着破烂又有刺鼻味道的大衣，来来回回走动说笑，似乎王书记是不存在的。这个晚上，锦绣公社的王书记开了一次没有结果的会议以后宣布明天早上各队民工先回家！最后的这句，所有在场的人都听见了，欢天喜地往外走。

有人在黑暗的雪路上哼出了"精神病患者"的旋律，马脖子山的知青小刘产生了错觉，他以为唱歌的是陈晓克，他掀开帽耳朵寻找声音的来源，好像陈晓克就离他不远，小刘刚要追赶前面的人群就滑倒了，结了冰的土路给民工们走得乌亮，跟在后面的知青们都跟着小刘摔倒，有人故意倒下，故意用胳膊或者膝盖互相撞击。**知青们想：全摔倒在冰上多好玩，简直有意思透了！**

有人问王书记："到底儿有没有那本反动书？"

王书记说："谁许唬儿呢，就当它有，现场会批了，完事儿了。"

张家沟的张队长趴在自己家的火炕上对他儿子说："开春儿，你们学校出人，把那道沟给我填上。"在小学校做老师的儿子反驳他："又不是学校豁的沟，凭啥学校填？"张队长从炕上冲起来："你让我上哪儿找这帮挖沟的王八羔子去，一个人睡得好好的，给人当膛掏了一刀，我朝谁说去！"

102. 狂风暴雪来了

大地昏着，完全迷失了方向，又一场狂风暴雪就在民工们打好行李出门的时候来了。风比雪还狂燥凶猛，掀翻了退伍兵房上的红瓦，锦绣的天空中飞舞着轻如鸡毛的玉米秸。农民说："邪风！"他们纷纷爬到泥抹的平房顶，用重物去压苫房的柴禾。只要稍不注意就会从房上翻下来。马脖子山虽然又派了马车来接民工，但是，马在这种天气，只能拉得动行李，人必须步行。赶车的人拿条长麻绳，捆紧了每个人的腰，把他们全部串在一起。赶车的人说他年轻时候跟人去卖马，遇上风雪，就是用这个办法才安全回家。赶车的人把麻绳的一端系在车辕上，这一串人像被押解的重犯顶着风雪上路。

乘降所后屯的老石墩越老越迷恋大风雪，看见白茫茫的原野他一定要回忆过去。飘雪的时候，无论正做着多么重要的劳动他都会扔下，拿上瓢出去借酒，还叫儿媳妇给他炒石蛋子。平时，石蛋子几十枚束在布袋里，和农具种子并排悬挂后墙，要喝酒了才取下来，加了盐粒儿炒。盐炒化了，石子出锅。老石墩舔石蛋上滋味当下酒菜。酒兴过了，石子又装袋上墙。现在，老石墩兜着热石蛋出门。儿媳妇说："你不在家喝，要上哪儿？"

老石墩说："上具体户。"

儿媳妇说："上人家那旮干啥，大雪泡天的。"

老石墩说："家里不中，我叨叨的你们不乐听，说着都不起劲。"

乘降所的知青们雪人一样刚从张家沟回来，连笑都不会了。老石墩先上了炕说："你们慢慢缓（暖和）着，等缓过来，我这儿管酒管菜。"老石墩一个人吮着鸟蛋大小的咸石头，很快眼睛就变小。他几乎不再需要眼睛，那东西对于这个时候的老石墩完全多余。

老石墩说："枪，那叫喷子。刀，那叫青子。咱左边别喷子右边儿别青子，大户和小鬼子都怕咱那绺子的，让他们闻风丧胆呵，咱们靠的是啥，东北爷们身上的那份尿性，你们瞅戏里头演的座山雕、土匪、青面獠牙，当年也是打过小鬼子的，不像有些孙子，见鬼子就堆碎（瘫）了。"

独自一个人吮石蛋，一个人喝酒说话，没有了滋味的石头又混进咸石头里。等知青们恢复了，上炕铺开行李，老石墩已经很少说话了，他的眼前晃动的全是冰冷的白。**老石墩想：跑呵跑！咋迈不开腿呢？人这不是完了吗，是后身吃枪子啦？**他拿着石蛋去摸背后。

乘降所后屯的队长白蒙蒙地进来，要背走他的老父亲。沈振生说："放倒了，让他睡吧。"

这个时候风住了，只有雪，新棉桃一样飘落。马脖子山的知青小刘和大权他们还揽着那根绑腰的绳子在雪里走，方圆四十里简直是遥远。

103. 王力红想的什么

声称要去告状的王力红很快回了锦绣。除了夜里继续用尿盆儿以外，和其他知青没有什么不一样。下大雪的这天傍晚，王力红突然什么也看不见了。她到外屋去找火柴，有雪照着，屋子里应当是银蓝色的，可是她只看见黑，房梁上挂着的柳条篮子也看不见。王力红想到她在学校读过红军女战士得夜盲症的故事，心里很恐慌。一个女知青出来，看见王力红在冰窖一样的外屋里哭，划了两根火柴，王力红才感觉到了光亮，她什么也没有说，因为锦绣三队的女知青都嫌弃王力红，常把她的尿盆藏到院子当心的荒草丛里。**王力红想：我要瞎了！**她蒙头在被子里。

雪落在大地上没有气味。给人带进人的住处，就发出了雪味。出民工的男知青在天黑以后带着浓重的雪味回来，郭永喊女知青烧火做饭，女知青都睡下了。郭永拿着油灯过来，听见嘤嘤的哭声，郭永马上感到这就是书里面描写的女妖发出来的。

郭永说：“老子们出民工回来，热点剩饭还不行吗？”

郭永去掀王力红的棉被，他看见了蜷曲的肉体和大花短裤。郭永说：“王力红你是不是还想挨哥几个颠？”他没有举油灯的那只手碰到了王力红，又热又软。郭永完全不知道他接触到了王力红身体的什么部位。他像罪人一样缩回手，仓惶地拿着晃灭了的油灯出门，直接躺到冰凉的炕上。**郭永想：都是那本流氓书搅的！**棚顶纵横着不明的图案，郭永怎么看，都是人白光光的躯体。他从枕芯里拿出书，把它一路踢进灶里，划着了火。

郭永给王力红的吵嚷声弄醒，天已经亮了，王力红的声音特别大。**郭永想：糟了，她炸（急了）啦！**王力红要外出告状的事情，知青都知道，所以郭永想到了告状。郭永静下来听。

王力红说："拿掉那根上吊绳，你成心让我梦见吊死鬼！"

另一女知青说："谁成心，我的裤腰带，爱挂哪挂哪。"

王力红说："这根幔杆不是你们家的，你的裤腰带挂我头顶上就是不行。"

从王力红去告状回来，她就像游荡在锦绣三队集体户里一个挺大而无语的幽灵。这个早上，因为一条裤带，她像母性老虎一样突然发作了。

两个男知青快乐地听着对面的吵嚷。

一个说："都是同一个人，为什么他的脸比屁股先老？"

另一个说："你想，你的屁股，比你那张脸缺多少表情。"

104. 知青都是一家人

县里召开广播会，通过广播线能听见领导人咝咝溜溜喝着水说，知识青年不要回城，留在农村过革命化春节。知青们把破旧的内衣都扔到广播喇叭上，它衣衫褴褛还端架子讲话。知青说："你灌大肚吧。"不能回家的建议到了乡村，已经变成了强硬的命令，马脖子山的知青接到通知，离开锦绣一天，扣掉一天的工分。大权喊小刘找一副扑克牌去。小刘的心已经蹬上了回家的火车，现在又给臭袜子一样扔下来。他拿缺少了一半梳齿的梳子，理顺狗皮帽子毛，快把帽子梳秃了。大权催小刘："你个腿子，你傻在这儿，还等谁？"

小刘到了会计家，会计穿着单衣挽了袖子，两条精壮的胳膊正在黑泥大盆里和粘米面。会计简直有捣烂泥盆捣穿泥坑的力气。会计的女人的红手团着粘面。这是乡村里过年前必须做的事情，包粘干粮，冻在缸里，从正月吃到种地。会计说他的扑克给小学教师拿去不还了，然后他继续和面，全身都在下力气。小学教师一家人全围坐着，人人手里一团黄粘面。蒸锅里的香气表明这是一个家庭，一个团团围坐的整体。

小刘取到扑克，穿过高低不平的路。山上的积雪深过平原，在天渐黑的时候，不小心会跌进雪沟，小刘突然感到慌乱。他的眼前太亮了，亮得那么快和耀眼。小刘停在几棵松树下面，停顿了一下，才发觉是马脖子山屯的电灯们亮了。**小刘想：总也没电，忽一下来了电，也把人吓一跳。**小刘回了集体户。**电想：这个可怜的人，亮也吓人吗？**

睡了一会儿，小刘掀开蒙着头的棉衣，看见炕的另一头，几个女知青也参加了打扑克。小红紧靠着大权，还摇晃，笑得像翻扬的向日葵那样。打扑克的人合盖了一条棉被，被面中间一朵杂色花朵正好给他们放扑克牌。**小刘想：那条棉被下面，有连男带女十几条腿！**小刘再醒过来，只有灯还亮着，打扑克的人都睡下去。小刘看见女知青们鼓鼓地也钻在棉被下面。细细碎碎的声音里，大权光着上身挺起来，到棚顶上拧灭灯泡。大权说："操，灯绳都不好使了！"屋子里马上黑暗，又有了微弱的响声。**小刘想：那几个女的，睡在我们炕上了！**这想法让小刘无论如何睡不成，听见好像有火车叫，好多好多辆火车。小刘又睡了，直到他感觉有温热的东西贴过来，一只手半月一样抚住他的半张脸，现在的小刘像一条掉在火炉里的鱼。**小刘想：是小红！我的天儿妈呀！**

小刘非常小声地说："小红，你不是和陈晓克好吗？"

小红翻过去说："我跟谁也不好。"

到这个时候，天还是没有亮。**天想：今晚我要成人之美。**小刘向周围试了试，除了火炕的余温，在他能够小心探试到的范围里再没有其他。**小刘想：热乎乎的小红，你快来！**但是，他碰不到她了。小红一定又钻回那条杂花棉被。**小红想：腿子，他还装紧呢，废物点心！**

小刘用他孩子一样的眼睛看见天慢慢亮了。女知青都穿上棉袄坐起来，继续摆扑克，给一九七六年的十二个月算命运。**小刘想：在棉被下面全是她们光溜溜儿的腿。**小刘不敢再想了，他知道大权和另外两个知青都还在花被下面。小刘去队部走了一趟。会计说："扑克在哪？"小刘说："在户里。"会计手上拿一本新日历，他说："今天是一九七六年的一月一号，阳历年，扑克再借你们玩几天。"

山上有几只鹰贴着树尖追逐，大权反穿一件羊皮袄，满身卷曲的毛过来说："小刘你站住。"

小刘停在树间的深雪里。

大权说："天下的知青是一家，你知道不？同吃同住同劳动，你知道不？"

105．肉的香味和穿透力

大地白得闪闪发光，天越蓝，雪越光亮，大地显得比天空大出了许多。在无边的白雪里面，锦绣是多么小的一块。没有地块上不同庄稼做隔断，谁分得出哪个部分才叫锦绣。雪里有件东西移动，也分不出哪个是牲口，哪个是人。太阳又远又没力气，**太阳想：看看吧，这地方的冬天就是真相大白**。

李英子在后面跟着小男孩走，两个人距离大约十米，雪地上刚刚踩出一条扎实的路。小男孩拖着他母亲的一双油渍的棉鞋，一抬脚露出漆黑又裂着的小脚后跟。李英子问："二黑，你不冻脚吗？"叫二黑的孩子说："不。"他们穿过一片低洼的地方，走在全白的柳枝中间。

大辫子的妇女队长在热腾腾的门口说："我妈让喊你来家过年。"

李英子说："今年还第一回吃肉。"

李英子帮妇女队长把卸成大块的肉摆在缸里，肉还是温的，颤颤的，使人有点不敢用力动它。盛了肉块的缸就摆在院心，很快肉将完全冻住，一直冷藏到冰雪全融化的季节。

吃过了肉煮白菜豆腐，气味还是聚着，不散去，让人涣散，李英子和妇女队长一家在炕上抽烟，小烟笸箩随着卷烟叶的人扯过来扯过去。李英子想到了她的父亲和母亲。父亲没有穿鞋，光着一双脚站在地板上。父亲说："我知道，一了百了。"他手里提着容量500毫升葡萄糖注射液的瓶子。母亲说："这话你说了一百遍了，我早听烦了。你天生没有喝药的胆量，不要给我说这些。"母亲冷静地包裹她的彩色条围巾，她说过，这个晚上她有广场演出。李英子在哭，她央求父亲，赶紧交出瓶子。父亲说："你也有演出，我给忘了。"李英子接过瓶子，发觉它是空的，而且有香皂的气味。父亲笑了。李英子参加战宣队演出回到家，看见父亲躺在地板上，两只脚又苍白又瘦长，已经没有温度，这个在话剧团出演列宁的A角赤着脚死了。李英子朝母亲吼叫："是你杀的他，是你干的！"这两个脸上都带着油彩的人，同时在哭。**李英子想：母亲不想他活在这世界上，怕他连累自己不再能上台演出**。李英子收拾东西准备插队的时候对母亲说："我们之间没有关系了，一清二白。"

现在，李英子对妇女队长一家人说："开了春儿，我想到敬老院去。"

妇女队长说："上那儿干啥？"

李英子说："敬老院的女服务员要结婚，他们缺个人。"

妇女队长一家都说不行，说那太孤寞了，能把人枯死，她们说："那可不中。"

106. 看守尸体过夜

田家屯的年轻农民剩子收拾好了刚杀的猪，肉菜都下了锅，他抄上袖子，到屯子的最东侧来找他的五叔田青山，走路的时候还在雪里蹭着鞋上的血。田青山活着的时候也和没有一样，永远无声无息地跟在人群后面，据说年轻时候手脚麻利，爱打抱不平，两个儿子都在城里做干部，一九四八年，登记成分，大儿子考虑自己乡下的家刚买了一匹马，有块薄地，不算贫农，他填写自己的身份是中农。二儿子考虑做个穷人丢面子，家里又新置了一匹年轻健壮的马，因为虚荣，他填了富农。田青山糊糊涂涂地成了富农，等他发觉富农不好，已经不可更改。从此，田青山这个人和不存在没太大区别。

剩子推门，感觉屋子里的寒气刺人。他说："五叔，咋没烧火？"剩子进里屋，看见田青山靠着长的口袋坐在泥地上，口袋散开，能看见玉米，老人的怀里放着盛了玉米的盆。剩子说：“五叔，你咋了，坐地上不拔疼（冰冷）？”他再细看，田青山早已经僵硬，两只手上的指头尖都给老鼠咬过，露了骨头。那张脸白得像灶里的灰。

剩子说：“五叔，你啥时候没了！”剩子没流眼泪，他悲愤地摔上门在雪地里走。**剩子想：人没了，连血都没见！早已经死去的田青山想：我都不悲愤，剩子你悲愤啥？**

剩子把一些纸币叠平，塞在还有血迹的鞋里，他要进城去通知田青山的儿子。剩子出门见了和他关系很好的马列和另一个知青，希望他们帮忙照看一夜尸首。他说：“真可恨，那些耗子！”马列说没问题，他正想锻炼胆量。剩子知道这种事情只有求马列，农民在靠近年关的时候，非常多忌讳。

田青山已经被移到屋里靠北墙的长条木箱上，盖了一条棉被，他不能完全平卧，好像正要坐起来。马列去看了田青山的脸说：“没想象的那么可怕。”马列和另一个知青抱柴禾烧热了炕，然后他们躺下，交谈很少。马列印象里的田青山用一条拖地长的破围裙兜住了秋后分红的钱。他在生产队的院子中间穿过，快乐得要发抖了。那条围裙有了漏洞，田青山一边走，他的脚下一边掉钱，人们喊他回去拣，他像意外多得了赏赐一样卧在地上，扑那些肮脏的纸片，恨不能浑身都长着手。叫田青山的这个人活了六十年，走了多少路，扛了多少麻袋，割了多少把谷子，现在就躺在靠墙的箱子上。

另一个知青说：“不能放平吗？撅在那儿，有点吓人。”

马列说：“你懂科学吗？”

另一个知青说：“屁科学，吓人是真的。”

尸首的头上点了油灯，一夜都不熄，马列在夜里找一条褂子遮住田青山快要暴露出来的脸，马列睡不着想的全是英雄，黄继光和邱少云。

剩子回来骂城里人都不是东西，是石头缝里蹦出来的。他没有详细对马列说他进城的事情，一个人拿了镐向乱坟地里猛刨了一阵。田青山以半坐半卧的姿势入土的时候，正是太阳快冒出来的黎明。

大队干部来找马列，要去集体户外面说话。他们站在风口上，马列只感觉万剑穿身。大队干部说：“你好好一个知识青年，给富农看死尸，你屁股坐到哪个阶级一边了？”马列说：“就当他是炸药包，是火，我是黄继光邱少云呵。”大队干部说：“少扯哩哏儿啷（没有用的），大队可要培养你，才跟你说这个！”**马列想：大队想培养我，我不想培养我自己，操，你也少给我扯哩哏儿啷。**他转身钻回了集体户。

107. 金榜们忙着造肥和偷信

从远处看这个季节里的锦绣，又白又静。不能够回城里过年的知青们像白冰笼子中的困兽，他们出门一米远就向雪地里解手，最后抖擞的时候，突然刀尖顶在颈上那样，怪叫一声。**冬天想：你跑，一个人能跑多远？你吼，看你能弄出多大的响动？**知青踢开结白霜的门说：“这天想玩我！”过路的农民说：“这天头，啥人都给降住了。”杨小勇出门看见一坯牛粪。他缩着头说：“多像一摊黄泥呵。”

冬天，锦绣的供销社只在中午左右的几个小时里营业。地中间架起大汽油桶改装的火炉，烧最廉价的煤粉，绝不会燃起火焰的，像半死的一炉红土。火炉只要点起来，就给半披大衣的知青围住，他们像强盗霸占山头，霸住它，大衣棉衣都掀到背后去，这些人剖膛破肚迎着那只破油桶。有人喊："糊了！"满供销社都是燎羊毛的气味。

金榜像挎杆长枪，挎着那种长柄粪筐，远远地从雪坡上滑下来，雪烟四起。金榜喊住烧锅生产队热气腾腾的喂猪人。金榜说："你看见我这筐粪倒在大粪堆上没有？队长问你，你得给我作证。"喂猪人啊啊地应声，高举着瓢，这个冬天，在烧锅，两筐粪可以记十个工分。猪们沾满高粱糠的红拱嘴顶住喂猪人的小腿。

金榜几个人突然有了出外捡粪的热情，竹梭那样在烧锅附近的雪地里横穿不停，脚上起了冻疮也不停，晚上脱鞋的时候，他们不断地念："獾子油呵獾子油。"就像杨小华在头痛的时候大声说："索密痛呵索密痛！"

在烧锅和荒甸子之间的荒凉地带，金榜几个在榆树丛里秘密生产人工肥料。他们取土造形，洒水，忙得不行，四处散布着旋成粪便形状的黄泥坨。这种滴水成冰的季节，人工肥成形极快。杨小勇拿铲子用力铲，其中的一块终于脱离雪地。杨小勇说："多好的黄金塔！"金榜在造一泡牛粪，十分用心，徒手盘泥。世上总有些事情让人越做越高兴，简直停止不下来。

现在，白茫茫里面有件黑东西走近，是一个人。在三十米以外，人停下来，是披着厚羊皮军大衣的退伍兵。

退伍兵并没想到在冰天雪地里的几个人是知青，他更没看清金榜几个在做什么。在走火事件以后，退伍兵有了罪恶感，看见知青就想逃跑。退伍兵定了一下，榆树丛里黑黑地直立着人和工具，他马上转身往回走。金榜以为退伍兵发现了，并且想去告密。金榜说："你，过来！"

退伍兵说："我就想抄条近道。"

金榜说："操，叫你过来，是高看了你。"

退伍兵向前走了两步，又停住。

金榜说："瞅见粪是怎么变出来的没有？瞅清楚了！"

退伍兵只看见灰白的天地。他说："我不管闲事。"

金榜突然乌鸦一样扑下雪冈，直冲到退伍兵面前说："那你管什么，管拿我们知识青年的眼珠当灯泡踩？枪响那天让我赶上，我不削扁了你！"

退伍兵掀舞着两扇大衣，猛然启动，向着甸子深处狂奔。退伍兵在雪地里居然能跑那么快。金榜说："咱几个那天没在锦绣，才让小子到了今天，披身骚臭羊皮，像个人儿似的。"

烧锅的知青们在雪地里站着，一下子感觉秘密被揭穿，造肥料完全没有意思了。金榜说："上锦绣逛逛去。"金榜几个一直到天黑才从绵绣回来，杨小勇把大衣弄得鼓鼓的，鬼鬼祟祟钻进屋子。现在，一只厚帆布的口袋被扔在炕上，口袋上有"中国邮政"四个褪色的红字。口袋里有二十七封正准备寄出的信，全部贴毛主席去安源的邮票，油布伞的位置刚好加盖了邮戳。杨小勇说："邮花挺好，可惜，都盖上戳，揭下来也不能用了。"他想擦那些印迹，不断往手指头上吐唾沫。

信全掖藏在破烂炕席下面。金榜他们仰望棚顶纹丝不动，等待对面住着的杨小华睡觉。他们的心里着急呵！杨小华总也不睡。在厨房里弄水弄盆弄柴禾，她守着这间快要塌掉的泥屋子里里外外地忙。杨小勇说："姐，你还不睡？"**金榜他们想：勤劳的人多么烦人，丁点儿好事也让她给耽误了。**杨小勇在炕上来回反复地走，脚上的冻疮开始发痒。杨小勇说："天呵，吃屎都赶不上热乎的。"杨小华在外面说："我一天三顿养着你们，说这话，心不黑吗？"金榜马上说："别惹咱姐生气！"

第一封信讲的是借钱。第二封信介绍父亲腰痛又犯了。第三封一般性问候，都是歪歪扭扭写半面薄纸。信的开头全是相同的："时光如流水，岁月如穿梭，见字如面。信的结尾也相同："此致，革命的战斗敬礼。连续看了十几封，金榜披着棉被说："没意思，早知道这屌样，挺沉的，谁他妈偷这信袋子！"金榜快睡着的时候，杨小勇念了两句话："纸短字长、笔不前驰。"大家都弄不懂是什么意思，都来看信，大致明白了。大家说："哪个老地主写的，当年欠揍，整这套旧社会的烂词儿！"

二十七封信中，只有两封是知青写的。金榜决定读给大家听。第一封是红垃子屯老刘的。金榜支着冰凉的膀子先宣布："就是咱锦绣有名儿的那个大傻 × 劣士，看他写什么。"

老刘的信上说："像咱这种满腔热情自动自觉要求下乡的，还算不算知识青年？我认为，咱们是，他们不是。他们后来的一拨一拨，吊儿郎当的这些，他们不配。如果他们是，那咱就不是，咱不顶那个空名，非白即黑，立场鲜明。还有婚姻，也要让人重新思索。我结婚就是要告诉旁人，我走了这步没后悔。我要在这地方安家，但是我老婆不这么认为，她想的是别的，她作梦都想进城好。"

金榜看见下面还有许多字，读起来很麻烦，干脆把信捏成一团说："纯属老太太磨豆腐！"

另一封信是一个女知青写给她母亲的。她说："病没见好，那两块油布不够大，天冷，我不敢喝水，户里的伙食总是碴子粥，我不敢捞干的。户里男生欺负人，我怕他们骂，又怕给他们发现我这毛病。妈，听说有些病能办回城，你快去街道上问，像我这病照顾不，别说是给我问。妈，我每当出去晒被的时候都想，让我死吧，得什么病都比我这样强。"

金榜说："信封哪去了？"

杨小勇说："刚才，连口袋一起塞灶坑了。"

金榜生气了，从炕上撅起上身说："谁这么欠爪子！"

过了一会，金榜又说："我下乡从来没给我妈写过信。今后像偷信这种缺德事儿，咱烧锅的人不干，太损了。梁山泊好汉也不乱干、杀富还济贫。"

知青们都脸面朝上躺着，不出声，眼前是微微发蓝的空气。

早上起来烧火的杨小华推开门，炕上的人一个也没醒，杨小华把他们全喊起来。她说："连邮电所口袋子也偷回来！你们是缺德带冒烟儿了！"

杨小华重新脱了衣裳，缩回棉被里面。她大声喊："不伺候你们这群鬼！"

杨小华总在劳动，春天播菜籽，秋天抱向日葵头。开始她想她是为了这个集体户，后来她想她是为了弟弟杨小勇。现在，杨小华拿枕巾蒙住脸，杨小华流着眼泪说："我没有弟弟，我要弟弟干什么？"乡邮所的大个儿女人在县邮局的解放牌卡车停靠锦绣的时候才发现邮袋丢了。她朝正前方骂个不停，前方刚贴了一幅女拖拉机手扬着红馒头大脸的新年画。

第二天，杨小勇说："那女的得的什么病？"

有人说："尿炕呗。"

金榜说："去你妈的。少提那事，你才尿炕！"

108. 勤俭烟和碎糖块

锦锈公社门口来了一伙吹拉弹唱的人，咚咚地弄得热闹，引了几十个人跺着脚围观。这么寒冷的天气里鼓乐照样能发声。县里的天气预报说，这天的最低气温零下 35 摄氏度。农民丝毫不关心那个预报，出了门就说："这天头儿真给劲，嘎巴嘎巴冷！"赵干事听见声响，才知道是邻近公社组织的知青宣传队来慰问演出。赵干事说："他们又不是不知道咱锦绣的样？戏户全县出名，他是到咱门口魇（挤对）人来了，显得咱锦绣都没人了！"赵干事本来想去食堂吃饭，并且打算给家里办年货。现在，他什么也不想，推上破自行车去团结七队集体户。自行车冻得不肯转。赵干事用力气踢两脚。前后两个单薄的车轮勉强在越踏越实的雪地上滚。

临时拼凑的锦绣知青宣传队，像冰雪王国里出巡的皇帝一样，坐着向各生产队摊派的马车，红马灰马白马青骡子都坐遍了。打着旗帜，环绕锦绣的周围演出。旗杆就插在带队人赵干事的怀里，竹杆被许多层棉花和布裹夹着，北风也掀不翻它。赵干事昏沉沉地听见旗在脑袋上面响，他扬头想看看那旗。蓝天红旗。赵干事感觉眼晕，马上团紧身体，上下左右全不看了。

锦绣正北方向的沐石公社，刚刚散了社会主义大集，肩膀上扛着白花花下坠的蒜辫的农民正走出小镇子。他们看见锦绣的马车，马上停在雪里说："唱唱儿的来了。"他们跟在马车后面又回到镇上。有人问："不家去？"扛蒜的人说："瞅瞅，家去急啥？"

沐石公社的干部好像得到了密报，马上在大院里摆开一张条桌，桌上放了两只大搪瓷盆。一盆装了白条条的烟卷，另一盆是没有包装纸的糖块。赵干事拿一根烟卷看商标，然后说："勤俭呵，八分钱一盒！"他没抽烟，但是两腮都鼓了，含了两只糖。赵干事感觉沐石的人在他面前摆阔气。他过去对李火焰说："整热闹点，给他们上点劲儿！"话说完才看见李火焰正撑着大衣口袋，往里面装烟卷。赵干事想：丢人呵，城里的，见了"8 分损"就这样！

赵干事喊："李火焰！干啥呢？"

李火焰突然不像李火焰了，他瞪直了眼珠，有一股悲凶的光。李火焰说："我们集体户还有人没来，还有人没吃上没抽上，你装不知道？"

锣响。赵干事赶紧走，树枝上全是冰挂。他一直走到被深雪埋住的田野边，无论这块地在八个月前撒过什么种子，在三个月前收过什么庄稼，现在，只是一片的白。赵干事想到团结七队集体户的关玲和李英子，心里不好受。

沐石公社的知青干部到处找赵干事，他说："老赵，你咋杵在雪窠子里卖呆呢？"

赵干事说："脑瓜仁子疼。"

沐石的干部说："你手里有人呐！匀俩仨的给我，算帮我们沐石，咋样？"

赵干事说："不中。"

109. 随着空荡荡的火车回家

和金榜的预想完全一样，到了农历年三十的这天，再没人过问知青们是不是守在乡下过革命化春节了。用金榜的话，是全撒鸭子了。这一天的火车照样停靠乘降所，在雪地里黑拖拖的，大喘气。金榜最后一个上车。他的两条腿还在车下悠荡，车已经开了。金榜的肩膀被女列车员和杨小勇等等几个人拉住。女列车员想骂金榜不要命了，看金榜站起来，一个人挡满了过道，她没敢说话。

火车上几乎没有人，金榜把第 8 号车厢每条椅子都躺过一下。金榜说：“我要是美猴王，一根汗毛变出一百个金榜就享福了，我要把这些座位一下都给它睡满。”

一只金红羽毛的公鸡穿过这节车厢，一直向前飞，耀眼的翎翅们全都炸开，后面一个穿黑大衣的人扑过去追。金榜感觉鸡和追赶者箭一样过去。金榜对杨小勇说：“这孙子整只鸡惊着我们了，按住他，我妈最爱吃鸡冠子。”

烧锅集体户里的知青像突然下山的猛兽，全往前面的车厢走。火车正经过一座铁桥，车厢晃得厉害，车厢衔接处好像马上就给挣断。金榜几个人一直追到最后一节，那儿有一个穿铁路制服的男人蜷在座位上睡觉。杨小勇说他看见那个追赶公鸡的人了，肯定不是锦绣的，他还看见鸡脚给手绢捆住。现在，居然全消失了。金榜说：“挖地三尺也得把孙子找着。”

每节车厢都搜过，根本不见穿着黑大衣抱红公鸡的。杨小勇揭开一个睡觉人蒙在头上的长围巾，是个女的。金榜说：“这人我见过，是我们锦绣的知青。”杨小勇说：“管她哪儿的，弄起来问问。”

金榜拉着杨小勇到过道里说：“兔子不吃窝边草，这是规矩。”

金榜不想跑了，卷起他的狗皮帽子躺下。他的头好像完全和身体分离那样晃荡。

金榜说：“过年可真没意思！”

杨小勇躺在另外的地方。他说：“最有意思是钻心摸眼儿想回家那几天。”

烧锅集体户的几个人坐立不安想回家的那天，金榜讲了他的一个同学因为打架，被劳动教养三年，马上就要过年了，那人在劳教所特别想回家，吃饭的时候，吞了一根折成几截的竹筷子，然后嚎叫着去找管教员，说肚子疼，肚子很快真疼，人在水泥地上翻滚，劳教所只能送他去开刀取筷子。他终于回了家，养好伤口再回去劳教。

杨小勇说：“筷子怎么吃，扎得慌呵。”

金榜说：“那小子什么都能咽下去，铝勺、钉子他都吃过，都是为了闹回家。”

杨小勇说：“说得我肚子难受，我幸亏不用受那个罪。”

现在，火车进入隧洞，车厢里完全黑的，空的车格外响。**金榜想：天塌地陷了一样，回家和不回家到底有他妈什么区别！**

第六章　在树上喊话的布谷鸟

110. 地动了

一九七六年初发生了这么大的事？锦绣的人完全不知道。马列问：“地震了，你们还不知道？”

马列看见天暖和了，向阳坡上的积雪融化出蜂窝一样密密麻麻的洞。马列上县城买茄子籽。包装菜籽用裁成一块块的报纸，有一块写了海城地震。马列说：“再给两张。”卖菜籽的人发现马列是想看报纸，马上说：“你寻思啥？拣几张报纸撕巴撕巴，这玩艺儿是给你当学习材料的？”马列把菜籽揣到怀里。**马列想：国家的事多大也和我没关。要是发动一场战争，该多来劲儿。**

回到锦绣，马列见人就说地震了。农民不太相信，他们说：“地是个死葫芦，咱这一年一年的撅，刚撩它一层薄皮儿，这么大的地咋能动？”农民不说地震，一定要说成地动。知青们说：“震！震他姥姥屎的，就盼着那一天呐，不要震别地方，专震咱们锦绣，天崩地裂，麦子谷子都种不成。把咱全震回家！”

马列在几只饭碗里撒了茄子籽，每天趴在碗沿上，盼望着它们发芽。地震的消息很快给人们忘了。种庄稼的季节还没有到，农民都坐在炕沿边，向下深深弓着，抽烟喝凉水。农民心里存一件事往往都要想很久。有人说："地动好，春脖子短，快扬粪趟地了。"有人说："兴许不好，好么秧儿地闹地动，吹灯撼墙的不是啥好事儿。"往下他们收住，不说了。女人们也听说了地动，有点恐慌，随后拿来吓孩子。她们说："再跑，再跑就地动了！"脸上拖着两条亮闪闪鼻涕的孩子马上定在化掉的稀泥雪水里，张着嘴好像等待着地动。

黑土一片片露出来，地里没发生什么。西天打了一阵闷雷。农民说："这不是惊蛰了吗！节气熬克人呐！"

马列的茄子苗有一天全部蔫了，孤儿挨饿一样耷着，很快全部死掉。马列把碗里的土都摊在院子里，想剖析原因。知青们说："别作茄子梦吧，累得脸青脖子紫，这辈子再不想吃茄子。"

马列说："气候不正常，地震搞的。"他又撒了一次籽，刚生了芽又给人拔光了。

泄了气以后，马列躺在炕上看天上的云彩，发现春天的云和冬天的云很不一样。冬天像条脏棉絮，大块的。春天是刚摘的棉桃，细碎。他准备把这发现告诉别人。屋子没人，知青都到河边看跑冰排了。他们打捞了冰，举在手里，亮晶晶的像不规则的镜子，也像盾牌，像兵刃。知青们挥舞着冰碴互相作战，在刚发软的土地上狂跑。

农民说："地没动，河动了，活物都还阳。"

111. 恶味

一场春风过去，冻在缸里的食物们，肉和粘干粮也开始融化。女人们探进缸里说:“快吃吧，再不吃，啥好嚼咕也挡不了起粘弦子。”从缸里出来，她们用力吸一口发湿的空气，感觉到不好闻的气味。女人们说：“大地咋能冒出这种味，这是尿骚呵！”女人们在屯子里四处走，喳喳地，想寻找坏气味的根源。最后，她们在集体户墙外汇合。全锦绣的集体户没一个例外，门口一定有凸起的冰壳，巨大又鼓，是积蓄了整个冬天的污水，很大比例是粪便。现在，它们也开始融化，尿骚味四溢。女人们掩着脸赶紧走，赶紧把残留了食物的缸压上帘子和青石头。她们说：“具体户都是些啥人，窝儿里吃，窝儿里拉。”

污水把出门的路都淹了，知青们到处找垫脚的砖头，想在锦绣找到半块方正的砖，不是件容易事情，他们四下搜寻。

农民问知青：“见天地儿闻，不骚腥？”

知青说：“闻惯了，没啥味。”

112. 消息来得又多又快又乱糟糟

接近清明，跑回城里过年的知青都坐火车回了锦绣。消息由乘降所向锦绣的四周散开。有人说今年的招工计划不要一个女的，都是国营大工厂，门口有站岗的守卫，骑车的进门要下，先吃下马威。

很多男知青更加鄙视地对厨房里的女知青喊："上饭上菜的伺候！"锦绣公社的干部们蹲在食堂门里，整整齐齐的，像等待开饭的劳改犯。食堂的老师傅隔开两米，也蹲下说："白瞎咱这青堂瓦舍的大院了！"消息也有关于锦绣的，据说要把锦绣公社拆成三个部分，分别归向邻近的公社。锦绣将不存在了。锦绣的人都不明白县里这么做的真正用意。王书记望着快杨说："听风就是雨，该干啥还干，当一天和尚敲一天钟。"赵干事第一个站起来，他说："和尚好当，谁不明白风在雨头，屁在屎头，无风不起浪。我家上秋收点高粱，老婆拿搓衣板坐在当院搓高粱壳，还不如回家种地抱孩子去。"

大地又变成油黑和肥沃。形容土里能攥出油，就是这个季节，融化的雪水浸透了每一片黑土。农民下地，在田野里堆起粪肥，稀疏又均匀，远看大地就像无边无际的墓场。最先发绿的是坟头的南侧，小根蒜发了嫩黄的细芽。

有人随口告诉赵干事，乘降所换了人，自称沈阳铁路局的铁路工人走了。赵干事站在茅坑前说："那人干得好好的，咋走了？"赵干事专门去了乘降所，新顶替铁路工人的是个大个子，像匹大洋马。大个子说铁路工人退休了，他儿子接班到了铁路上。赵干事说："他没多大岁数就退休？"大个子说："还不是为了儿子的前程？我是个光棍，我要是有个三男四女，我还忍心占着铁路这茅坑？"赵干事问，有没有联系地址。据大个子说没有，路上多少号人！路上的意思就是铁路。

赵干事站在稀泥浆里，它们在春天的阳光中像巨幅绸缎那样闪光。赵干事的裤子到脊背溅得全是泥点，这使他很狼狈。**赵干事想：干这工作不是行善就是作孽！我还白拿了人家一辆自行车！**赵干事整个晚上都插上了门，欣赏那辆新自行车的零部件们。他尤其喜欢那对车轮，它们闪光的链条。赵干事说："世上再没有比车轮子更精致的玩艺了！”墙角堆了一些陈年的胡萝卜，又干又皱，那形状好像一个李铁路蹲着。赵干事不由自主地总向那儿看。赵干事转动车轮的速度立刻慢了。他对铁路工人说：“我啥事没办，收这礼有愧。”铁路工人说：“还剩一个儿子在乡下，一个萝卜只能顶一个坑，你说我怎么办？”赵干事说：“你让他上锦绣来找我。”铁路工人又变回一堆干萝卜。赵干事找出早买好的彩色绒球安装在车轮链条上，这个时候再使劲转它，眼前就是两只奇异的彩轮。赵干事想睡觉，他喊：“萝卜！”萝卜们回答说：“嗳！”赵干事又喊萝卜，萝卜又答：“听见啦。”这样他的心才安稳一点。

小协理员敲门说：“赵干事，又出反标了！”

赵干事问：“提没提咱主席呀？”

小协理员说：“没。”

赵干事说：“像我这种中国最末余儿的官儿，不管那些烂肠烂肚的事儿。”小协理员说：“咋整，撂那儿？”

赵干事说：“刷巴刷巴得了。”

小协理员还不走，他说：“不信抓不住他。”

赵干事说：“对我说也没啥用，我又不是具体户他爹，我就等着五马分尸，把锦绣给掰成三瓣，我家去种地呢。”

推了小协理员，但是推不掉王书记。王书记说县上来电话了，计划今年给锦绣一百七十个。赵干事说：“啥玩艺一百七十个？”

王书记说：“找你还能是啥？今年的具体户下的新学生呗。”

赵干事哀声说：“下到啥时候是个头儿？”

王书记突然严肃了，王书记说：“这是百年大计，同志！”

赵干事说：“这么大疙瘩地场，还不挤冒漾（溢出来）？”

王书记说：“你咋这悲观。”

113. 战士们归来

烧锅屯的农民在露天里开会。讨论西北冈的地种什么庄稼。农民都说裆里面潮乎乎的，开会的人跟着太阳挪着走。烧锅屯队里的谷子受了潮，分摊到每户农民家里，让热炕来烤干谷子，炕都给垫厚了几厘米。潮湿的气息钻进了棉衣和身体，久久不散去。开会的人挪到西南，烧锅的队长大声说种几垧毛豆的时候，看见国道上下来一行人，他再细看一眼，马上收回眼睛继续说毛豆。金榜几个人全背马桶包，晃晃荡荡地走进集体户。其中两个人明显瘸着，一个是杨小勇。农民说："贼皮子们又回来了。"

集体户的门上拴一缕绿毛线绳，它代表锁。金榜进门掀一下炕席就生气，金榜说："咱姐就忍心让咱睡在精湿的谷子上？"

杨小华从后地里回来说："家家都摊了谷子。"金榜说："我在这上睡不着觉，躺着不舒服。"杨小华不想提谷子，问金榜们背的什么怪包。金榜说："这是马桶包，正时兴呢。"杨小华问："偷的？"金榜说："几个孙子心甘情愿送的，电工刀子往桌上一掼！"杨小勇去舀水，腿上的伤暴露了。杨小华说："你怎么瘸了？"杨小勇说："踩到冰上摔个仰八叉。"杨小勇没告诉杨小华他在城里打架。但是，他回到锦绣当天就去找队里的年轻农民山东子。山东子姓陈，因为跟父亲从山东逃荒过来，烧锅的人叫这一家人都是喊山东子。

杨小勇说："山东子，你过来，我得胖揍你一顿。"

山东子怕金榜，不太怕杨小勇。山东子说："你揍我，也得因故点儿啥。"

杨小勇说："就因为一个小子长得像你，我冲上去帮他打，才瘸了，伤筋动骨一百天，你知道不。你从今儿起出工一百天，算我的工分。"

山东子问："你不是回城了吗？"

杨小勇在城市里呆得并没有意思，去过电影院和浴池以后就躺在床上听父亲叹气翻身。杨小勇出门去公共厕所，两伙农民正因为争夺粪池里的粪便在打架，一方牵一匹枣红马的粪车，另一方牵一灰青马的粪车。一个农民已经下到冻实了的粪坑里，就是这个人长得像山东子，正拿十字镐大声朝上面骂。**杨小勇想：正呆着五脊六兽（无聊），上吧**！杨小勇用半分钟看清了敌我双方，立刻夺了一件铁锹向另一伙劈过去，最先动手的是杨小勇。胡同里完全乱了，十几个人追打在一起，杨小勇舞起了长柄的粪勺，对手不敢近前。然后他钻进围观的人群逃了。跑了两条胡同，叫来了同户的另一个知青。杨小勇说："今天帮的就是山东子。"知青问："要帮谁？"杨小勇说："到地方我再告诉你，我奔谁去，你就跟着上。"杨小勇扑倒了一个人，抢下鞭子，腿上挨了重重的一下。两伙农民很快散了。一个戴眼镜的人说："快滚回乡下得了，全是屯二迷糊（对农民的蔑称）。"杨小勇追上，想拉那个人的自行车后架。肩上受了伤的知青拉住杨小勇问："老农打架，你掺和什么？"杨小勇说："你没瞅见粪池子里那个二迷糊长得像咱队山东子？"知青说："我什么也没看见。"

在厨房里，杨小华跟住杨小勇问："你的腿怎么摔的，说实话，你！"

杨小勇笑眯眯地唱京剧，算回答她：

> 战士们杀敌挂了花，
> 不能啥都告诉你沙妈妈。

从死里面缓过来的土地又有了生气。农民的孩子拿着金黄耀眼的玉米面饼到处走，他们的父亲用木杆把房梁上挂了一冬天的种子们挑下来。金榜他们都没有出工。也许是在回锦绣火车上，每个人的屁股后面都沾了漆黑的沥青，他们拿刀子刮裤子，上身穿着大衣，下面露出健壮如牛的光腿。杨小华说："快扬粪去吧。"金榜他们说："心难受，不去。"杨小华说："你们还有心？"金榜他们说："没心，肉皮子难受。"杨小华把锅盖当砧板，切土豆丝。她能把土豆切成那么细，洗成那么白净。

湿谷子炕干了，疏朗地从手指缝里流下去，沙沙发响。农民家的谷子都有专人收到队上，入了仓。只有集体户没人来过，把他们给忘了。金榜说："睡惯了谷子，没有还不行，这是队里照顾咱伤病员，给咱多加了一床厚褥子。"烧锅的知青就在干燥柔软的褥子上翻来覆去，唱任意编造词的歌：

娘呵，儿死后，
你要把儿埋在那谷堆上。
让儿的后腰硌得慌。

现在，他们正在大笑，因为歌词编得绝妙。有一个知青爬起来说他母亲花五十块钱请人包了两只沙发，又软又有弹力，坐着比炕舒服得多。金榜他们受了启发，全起来穿衣服，决定做一只沙发。金榜在柔顺如鸟羽毛的春风里面走。他的心情好得像早上的向日葵花盘，香粉四散。金榜到场院上抱了一大捆谷草往回走。土坯做框架，草把做扶手，金榜扯了他的棉被面蒙在土制沙发上。每个人都上去试试，努力分开腿，后仰着，故意做出被弹力冲起来的样子。杨小勇说："好像拔牙的椅子。"杨小勇决定请山东子来试。山东子坐下问："能不能抽烟？"大家都说能。山东子仰着抽烟，烟灰烧了破棉袄，他马上不坐了说："不好，这玩艺儿跟没坐着似的，屁股不着地，坐云彩一样，不好！"山东子又点上烟走了。金榜说："真不会享受，咱弄块兽皮包上，就是威虎厅里的座山雕了。”

杨小华进来说：“咱那几条狗不光看院子，还霸着道，不拴住早晚让人给勒死。”

金榜说：“勒我一条狗，我勒他全家。”

杨小勇有点殷勤，请杨小华来试沙发。

杨小华生气了，看都不看墙角堆的那摊东西，只拿两只精巧的小手擦鬓上的汗。她说：“你们就不争气吧。”说完直接出门。

金榜说：“别惹唬她，就当她是咱妈。”

杨小华走得太用力了，颠簸的土路把她显得一条腿长，一条腿短。像这种走法，用不了多久，杨小华就会拐到天边上去。杨小华去亚军家问男孩：“你嫂子在吗？”男孩不说话，抓过狗的头，按低了，他坐上去。男孩用这个动作表示亚军在家。

杨小华说：“我想转户，一天也不想呆在烧锅了。”

亚军说：“过去的八年全白干了？金榜小勇他们再驴，也不是全没人性，别想屎窝挪尿窝了。”

杨小华说：“熬不出头了，我心里明白。”

亚军的儿子在她的怀里蠕动，用小手抚弄她纷乱的头发。地上的男孩望着她们，屁股下面随着狗的头摇荡着，好像坐着秋千。**杨小华想：谁不比我活得像个人？**

现在，金榜几个全靠在沙发上，用腊烛的火苗烧一根针。杨小勇在城里见到别人肩上刺了个血字。金榜说：“咱全在右膀子上刺个干字。两横一竖，好刻。”大家问：“都干什么？”金榜说：“什么都干，没咱不敢干的事儿！”杨小华看见一屋子人都脱掉单只袖子。

她说：“又要干什么？”

杨小勇说：“什么都干！”

针尖刚划到肉，血珠立刻冒出来。干字的笔画少，想刻在皮肉上却不容易。有人提议上风里走走，说凉风能减轻肩膀上的疼。屋子里马上空了，门全敞开，让春天的风进来。蒙沙发的大布飞扬，它要升空。泥地上滚着刚擦过血的玉米秸芯。

114. 游荡到了锦绣的画匠

什么鸟都到树上叫了。农民不喜欢布谷鸟，叫它臭咕子。农民喜欢喜鹊，叫它起翘。麻雀，农民叫家雀子。布谷鸟叫得最热烈的时候，画匠穿过正在育苗的一片杨树条枝进入了锦绣。在田里翻地的农民都停住，牛也停住，他们都以为这个挑木箱子的是走乡串户的理发匠。他们说："万物返阳，连剃头修脸的都活润了。"

住柳条沟的接生婆坐在火炕上，玉米秸的火焰把这衰老的女人架高。她用两只苍黄的手扶住黄泥加碎麦秸的窗台。经过一个冬天，她的眼睛里生了翳。接生婆说："画匠你坐在炕头，自个儿摸烟笸箩，自个儿卷上，我问你画寿木得几天？"画匠说："看老太太要画点啥？"接生婆说："你能描画个啥？"画匠说："要论画，全套的二十四孝我都会，官家不是不让吗。"接生婆说："我的寿木，上画蓝瓦儿的天，下画黑实的地，天上祥云，地上莲花，你能描画不？"画匠说："能。"接生婆说："料就在仓房里，你麻溜儿画，瞅好了，我好松地（安心地）闭眼睛。"画匠说："夜黑了在哪旮歇着。"接生婆说："上具体户找宿去。"画匠着急了，他不想和知青住。接生婆说："我儿子是队伍上的，回来那阵子都认得他们，找个宿儿还算事吗？"画匠不同意，坚持住仓房。一路上，他听说马脖子山上有叫大权的知青，连活喜鹊都逮了烧着吃，毛管没拔净就吃光了。

画匠已经快十年没画了，一年前，有个远亲央求他画棺材，才偷着恢复了。画匠自己说成是把活儿捡起来，好像绘画手艺是件小东西，随意放下又随意地捡。画匠用手量着接生婆的松木棺材，准备画八朵莲花。这个时候，有女人讲话，画匠向外看见了唐玉清正和接生婆在院子里。**画匠想：这大姑娘满面愁云呵，像具体户的学生。**画匠隔了一会儿走出去，对接生婆说："我多一句嘴，刚才站当院那个，不像大姑娘，像个媳妇。"接生婆说："你多言多语可不好！"画匠马上返回去往搪瓷碗里搅兑颜色。**画匠想：我得告诉那姑娘一句，人挪活，树挪死，搁一个地场儿囚着，没好果子吃。**到了第三天，接生婆挪着小脚过来，抚摸那些颜色的边缘，感觉云彩丰肥，花瓣敦厚。她问画匠："明儿做啥？"画匠说："明儿就剩勾金线。"接生婆说："明儿给你抱两只下蛋的鸡，外带两盒槽子糕，你识足不？"画匠说："识足了，老太太。"

夜里，画匠卷起自己的黑棉袄枕在头下，临时床铺挨着鲜丽发光的棺材，不过画匠不害怕。突然，有人拍门，院子里手电筒的光柱四处扫射。**画匠想：抓我的！**画匠浑身都抖，摸不到衣裳，连他自己的一双脚都摸不到。柳条沟四队的知青们从外面拨开门闩，一下子全站在屋子里说："吓尿裤子了，来看你画的手艺怎么样！"很多年以来，画匠有讨好一切人的习惯，他摸到腰上拉出烟袋。一个知青说："会画人像吗？"画匠说："时兴的人不会，光会古装的，九岁黄香温衾，王祥卧冰求鲤。"知青打断画匠说："什么乱七八糟的，全是封建迷信。"画匠为了缓和气氛，主动说他认识刚从锦绣转到他那个公社的知青王树林。柳条沟的都不知道谁是王树林。经过画匠的描述，知青们终于想到了公社照相馆里爱戴顶军帽的农村青年。他们再也没心情看棺材上的画了，义愤使他们气急败坏地在刚刚发芽的柳丛里走，抽打那些柔软的枝条。

唐玉清一个人在集体户门口站着，月亮使卧在泥地里的半截缸油光光地好看。匿名信的事情出现以后，集体户里几乎没有人和唐玉清说话，所有的笑声，都使唐玉清紧张，她以为她必定是别人笑的对象。现在，她听见他们黑压压地走近了。他们说："真是什么王八蛋都混到知识青年堆儿里了，我们的内部藏污纳垢，连老农民家的傻二小子也进来了！"月亮在这个晚上惊人的大，而且是亲切的乳黄色，知青们决定在月亮普照的银色大地上唱一首歌。从乱唱到齐唱，渐渐变成了轮唱：

> 屯老二我问你，
> 你的家乡在哪里，
> 我的家在正西，
> 离这儿还有一千里。

唱歌使人兴奋，知青们说："连画棺材的都蹦嗒出来了，这是阶级斗争新动向，明天早上不出工了，睡足了，咱上大队汇报去。"

画匠从清晨就开始收拾他的绘画用具。接生婆提着两只鸡过来说："这是两只九斤黄，都摸着蛋了，扎住脚，给你算个手艺钱。"就在这个时候，大队民兵营长带着人进院子喊接生婆。他们说："你家来了啥人？"

画匠只看见狂舞的鸡翅膀，好像是它们坏了事情。画匠慌极了，提着捆了蓝布条的鸡腿，把它们塞进棺材里去。民兵并没有多停留，问了画匠是哪里的人，又警告他快离开之后，他们全走掉。可是，那两只怀了蛋的母鸡都断了气。

接生婆说："画匠师傅，你装巴装巴家伙，麻溜儿快走吧。你也瞅着了，这鸡不是瘟病，揣着蛋呢。你也省事了，要不你走半道上还给它们透气。”

画匠想：我在锦绣没有做下仇儿，咋能给人报了呢？越这么想，越感到这地方深不见底。知青都在向阳的坡上，给远去的画匠喊口令：

一二一，
画出个大公鸡！
一二一。

画匠踩着一二一，心里觉得很别扭。他逃亡一样出了锦绣的地界。回到自己的家，画匠突然说：“槽子糕我咋没见着？”

115. 李英子为什么梦到母亲

改善伙食这一天，锦绣公社敬老院把煮肉的大铁锅架在院子里。一对老夫妻都穿着长到膝盖的黑棉袄，四处找李英子，他们互相不讲话，见到人就说：“我们老公母俩要找英子断案。”其他老人说：“啥案？”两人大声抱怨对方，气得脸上全是皱纹。

李英子调到敬老院一个月了。她在院长办公室，院长说：“你别领这二十块钱工资，到年底，给你折算成工分，你还是具体户的知青，算借你来帮忙。”

李英子说：“我什么也不是，就是敬老院的职工，和你们一样按月领工资。”

院长说：“敬老院有啥出息，我还是指望你能抽回去，哪好也不如家。”

找李英子断案的老人找到院长办公室，一个进了门就说话，另一个坐在门槛上放开音量嚎哭。门外刮着春天的干风，李英子掀开左边那扇棉衣襟挡住风，划火柴，点着一根烟。两个老人诉说他们因为枕套里的黄豆打架。敬老院里的老人不分性别，全睡在一条大炕上，人和人之间隔一截挡板。如果是一对夫妻，中间的挡板会抽掉，表明那个空间是两个人的。老人很快和好了，走出院长的办公室。满院子的肉香，上了年纪的人闻不到。他们探头向锅里说没见到肉，炊事员捞给他们看。他们又说："切得太碎。"有人问和好的老人，为什么只听李英子的。两个人说："旁人的心摆不正，心都长到肋巴扇子上去了。新来的李英子识文断字，公平。"回到东房，老太婆上炕剥黄豆荚里的豆粒，然后装进枕套。她是枕着黄豆睡觉的，那是她生命里最有价值的东西。老头子拿暖水瓶的铝盖装了黄豆，在风里斜着，走向豆腐房，换了两块滚烫的豆腐，马上捧在手掌心里吃啃，吃得飞快，好像很怕有人冲上来抢走了它。李英子说："大爷你吃慢点。"老头子两只空空的手摸进嘴巴说："上牙膛烫起泡了。"李英子说："你急的什么呢！"老头子说："慢了不中，像没吃着。"

老头子在棉袄两侧摩挲着手，自言自语走了。老头子说："人活就要生养，生养了才有孙男弟女养老，不用进这熬干人的地场，吃块豆腐落了满嘴的泡。"

就在这个晚上，李英子梦到了母亲。从一扇对开的门，又像深紫色的丝绒帷幕里出来，一个没有具体面目人，但是那人微微走近的光影非常确切，就是母亲。

母亲说："是我，是妈妈！"

母亲说："你走了八年都没有消息。"

母亲说："你把名字都改了，我的女儿叫应知，不是英子。"

母亲说："那些年的事快忘了吧，那时候连我都年轻。"

母亲说：“连抽烟你都学会了，我看你的手指头发黄，是劣等烟叶熏的。”

母亲说：“家里的茉莉冻死了两盆，你爸爸的橡皮树给我碰破，流了一天白浆。”

在李英子的梦里，母亲就是来演独角戏的，一个人对着黑漆漆的四周念着她的台词。**李英子想：我不动心，经过这八年，我是特殊材料制成的。**

布谷鸟很早就大叫。种谷子的人下地了。牲畜在最前面，随后是扶犁的，再随后是敲点葫芦下种的，最后是踩格子的，他们脚顶脚把刚破开土地踩结实。这列小的队伍不断在大地中间折返走。锦绣以外全北方的每一块泥土都精细地耕种过了。李英子和几个身体好一些的老太婆去院子里栽土豆。梦里面母亲的声音又出现。

116. 幸福的极限是到马车上

老刘从锦绣供销社买了两只新的马套包，把它们挎在臂弯上。他越过河上的小桥，准备回红垃子屯。走了几里路，脱了棉袄和罩衣夹着。**老刘想：我这样像啥，拖儿带女的赶集人。**后面三匹马的蹄子和橡胶车轮声赶上来，老刘闪开车辙。马车上坐着几个盘腿笑着的女人，又高又悠闲，其中有人说：“捎上他个脚儿，他是红垃子屯的。”赶车人不太情愿，吆喝牲畜停车，根本不回头说：“想捎脚儿就麻溜跑两步。”老刘左右都拖着东西爬上马车。一个人说：“老刘大哥我认得你，你不认得我。”

老刘看着眼前这个陌生女知青健康的红脸。**老刘想：大地里的庄稼多有营养呵。**

一九六五年，老刘代表全市的十几个坚决要求到农村去做新农民的高中毕业生在市里的体育馆宣誓，主席台的对面是画了红脸的小学生百人合唱团。对那群孩子，老刘略微还有记忆，现在，和他同坐一辆马车的就是当年合唱团的一个成员。

女知青说："那个时候，你有多少岁？"

老刘说："十九岁。"

女知青说："那年我八岁，张着嘴，使劲儿唱党是太阳我是花，今年我十九岁，下乡两年了。让我呆你那么多年，我马上就跳井。"

车上的女人们听见跳井，都拿胳膊肘捣女知青，用农妇们特有的声调说："掰扯啥呢，死丫崽子，啥都敢扯，咱屯井眼子小，把你卡在井沿上！"

女知青问："这么多年，你没后悔过？"

老刘说："后悔事儿小，我当着上千人说了话，建设新农村，我不能蔫回去。做事就得死心塌地。谁家的根上就是城里人？我爷爷就是农民，到我父亲才进城。"

女知青打断了老刘，她问："可是我不知道什么叫社会主义新农村。"

老刘回了红垃子屯，把马套包和一串钥匙交给队长。

队长问："咋了？"

老刘说："我早说了，开了春儿我下大田。"

队长说："不是干的好好的吗？"

老刘的女人听说老刘不做保管员，拍打盛放干粮的帘子，把圆形给摔成了椭圆的。她像洼地里转不出去的旋风那样来来回回地走。

女人说："你是扶不上墙头了，我找爹去！"

老刘说："你找毛主席去也没用。墙根儿上搭把梯子，你以为人人都想顺着梯子上墙头？我就觉着站在地上挺好，为什么非要往上爬？"

女人说："没见你这么浑脑瓜浆的人。"

女人在天黑的时候回娘家去，扔下老刘和正学习走路的孩子。孩子扶着老刘的膝盖就想到了车，她说："车！车！车！"夜晚，老刘在腿上颠着女儿，给她学火车叫。她那颗小又很鲜红的心完全满足了。

老刘对他自己说："想有什么用兴！明天早起下地去。"

117. 九级大风把陈晓克吹回来了

赵干事完全无意地盯住小协理员刚糊上墙的锦绣挂图，他一眼就看见了荒甸子屯。赵干事说："黄鼠狼迷住的几个女学生咋样了，该回来了吧。"赵干事说完又去做其他。**农民们想：春天是个万物都发的节气，她们还是远远地呆在城里头吧。**

紧接着刮了一场少见的春风，锦绣有上百的柴禾垛跟着风悠悠地跑散了。出门的人进了屋子，必定直奔水缸，舀了水来清洗眼睛里面的沙土。小知青洗不出沙，哭着胡乱揉。老知青们说："把眼睛看到水面，睁着眼洗！"

风力最大的时候是下午两点到天黑前，陈晓克坐上午的火车回了锦绣。他几乎两脚没有沾地，就给风直接送到马脖子山下。满山的榛树丛还没有变色，灰灰地迎着风，很凄惨地晃着蓬松的头。试试榛树的枝条，都已经随风软了。**马脖子山想：这不是过去横踢马槽的陈晓克，他回马脖子山干什么！**

第一个遇上的熟人是马脖子山生产队的队长。一条尿素口袋呼啦啦地飘着，半罩住队长的头，他只能看见对面来人那双穿胶鞋的脚。队长说："毁了毁了，下地的麦种都扬二翻天刮跑了！"随后，队长向上看见陈晓克，布满尘土的脸上不自然，心里更加堵胀，应付一声，顶着风走远。集体户里的人正手脚忙乱，扯着一条棉被的四角，想遮挡窗外的风沙，他们要把被子钉在木窗框上。所有的人一起回身，看见穿一身蓝布工装的陈晓克正进门。他们说："怪不得起了这股邪风，是什么人物回来了。"

大权戴了一副风镜，使人琢磨不透他在镜片后面的表情。大权说："户长,听说你给分配到街道副食卖酱牛肉？没带两坨给哥们儿尝尝？"

陈晓克心里感到不顺畅，他说："扯淡！我是正经拜的师傅，学的钳工。"

小红的样子一点没改变，辫子长了。她一直站在门槛上，脸上出奇的平静，有点不像能随时拉进两扇大衣襟里面的那个小红。大权叫小红别站在高处，然后把手搭到小红肩膀上说："你看小红的胸肌又发达了！"小刘靠着炕沿，并不说话，头发胡乱一团。几个月以前，每个人都不是这个样子，现在，他们变得又生又凉。陈晓克感觉这完全像电影里的情节,组织上盘查审问一个叛徒,他自投罗网,专演叛徒一角。陈晓克拿出了糖块烟卷和带花露水香味的一副崭新扑克牌。他把鞋甩掉了上炕。陈晓克说："这天就是憋人，来，玩儿圈。"他开始洗扑克牌，把那些硬纸片弄出了均匀的扇形。这个时候，小刘塞过一条破棉袄说："垫上，炕凉。"小刘的声音小得几乎没有外人能听到，这是他私下对陈晓克说的仅有的一句话。扑克牌洗好了，没有人响应，没有人上炕。知青们都好像忙着别的事情，围拢着大权。

陈晓克突然发作了，陈晓克用整条胳膊把扑克牌都扫到很远。陈晓克说："张大权，你现在就在这炕上扒小红的衣裳，我连看都不稀得看，你把集体户这几间房子都点着了，我照样拿我的红本（城镇人口粮食供应证）领大米白面，你少在这儿跟我拔横，让我今天不顺溜！"

大权像经历过大场面的人物，眯着眼睛听陈晓克说完。然后，他把风镜卡在额头上。大权说："户长，天都刮黄了，困觉！"

深夜，风声一点点轻了，反而把活的马脖子山显得寂静可怕。陈晓克等待天色变白，他掀开棉被，厚厚的一层沙土像灰绸的幔子，随着棉被卷到炕脚，棉被的真颜色微微露出来。陈晓克出门，被掏成了空心的柴禾垛不知道什么时候瘫倒了一大片。那里曾经是陈晓克和小红的好地方。在小红以外，还有其他的女人，陈晓克连想都嫌费时间。

后山，那棵树干油脂斑斑的松树被十几小时的风沙埋住一截。陈晓克挖开沙土，松针积年累月的香味让陈晓克狠狠地骂了一声："操！"

隐藏了几年的匕首找到了。陈晓克在裤子和鞋上擦它，又试过了刃，心情终于好了一点。陈晓克在车间里和人打赌，说他在当红卫兵的时候，弄了一把好刀，头发丝挨上，自己就断。工人说："拿来看看。"陈晓克说："忘在乡下了。"工人们捧着白铝饭盆说："这小子在乡下学会了三吹六哨。"陈晓克突然想到那棵专门给他试刀的马脖子山间的松树。陈晓克说："礼拜天，回乡下，让你们不信。"其实，工人们无所谓信不信。如果有人说下乡知青拿一捆手榴弹炸点什么，他们都信，何况一把刀。只有陈晓克在说到回乡下的时候，心里好像接通了暖气水管，温温的舒服。

现在，刀挨在腰上，冰凉的一条。陈晓克没有回集体户，他一直奔跑，下了马脖子山。**陈晓克想：这辈子再也不挨锦绣的边儿！**

路过烧锅集体户，陈晓克想看看金榜和杨小华。泥房子里没人。陈晓克摸摸窗玻璃，摸摸窗下的板凳，在前一夜里穴起的土堆上划出陈晓克几个字就离开。乘降所的后墙也给沙土埋住，像个僵死的人向后仰着。坐在枕木上的一个人对陈晓克说："正是种地的时候，你回家？"陈晓克瞄了一眼，感觉说话的人是个大队干部，神态衣着都能看出来。陈晓克又看看他自己。**陈晓克想：我还像个知识青年吗？换一身皮也换不了瓤。**

陈晓克说："我抽回去了。"

那个人说："那你还来干啥？"

火车气势汹汹地开过来。

陈晓克说："我是精神病患者。"

118. 金榜想骑着狗奔驰

五条狗同时长大成年，真像金榜刚抱它们那下午的期望一样，五条狗都有接近狼的脸，眼形狭长。它们用灰凄的目光而不是用眼珠看人。五条狗感觉到了天亮，先后从没有光的窝里走出来。**五条狗想：能到外面多好！**狗们把下巴微微向上，搭住炕沿。外屋，杨小华在灶里添柴，炕沿边溢出一缕一缕浓黄的烟，狗不能够看见蒙在棉被里面的人。但是，凭着嗅觉，它们知道哪一个是金榜，哪一个是杨小勇。狗能分辨出这炕上的每一个人。

金榜定了一下神，才发现眼前油润的几根毛发是狗的胡须，它们简直和自己的眼睫毛一样近。金榜揭开枕头说："出去溜溜？"

狗们欢快了，抖着全身的毛，等在门口。

金榜起来，看见正头顶的蓝天白云。金榜说："操，这么好的天，人也得干点什么，天不负咱们，咱们也不能负天。"

金榜向上蹿着，扎紧了腰带，突然说："我要骑狗，咱一人骑一条，让它们像马驹子，四蹄飞扬，拉着咱跑几圈。"

杨小勇说："狗能干吗？"

金榜说："咱不能白养了它的小命儿，养兵千日，用兵一时，狗也懂这道理。"

金榜在手里捣着许多麻绳，准备套狗。现在，烧锅集体户的男知青在院子里，每人跨住一条狗的脖子。

狗问："要干啥？"

金榜他们说："低点，让咱试试骑着骏马奔腾的滋味。"

狗说："不乐意！"

五条狗用尽全身的力气翻掉了骑在自己上面的人，铰绊挣脱着乱七八糟的绳子，狗向着很远的那片杨树林跑，知青们在后面追。金榜用劲吹口哨，搅得全锦绣的布谷鸟同时叫，狗稍稍停了，回过头望，但是，全身做出随时要狂奔逃亡的姿势。在地头拖着木犁调转方向的农民问金榜他们："这是干啥，把个狗追得突突地跑？"

金榜说："连骑上跑一圈儿都不让，忘恩负义的东西！"

农民说："啥能比得了狗忠厚，不出声的玩艺还能咋欺负！"

散布在大地里播玉米种的人全站住，看狗跑，金榜他们追。有人说："具体户的这帮，作（胡闹）到份儿了，没日子了。"

终于，跑不动的知青全坐在发了草芽的土冈上喘气，脱了上衣，让太阳照耀右臂上不能愈合的伤。无论从什么角度，都看不到针刺的"干"字，只有黑血痂。天，照样晴得让人感动。五条狗也停住，并列成一排，和知青对视。金榜说："看孙子们有什么脸回家。"知青们奔跑了一个早上，感觉要补充营养，悠闲地逛到了锦锈小镇，熟悉的人见了都问："干啥出大力的活儿了，捋脸淌汗？"金榜他们说："种地呗！"烧锅的知青回集体户的时候，天空上变出了大块的黑云彩。五条狗正亲密地围住杨小华，十只前爪都搭住杨小华的围裙，牙齿响亮地错动。

金榜厉声喝斥五条狗说："喝我的，给我拉出来，吃我的，给我吐出来！"

杨小华说："你们干的是人事儿吗？狗宁可挨刀，也不让骑，狗也有品行。"

金榜他们想想杨小华的话有道理，牵上狗爪，表示和解。狗又满屋子乐颠颠地走了。

杨小华把弟弟叫到厨房，说要找人给他转户。

杨小勇说："我哪儿也不去。"

杨小华说："我眼看着你在烧锅跟着别人越学越坏，连狗都交不下，还叫个人吗？我要把你转到郊区去。"

杨小勇急了，他说："你当我是个好饼子（东西）？是他们跟我学。敌人一天天烂下去，我们一天天好起来。算你能耐大，能把我抽回去，我都不一定走。我回家，咱胡同的人都叫我屯二迷糊。我就稀罕烧锅，哪儿也不去，我活着，图乐呵，图有伴儿，吃喝玩乐不发愁。"

杨小勇估计姐姐下一步该淌眼泪了，他准备趁机逃掉。但是，这次杨小华一点儿也没哭。她说："不信我管不了你！"

杨小勇猴一样回到屋子里，金榜正赤裸上身扑在脸盆里洗。金榜说："我身上的皴有几两，你们猜猜。"他捧着污水，好像一个刚刚淘到了金的人。金榜唱了几句抒情的歌，五条狗看见知青们全在笑，狗也呵呵地张开长嘴。**狗们想：多么高兴呵！**

119. 沈振生和唐玉清分手

农民说，春雨贵如油。现在，天空在滴油，大地上所有的物件都加深了颜色，特别是樱桃纤小的花朵们。所有死去的东西都好像活了过来。站得越远越发觉田野蒙蒙地发绿。

被知青们叫大洋马的铁路上的人，在乘降所屋前空地上放了两条坐人的板凳，他准备使这个地方像个车站。大洋马干每件活的时候都必须责怪他的前任，就像干活必须出汗那样。他说："一个人不能光想他自己，哪家孩子不下乡，哪个不活蹦乱跳？就他的儿子是亲儿子，别人家的都是孤儿院里抱回家的？啥人啥命，少操那个闲心烂肺子。"

唐玉清出门的时候，雨停了。她走得匆忙，有意避开从地里回来吃早饭的知青们。最后一个和唐玉清说话的柳条沟人，是正拿镰刀修一根新锄把的中年农民，他来回踩着一片白木屑说："走呵！"说话的同时，脸上出现有点复杂的尴尬，好像他掌握着天下所有说不出口的事情。并且它们全是唐玉清和另外一个男人干的。他就用这种眼神瞟几下。唐玉清搭了一段顺路的车。临近乘降所，遇见等在路边的沈振生。沈振生试试行李说："你打的一定结实，我知道。"然后，两个人默默地走向黑屋顶的乘降所，两个人坐在并不大的行李上。

沈振生说："我们说定，今后再也不联系，写信不保险，我们就是互不相识的两个人。"

唐玉清转着头，望着火车将要出现的方向，沈振生也向那儿望。

唐玉清说："为什么我们要分开？"

沈振生说："别想那么多了，我告诉你最简单的答案，就为了孩子。"

唐玉清说："你还要告诉我，因为做了傻事儿。"

两个人又共同望着火车出现的方向，很久没有说话。

唐玉清问："你什么时候走？"

沈振生说："还没联系好，最快也要铲地的时候。"

现在，在乘降所等火车的人已经有了几个，其他的人都在新加的板凳那儿，并没坐，用脚蹬住它，大声谈笑。

唐玉清问："几点？"

沈振生看手表，报出了时间。时间是没有用的，火车来了才是一切。但是，沈振生忍不住总想看表。

唐玉清说："火车今天不来了？"

沈振生说："火车它凭什么不来。火车和我们作对，也不是成心的。"

火车就在这时候来了，慢腾腾地。沈振生扛起行李跑，一只手抓着唐玉清的袖子。背后有人大声喊："截住，快截住！"沈振生推唐玉清上车，他感觉到那只行李的重量从油漆脱落的车门，轻盈地自己上去了。唐玉清招了一下手，男式上衣的四个口袋全扭向了一侧。有人冲上来，从后面拍了一下沈振生说："叫你截住你没听见？生让它跑了吧！"沈振生回过头问："什么跑了？"很明显背后是一个知青，大声说："野兔子！那么大一只你都没瞅着！"

就在这时候，火车开了。

沈振生一个人沿着火车轨道走。**沈振生想：我怎么从来没这么轻松过？**如果年轻，他可能对着刚发麦芽的田野喊："让暴风雨来得更猛烈些吧。"沈振生一点都不喊，开始他手抄在裤袋里，后来抽出了手。他不会再干傻事情。走在火车轨道上，人会发觉枕木的铺设是有意给徒步行走设障碍。枕木和枕木间的距离不符合正常人行走的步幅，或者跨大步，或者走碎步。沿着火车轨道走的人很快发觉被捉弄。

沈振生去了一趟乘降所，全屯的人都在议论，说沈振生快要离开锦绣了。

老石墩问："真走？朝哪场走？"

沈振生说："往哪儿走？连我都不知道。"

老石墩坐在浮土上说："啥是对啥是错？我在雪窠子里蹲坑打小鬼子，没啥人说我对。我跟了胡子，就落得浑身是错。真汉子，对错全一个人领了。"

沈振生问："手怎么黑了。"

老石墩看他的两只手说："刚切土豆栽子，叫粉浆拿（浸泡）的，听说你要走，手没洗。"

老石墩扇开一双黑手对着树上的布谷鸟说："臭咕子，叫的成的心烦，都给我闭嘴！"

120. 我是知青！

丢失过邮包以后，乡邮所的那扇露着很大缝隙的门居然加了一把新的锁头。没有光照着，小锁头自己闪闪发亮。张渺把借来的自行车靠在锁住的门上。乡邮所后面的田地渐渐有些坡度，能看见一队提短把锄头的妇女往更远的田边走。谷子玉米的苗都没出土，她们往哪儿走呢。张渺喊："邮局的，拿信！"乡邮员和大个儿女人正在房屋背后的土里种豆。这种豆在当地叫喜鹊翻白眼，油黑加纯白，一颗颗在大个儿女人的手上。她看见张渺说："你咋三天两头来翻信，你们那一片有几个识文断字的，谁往你那旮写信？"大个儿女人很不情愿地开锁。还说："谁的破车子，拿了！"

张渺没有找到父亲早该寄给他的信，他让父亲给他找出能证明自己一九六八年冬天下乡的材料。但是，父亲不回应。张渺趴着，想拉炕里的帆布袋。女人怀里的豆粒洒了，人变得更败坏。她说："你咋净事儿，跟那帮具体户的恶鬼似的，你给我下来！"

张渺空着手，呆呆地站在春天里，他决定再给父亲写一封信。流传在锦绣的很多消息也到了张渺住的屯子，听说今年大量招工。**张渺想：我又没杀人放火反革命，为什么我连自己是个知青都不敢承认？今年不走，我可能再没有出头之日，一辈子当老农了。**

大个儿女人把豆种全埋进土里，才安心了，她跪在地上用力扎邮袋。张渺又来了，张渺说："我这儿还有信，给我装上。"女人说："赶明格儿吧，反正都一样。"张渺说："今格儿和明格儿哪能一样！"女人说："你这个较劲（多事儿），八成明格儿就比今格儿快，口袋嘴儿都上铅坠了，不中了。"女人拖着邮袋去路边等邮车。

现在，张渺看见公社王书记在乡邮所电话交换台那儿，好像想打电话。

张渺是个胆子不大的人，但是，他突然很激动，他看见王书记穿件灰色干部服，脖颈上还衬着白的确良的假领子，叉着腰。

张渺说："王书记，我是知青！"

王书记并不认识张渺，他有点奇怪。王书记问："你是哪个具体户的？锦绣的知青多了。"

张渺说："我没在户里，他们当我是回乡的，其实，我是知青。"

王书记大约明白了，他说："你上嘴唇碰下嘴唇，想说是知青就是了？你有啥证明？是知青？你咋眯着不说？"

张渺说："照相馆的王树林，他有啥证明，他咋变的知青？现在真假都不分了！”

王书记心里边害怕了，但是，他要撑住。王书记说：“王树林是外公社的事，你能证明你自个儿就行。”

完全没有事先的预想，张渺直接举起他刚写的信封说：“这就是证明。”好像那真是盖满了红色公章的证明材料。张渺马上用非常快而流利的速度报出了他八年前下乡的地区县公社大队生产队集体户，这一串汉字在张渺心里早默诵过无数遍。

王书记递给张渺一支烟卷。王书记说：“你去找主管这事儿的赵干事，补个表格不就完了，以后严格要求自己，好好干，早点抽工回去，咱不跟啥啥张树林、李树林的比，他是他你是你，自个儿好，自个儿带着。”

张渺说：“你得给赵干事写条子。”

王书记找不到纸，只好写在张渺的信封上。那封并没赶上当日邮车的信，正面写着张永库父亲大人收，背面写着：

赵，见字给这个学生补表一张。王

邮车总是不来。大个儿女人在路边前倾着，好像在听车轮声，春天的风吹得她满脸的乱发。大个儿女人说:“又翻沟了？”这个时候，张渺正在锦绣公社大院里，见人就问赵干事。**张渺想：简直是做梦，回到队伍，恢复知青名誉，我的天妈！做梦一样。**

供销社外面，又有靠着南墙晒太阳的人了。五个或者六个，咿咿呀呀地唱，帽子扣在膝盖上，转在手上。几乎没有头发的光脑壳在冒汗。他们斜着眼看张渺。张渺感觉那就是他的亲人们。

121. 告状

从秋天到春天，锦绣四队集体户的王力红成了沉默着的忙人，她几次离开几次回来，总是说她要告状。人们听常了，就像听王力红说她腰疼一样。麦子长出来以后，其他的庄稼都抓紧了下种。人都在大地里忙，只有王力红趴在集体户后墙她的那只旧木箱上，整天写字。写满几张纸，都团掉，王力红到外屋灶里引出火，把纸全烧了。坐在一丛丛鲜嫩的新马莲上休息的知青们对郭永说："王力红告状，跑不了是告的你。"郭永坐在两只水桶间横着的扁担上，无所谓地颤着腿。郭永说："告我什么？告我耍流氓？我从小到大就是流氓，还用她告？"郭永被提醒以后，注意了王力红。她除了早上出去倒她的专用尿盆，任何人都不屑一看。郭永没感觉王力红要告他。

早上，种地的人都在大雾里。王力红用十分钟洗那张很胖的脸，她擦雪花膏，又往手背上涂抹蛤蜊油。然后，王力红出集体户，朝北走，路口有一辆马车，两匹马。一匹正响亮地嚼长谷草，另一匹刚拉了热腾腾的粪蛋。而王力红已经走出了很远。**两匹马想：那个往北走的女的，往那么远，种啥去了？**马想事情的速度不快，一直想到看不见王力红，它们才停止。

教过私塾的老先生姓刘，干不动地里的农活，在一盘半沉陷在泥里的石磨上僵坐着。

王力红问："你会不会写状子？"

老先生没听清，他问："啥？"

王力红说："我想求你写一个告状的材料。"

老先生突然从僵硬里活出来，他问："你告啥人啥事？"

王力红说："告人迫害知识青年。"

老先生并不是全懂了，但是，他说："丫头给我往细里说说。"

听了一会，老先生听到男女之间的事情，他感觉他写不了这告状的材料。他说："丫头，我连研墨的石头砚台都找不着了，我写不了。"**老先生想：男男女女的埋汰事儿呵，咋写，恶言不上纸。连个证人都没有，具体户的丫头，啥话都说得出口**！老先生离开磨盘走了，还顺着风，拉扯自己的耳朵，**老先生想：以风为水，以水为净，我洗了耳根。**

王力红追赶老先生，要求问几个字。

迫害。老先生写成了偪害。

肮脏。老先生写成了骯髒。

流氓。老先生写成了流寇。

现在，这些字暂时横平竖直地呆在被太阳晒暖的土路上，老先生和王力红都走了。

老先生回家对做队干部的侄子说了王力红的事情。侄子说："那是能把人告掉脑袋的！"老先生说："说得太邪唬了，男女的事儿啥朝代也不犯死罪。"侄子说："社员和具体户的女学生睡觉就是死罪，你没听匣子里播过？"老先生解着绑腿的长布。他说："现如今的事儿说不好。"

王力红到锦绣供销社买了惟一的一种短蜡烛，农民嫌它燃烧的时间太短，叫它"磕头了"，意思是伏在地上磕一个头的时间就烧完。停电的晚上，她也在箱子上写告状信。夜里有人下地，王力红马上横过身子，挡住蜡烛的光，声音很低地说："别借我的亮！"如果下地的人不理会，王力红就吹灭蜡烛，等那人回到炕上，她才划火柴，重新点燃"磕头了"。为了这个，她专门买了一盒火柴。

锦绣公社的干部都知道王力红在告状。

公社的人问大队："谁咋的她了？"

大队的人问生产队："谁咋的她了？"

后来，人们都以为王力红告状是个谎言或者借口，以为王力红是不想下地劳动。

小协理员几次看见拿黑色纱巾围住头的王力红，她缠着要上县邮局的嘎斯汽车。小协理员感觉王力红有点可怜，他过去劝王力红。小协理员说："你告得了谁呢？你往公社告，领导起码还认识你，还可能帮你说话。"

王力红说："我就要上县告！"

小协理员说："你上县上省的，能告出个啥？"

王力红说："我告我受迫害，有人迫害知识青年上山下乡运动。"

小协理员跑回公社。赵干事正拿红笔，在锦绣公社黑乎乎的图上标出八个红星，那是他预想要建的新知青集体户。为新房子下拨的木料都运到了。小协理员慌乱地说："那个王力红好像魔症了，弄不好有人要吃枪子！"

赵干事说："谁迫害她了？"

小协理员说："谁知道！我看她那样儿，告的是社员。"

赵干事有点紧张，他参加过在县里召开的打击迫害知识青年上山下乡运动的宣判大会，冬天，四个农民和农村干部后衣领里插了反革命的木标，五花大绑，押在大卡车上，游街以后枪决。赵干事放下所有事情，在锦绣一带转了几天。赵干事对小协理员说："她八成儿是乱咬，咬住个倒霉的，告赢了，她上县里直接要被迫害的名额，能抽回去。"小协理员说："她这不是往自己脑袋上栽屎盆子吗？还捎带上个冤死鬼，她是疯了！"

赵干事说："我就是说话不顶硬，要让我说了算，麻溜儿都让他们回城去，别搁咱这场儿混搅。"

王书记很着急，冒着汗来找赵干事。王书记说："去年冬，咱让那个能整化肥的学生走得太快了，他给锦绣没做多大贡献，咱就放他走了。今年，化肥断了，产量没个上去，你得快在具体户里给我寻摸能整化肥的。”

锦绣的熟土都绿了，所有树叶都吐出来，一九七六年预计该下地的化肥还没有落实，连大队的干部都来催赵干事。赵干事看见王力红包着黑纱巾的头给风鼓得又满又大。赵干事说：“谁给我根小绳，吊死吧。”

122. 杀的是黑奶羊

金榜躺着，发现他的血管一条一条全那么干瘪。杨小勇说：“你起来。”金榜站在炕上，又观察血管，还说没鼓起来。杨小勇说：“抬你的胳膊。”金榜向上高举双手，摸到了高粱秸的棚顶。杨小勇说：“鼓了吧？”金榜还是担心说：“一放下又瘪了。”杨小勇说：“我没事儿躺在炕上，早试验了，人人都这样，血往上走。”金榜认为杨小勇的解释不合道理，人不能总做出举手投降状。

金榜说：“我想穿鞋都懒得高抬腿，是营养不良，我要吃肉。”

听见肉，炕上的知青全起来了。

春天就是匮乏的季节，因为大地还没收成，由绿到黄还有很久。农民家的豆酱才刚刚下到带酱帽的缸里，没到能吃的时候。供销社没了炸麻花的黄豆油，锦绣小镇上立刻断了常有的那种厚厚的香味。金榜几个人巡遍供销社，只看见笸箩里香蕉形状的点心。杨小勇说他想吃咸的东西。卖马料盐的敲着木槽说：“来两斤？”杨小勇说：

“当我是骡子？”

锦绣有名声的老兽医坐在锦绣的桥头，这天是农民到镇上抓养猪羔的日子。传说经过老兽医挑选的猪将来都强壮而不生病。农民提着嚎叫挣扎的猪羔，都要老兽医给看看，所以桥上比平时热闹。金榜几个人转上了桥，议论老兽医有点向外突的眼珠，说那就是火眼金睛。后来，他们站在桥上最高处比试眼力。金榜的视力最差，只能望到五里外的林带。金榜有点伤感，说他可不想变成农民叫的近曲眼。杨小勇说他能见到七里以外那所小学校，并且看见了两群挎筐的学生。其它人都不相信，因为他们都没见到。杨小勇借机说他还不止看这么远。

金榜说：“让你铆最大的劲，你也看不到锦绣以外。”

杨小勇泄气了，再也不想挺着细的脖颈远眺。坐在桥面上，杨小勇显得有些瘦弱而可怜。金榜拿出演员的腔调，背诵了两句诗：

> 江山如此多娇，
> 引无数英雄竞折腰。

可是杨小勇把诗篡改了：

> 我们如此多娇，
> 引无数江山折了腰。

这个时候，小桥上，只剩下锦绣的几个知青。忙着选猪羔回家的人都转移到挢下的湿地里。金榜说：“我们才是正规军，他们全当了地下工作者。”

太阳孤单地变暗，直线下沉，最后的轮廓眨眼就消失。四面八方的田野里涌出了很浓的泥土气味。所有的人家都把灶膛烧得通红。锦绣一带农民家里独立于房屋以外的肥胖的黄泥烟囱吐着烟，燃烧着的柴禾里面偶尔有陈年的玉米粒香甜地爆开。金榜几个人同时想到了他们的五条狗。他们说："能带上狗来散步该多好。"

天黑得极迅速，好像它很着急。接近烧锅，金榜说前面有人影。一个知青朝前面喊："是人你吭一声，是猪你吭两声。"大家哄笑的时候，杨小勇突然向前扑出去。马上他发出的喊叫完全不像杨小勇了，又急又尖细又发抖。

杨小勇说："我按住了，像是羊！"

扑到羊身上的那瞬间，杨小勇感觉它在颤抖，听到心跳，不知道是羊心还是他的心，兴奋呵。**杨小勇想：这么大一个活物，生给我按住了**！金榜试到了羊身上的温热，刚刚用力，他跟羊同时扑倒了。金榜说："我兜里有家伙，快点，我腾不出手！"

下面再没有说话。拔出刀以后，只有在黑暗里一层层翻扬起来的尘土草末羊毛和血。

几个人抱着羊，往更偏僻的野地里走。金榜说："就地卸了它，每人带两块回去，这下儿吃肉吧。"杨小勇说："可惜这张羊皮了，给扎得稀烂，其实能拿回去蒙沙发。"大家都说留张羊皮太冒险，该就地埋掉。

金榜几个人半夜才摸回集体户，羊的肉还没有凉。在这期间，亚军的丈夫张二和他弟弟已经无数次出门，四处唤那只黑奶羊。

杨小华从她住的房里出来，看见男知青都蹲在灶前拨火。杨小华说："鼓捣什么呢，三更半夜的。"杨小勇说："姐，等着喝羊汤吧。"

杨小华问："哪儿来的羊？"

现在，金榜正端了一大盆洗过血手的肥皂水，在月牙的薄光里走出很远。**金榜想：倒远点，别让肥皂烧了户里的葱**。金榜听见杨小华非常大的喊声："哪来的羊？给我说！"**金榜杨小勇和其他几个知青同时想：完了！**

亚军的丈夫张二先骂他弟弟，然后骂他女人。他说："还有外人吗？

肯定是你们具体户那帮干的，没有二个！他们是想饿死我儿子！”

从月亮出来以后的一天一夜，他都站在土路中间骂，马车过来他也不让开。任何人的劝解他都不听。一直到嗓子里只有干火，呜呜地再也发不出声音。女知青带着孩子回了城市，她要买奶粉。现在，轮到了老太婆骂，她不提羊，只要孙子，没有孙子她不能躺下。老太婆直直地坐在炕上，拿烟袋的铜锅敲打炕沿。骂一会，朝窗外吐一口唾沫。她还流眼泪。

123. 满身颤动着细针的姚建军

荒甸子屯集体户的姚建军一个人回来了。人们都还记得秋天闹黄鼠狼的时候，荒甸子集体户的女知青全中了邪魔，派专人护送她们回了城。冬天有传言说她们去城里的医院开证明，想办理病退回城。现在，挽出两段白衬衣袖口的姚建军突然出现在锦绣，像根全新的手电筒，光彩四射。姚建军先去的是公社卫生院，她说：“买两瓶药用酒精。”卫生院里那个男医生啰啰嗦嗦地在裤腰间找钥匙。他说：“好几天药房都没开门了。”

姚建军在荒甸子屯刘队长家的炕沿上，居然把裤腿挽得相当高。**刘队长和他女人都想：这是要干啥，不是又招了黄皮子吧**？姚建军拿出一个别满了针灸针的盒子。很快她的两条腿上扎满了针，像唱戏的人头上震颤的翎翅们，比那东西还精巧，又银光闪闪。姚建军说：“我学会扎针治病了，我想当个赤脚医生。”

荒甸子屯的农民听说姚建军成了医生，没有人表示怀疑，他们马上认定她一定会治百病。下了工，有人直接到集体户来瞧病。姚建军拆了一条棉被衬，挂在炕的后半截，表示那是诊所重地。她开始用一盒针和一瓶酒精在衬布后面行医。荒甸子屯的男知青捧着粥碗，逛来逛去说："她能看病，真是邪了门儿了！"但是农民们有非常顽固的观念，相信凡被黄鼠狼迷过的女人必然得到某种神奇的能力。这话他们绝对不会公开地说，人人心里知会，当然不必要说它。没有人看病的时候，男知青问姚建军："她们怎么没回来？听说一到家，你们全都成了好好的人，又买小白鞋又看电影，呆的滋儿呵，现在，你把她们撇了，一个人跑回来干什么？"姚建军装得很平静，她上炕抽掉衬布说："我没见着她们。"

男知青说："别折（遮掩）了，你背着她们自己一个人跑回来，拿些细铁丝浑身扎，荒甸子就显你积极。"

姚建军说："爱说你们说去，我左耳朵听，右耳朵冒。"

晚上，男知青像讨论惩罚黄鼠狼一样，讨论怎么样对付姚建军。

一九七六年荒甸子屯比前一年平静。退伍兵专心在他的院子里种烟叶。前一年落地的花籽又生出来，退伍兵马上把它们拔干净。烟叶浇了粪水，长得肥头大耳，退伍兵每天都要端一大碗茶叶水欣赏它们。刘队长在他的屯子里巡视，裤子后补丁已经张开了，他还不知道。几个妇女跟在后面说："队长你穿着啥色儿的裤衩子？"刘队长转身靠住一片高粱秸说："严肃！"女人给刘队长补裤子，刘队长说："没个人扎刺儿没个对头，还真挺没趣儿。"女人感到肚子疼，她问："姚建军会写符不？"刘队长说："具体户的，哪能整那套，就是扎针。"

男知青们发现了姚建军有一本《赤脚医生手册》，他们翻过书上的图画以后，谁都昏头昏脑地不说话。终于有一个人先说了一句："邪乎呵，这是什么手册？看了绝对受刺激！"另外的知青都说：

“这是黄书。”

姚建军藏有一本黄书的事情汇报到了大队。大队干部们年初才接受了喝糖水补身体的说法，大队部的办公桌上摆着能盛十斤白糖的玻璃罐，其中插一把炒菜的铲板。干部们全喝着甜水说：“还真没看过黄书是个啥样儿，具体户这帮玩艺儿真能淘唤（找）！”甜菜熬的糖水把人喝得从里往外地焦热，干部们准备去荒甸子屯。

干部们说：“黄书呢，交出来就算没这事。”

姚建军说：“我没黄书。”

干部们说：“检举信都好几封了，你瞒着组织藏黄书，还想不想靠近党了，阳面一套阴面一套，你弄的啥事儿？”

姚建军听见组织，呜呜地哭，哭得快接不上气了还说：“我真没黄书！”

荒甸子屯的男知青最珍贵的东西就是那本从某些页到某些页越翻越破的赤脚医生手册。大队干部来问的时候，他们全说：“那书谁敢留，扯巴扯巴烧了，假积极知道烧了，才死不承认。”干部们问：“谁是假积极？”知青们说：“还有谁，浑身颤颤微微乱扎针那人！”

姚建军照样忙，连另外大队的人都来请，她像大喜鹊那样跳上自行车的后架。风，溜溜地吹过锦绣，有些地块晴着，有些地块阴，深绿和浅绿交替。

124. 投毒

乡邮员在烧锅见到杨小华是上午，在那棵长疯了的大柳树下边。

乡邮所丢过邮袋以后，乡邮员下乡总是挎着全锦绣的邮件。经常邮包很轻，不过，这天有两个从上海寄过来的包裹，乡邮员倚住自行车，在邮包里摆平它们。杨小华过来说："能不能等我一会，我想寄个包裹。"杨小华穿得整齐，不像平时扎围裙。乡邮员不愿意给邮包加重量。他问："往哪寄？"杨小华说："给家，给我爸做件棉袄。"乡邮员说："花那钱干啥，晚十天半月，我找个人给你捎回去，也不是树掉叶子天煞冷，等着穿棉衣裳。"杨小华好像犹豫。乡邮员说："捎东西的人把握，乘降所具体户的沈振生，和你差不多也是最早下乡那拨，我们有亲戚，锦绣呆不了，他要转户，能先回趟家。"杨小华含含糊糊地说了什么，走了。

哪个农民家新抓了一对小白猪，很舒服地钻在土里睡觉，它们听见脚步声，隔着白纱一样的眼睫毛，看见一双女人穿的小号黄胶鞋。小猪感觉安全，又睡了。这天的烧锅静得很，下地的人去了全队最远的地块铲谷子，中午的干粮都带去地里。

中午，起了西风，生产队仓库的门自动地一开一合，在风里，烦乱地扇。负责给社员挑水的人看见杨小华到队部。挑水人说："你们户里的葱发得真有劲，到收葱籽的时候，得给我留点儿。"老保管员拿根铁丝修打水的柳罐，挑水人借机坐在干的饮马槽上望着天休息。他说："小风真好。"老保管说："好啥，怕要变天头。"挑水的说："缺雨。"杨小华对老保管说户里闹老鼠。老保管告诉她，老鼠药在仓库北窗台。他还让杨小华帮他把仓库的门顶住。他说那门，再呼搭就快掉了。他又说："那药可邪乎！"挑水的人往井里放下柳罐。老保管起身看见仓库的门给一把镢头顶住。有新生的苍蝇雀斑一样盯住门板。老保管说："蝇子都活了，多快。"

一个妇女问迎面过来的杨小华看没看见她家的那群黑鸭子。她说："死玩艺儿，做了拉拉蛋（随处下蛋）的毛病。"杨小华不大的手抓着衣襟。妇女问："怀里兜点儿啥？"她看见一些白色芸豆。

下午，杨小华在生产队电磨房里出来，简直是一个浑身精白的人出门了。有劲的西风刮到她身上，马上带起一行长的远去的白烟。杨小华拍着驮粮食的毛驴走，还拿件衣裳继续拍打身上的米糠。毛驴也白着，打大喷嚏。到这时候，天上仍旧没多少云彩，照样发蓝。

金榜几个人早上找着锄头出工，下午提前回来了，说铲完那块地得半夜。他们刚走到远坡上，五条狗狂欢一样窜出去迎接。集体户后面种的向日葵芽刚钻出土，每个芽都顶着两瓣马上就要脱落的葵花籽皮。杨小勇说："向日葵发芽了！"有几个小学生，后背上驮着用布块折成的书包，避到离集体户最远的路边上走，他们怕狗，也怕人。

金榜几个人看见由西天底向上涌的黑云，齐齐地，像块凉了的黑切糕，吞没了淡淡的太阳。他们说："下雨好，又不用下地了。"这个时候，闻见了饭的香味。没人会想到，非年非节，能吃上带白芸豆的粘米饭，还有下饭的腌萝卜丝。金榜几个人捧着碗坐在屋檐下，不断地有人抬起满是尘土的屁股进屋加饭。

和平时一样，他们一边吃一边往地上拨，那是给狗的一份。杨小华一直在洗脸。杨小勇说："你不吃？"杨小华说："等会儿。"杨小勇说："再等就没了。"杨小华说："没了我再做。"

天晚了，下地的人才摸着黑回来。集体户隔壁的农民家里来了亲戚，想向杨小华借一把筷子。农民看见集体户里没亮一盏灯，就转身往回走，不想惹集体户那五条烈狗叫。

三天以后，亚军抱着孩子从城里回来，放下孩子，说去房后。亚军推开烧锅集体户的门。给人的感觉她刚迈进去，突然，嗷嗷地返身冲出院外，人马上扑倒。她爬，不哭也不叫，痛苦地朝天张大了嘴，把路过的一个牵马的人吓坏了。太阳直直地照着，马向后倒退。

牵马人问："咋了？"

听到了人声，女知青才惊天动地地哭嚎。

杨小华、杨小勇、金榜和另外四个知青、五条狗全部中毒死在锦绣公社烧锅大队集体户。

杨小华留下一张纸条：

公社领导：

反正回家不能，我把他们带走。

爸：

留给你一袋小米一袋黄豆，都是细粮，还有棉袄。

五条狗让人难以解释地都挤在土制沙发里。男知青全部都在炕上，炕席破碎成片，他们身体四周堆浮着干透了的谷子。

杨小华穿着旧毛线织的红色毛衣，身边是留给她父亲的两袋粮食，粮袋上面平铺着黑绨面的男式棉袄。

烧锅大队的书记狂摇了一阵电话，线路不通。他抄近路直穿过大地朝公社跑，好像忘记了世上还有拖拉机自行车马车这些交通工具。王书记听说消息，马上呆在公社大院里，过了一会，他才说话。

王书记说："赵干事呢，快报案去！"

消息从锦绣传开，全公社知青农民很少有认识杨小华的，他们几乎全替金榜几个叹息，骂投毒的。**锦绣想：黑大鹫这样的人也能死？**

又过了一天，县里派来联合工作组，两个人调查迫害女知青王力红案，三个人调查知青杨小华投毒案。组长是五十岁左右的干部，他先找到赵干事。赵干事准备了一天一夜的话，终于能说出来了。他说："我对不起人民对不起党，把我就地撸了吧。"组长说："你想一推六二五？"赵干事说："我不是，我干不了这工作，以前我是管粮库的，这几百条学生的命，压也把我压断气了。"

锦绣四队最老实的农民李国箱给叫到队部，审问他的两个人反身插上了门。他们问："你和知识青年王力红啥关系？"

李国箱说："没啥关系。"

两个人拍着旧八仙桌说："不老实！"

住进烧锅的工作组到了集体户，现场还都保留着，所有的人推开屋门都哭了。

工作组长问："他们平时就睡在湿谷子上？睡了多长时间？谁让把谷子分到户里来炕？"好像这是一起由其他人幕后操纵，谷子动手犯的案。

一场中雨过后，天又晴透，所有的青苗都长了一截。农民往大地里走的时候说："绿的真是快呀。"

在烧锅的工作组成员搓掉了鞋底粘的泥坨，他们盘腿坐炕上。炕桌摆了，墨水瓶也摆了，但是他们写不出字来。纸上只有调查报告这个空题目。工作组要求撤回公社写。现在，他们在国道上等马车。工作组长说："要换个环境，这地场阴气太重。"上了马车，工作组长又说："那个迫害的案子咋样了，不知道认了没有？"赶车的农民问："认了咋治他？"工作组长说："枪崩了，没二话。"农民有点吃惊。他说："搭一条命？不值当呵！"

农民李国箱给捆住手，歪在公社群专的凉炕上。据说他按手印了。

锦绣公社食堂给工作组单独摆设了一张饭桌。从王书记开始，锦绣的人都把玉米面饼和汤端到办公室去吃，食堂成了工作组专用。工作组长在饭桌上说："这个公社问题大了，一帮干部呼呼啦啦都是干啥的！"这个时候，几个光着上身的男知青抡着上衣，互相追打进了公社大院。左手臂上都有一块青。工作组长问："那是咋整的？"工作组员说："投毒那个户不也这样，别场儿也有，都是自己拿针刺的。"工作组长眼睛里又看见血肉，他使劲把眉头按住。

125. 做一个老农民吧，赵干事

赵干事想：我要占个主动，不等他们处分，我先回家去，安心当个万事不招的农民。但是，让赵干事非常为难的是柜子里还藏着那辆私下收的自行车。出了投毒这件大事儿，他感觉心里的愧疚又增加了，绝不敢私自留用这辆车。但是，交出去，又该交给什么人，怎么说清它的来路。赵干事不怕麻烦，又把自行车散件都立在炕上，使它很像一辆立刻就能从这张土炕上滑行出去，漫坡遍野里飞驰的自行车。

公社里流传着拆分锦绣的新消息，干部们都在耳语。赵干事一点兴趣也没有，他想到大地里一个人走走。沿着大院外墙，新写了一连十几个大字，都是同样的啊字，每个字之间，夹精瘦的感叹号。**赵干事想：你小子又来捣蛋！**国道边的树影布满了路面，好像一些乱麻纠缠的鞭子。赵干事下了国道，往大地里走，地没有边缘，它敞开着任人走。玉米的苗都长到了手指头那么长。远处有人，看不清是男是女，只见一个人在同一块玉米地里徘徊。

赵干事听见杨小华的声音，杨小华说："你答应我了！"

赵干事停住，他说："我答应啥了？"

杨小华又重复了一次："你答应我了！"

赵干事想：遇着冤死的鬼了！他返回身，往国道上跑，就在这个时候，暴雨来到头顶，天压到了最低，玉米的新叶带着雨珠，大片的青苗上下扭动，大地起了茫茫白烟。赵干事感觉这场雨直接下到他的身体里面。正慌忙往树上拴马缰绳的红垃子屯老刘喊住赵干事说："我有事问你。"两个水淋淋的人一前一后进了公社大院。

老刘问："知识青年有没有造花名册？"

赵干事说："你找哪个人？？"

老刘说："找我自个儿，看我还算不算知识青年。"

赵干事说："当然算。"

赵干事说了，却不去拿花名册。锦绣的知青以集体户为单位编排造册。像红垃子屯老刘之类没有集体户的，都不在名册中。

赵干事说："找啥花名册，你是锦绣知青第一号。"

老刘说："你现在就把我给拿掉，我不担这个名。"

赵干事问："为啥？"

老刘说："革命队伍要保持绝对纯洁。"

小协理员进来，他先说："你两人浑身湿涝涝的不难受？"然后，小协理员叫走了赵干事。赵干事没料到处分来得这么快。现在，赵干事想：就是回家榜大地去，我也得空着两手，有金元宝我也不惦记。

126. 当李火焰失去战友的时候

最近的一些天，团结七队集体户的李火焰总是用最低的声音对自己唱一首不完整的电影插曲：

当我失去战友的时候，
好像那啷啷啷啷啷啷啷
呵，亲爱的战友，
你再也不能啷啷啷啷
听我歌唱。

歌词都忘记了，只有用啷啷来代替。

李火焰想找一支笔。连续问了户里的几个知青，都说没有。最后去问一个女知青，李火焰说："你刚下乡那几个月，像模像样地天天别一支钢笔，哪去了？"女知青说："什么时候丢的连我都不知道。"李火焰说："操，找根笔都没有！"

烧锅集体户发生的事情让李火焰非常伤心。有些知青提议去烧锅看看，李火焰坚持不去。李火焰说："谁离我太近，得小心点，和我好的人没什么好结果，李英子明白，她先走了。"每次说过这话，他就像猎人去欣赏自己的笼中猎物，看一眼拉提琴的知青。下乡半年多以来，李火焰对这个人越来越看不惯，包括那只神经病一样、遇到硬物就疯狂当琴弦敲击一阵的细手指头。烧锅出事以后，拉提琴的连琴盒都没敢打开。锦绣一带的人把县文工团简称为县团，李火焰就讥讽拉提琴的知青是县团的。他说："你那猫爪子成天挠的什么，你顶多也就进个县团儿。"拉提琴的知青什么都不说，他心里有自己的打算，最近几天正准备溜回城里参加市杂技团的演奏员考试。他要忍耐。

没有找到笔，李火焰出了门，又唱失去战友的歌。遇见来喊出工的妇女队长，他马上不唱了。妇女队长还是平时的打扮，大辫子盘在白布帽子里。现在集体户的女知青以为这是农村妇女的装束，她们都不戴帽子。看见李火焰，**妇女队长想：他可不像刚下乡那时候了。**妇女队长说："今天去西地补种荞麦。"

知青们都出门，只有拉提琴的站在门口翻那本早已经被扯到了十月份的一九七六年日历。李火焰说："县团儿的，你不下地，磨蹭什么？"

拉提琴的知青到地里，领了条装荞麦种的麻袋头，想去找一个农民搭伴下种。李火焰说："县团儿的，咱俩一伙，你给我点籽。"

拉提琴的知青虽然极不情愿，也不好拒绝。他在前面撒荞麦种，李火焰守在后面，用那双解放鞋回荡着填土。解放鞋的前面已经露出了洞。李火焰一会儿说你快点儿，一会又说你慢点儿。拉提琴的知青背上落了十几只苍蝇，李火焰捡土块打中他的后背说："县团儿的，我发现你特别招苍蝇。"

有人喊歇气儿了，李火焰顺着土垅原地躺下。他准备给那首缺许多词的歌填上新句子，但是，想不进去。他又坐起来，专心弄他的鞋，把鞋顶尖整块胶扯掉，这样，五颗脚趾头整整齐齐全露出来。**李火焰想：多好!**

去添加荞麦种子的人稀稀落落都回到地里，只有拉提琴的知青没来。李火焰继续躺着说："县团儿的跟个娘们儿似的，扭扯得比谁都慢。"劳动的人们走远了，李火焰坐起来，四野里没有一个人，只有送荞麦种的骡子和车，青骡子扬着乌光闪闪的脖子看天。李火焰说："该着我多歇一会儿，我不能一个人干两个人的活儿。"他重新又躺下。

拉提琴的知青跑回空无一人的集体户，把提琴盒塞在残留着荞麦种子的麻袋头里，他头也不回地奔跑。这天是什么日子，国道上总遇见人，这种时候，他要被迫慢下来。最后，他决定沿着国道下面的田地跑，栽在国道边的杂木们能遮挡他不被人发现。玉米、谷子、黄豆、高粱、糜子、苎麻，这些生长在北方大地上的新苗，许多都给拉提琴的知青踩断。**青苗们想：这个挣命的鬼!**

乘降所新来的大洋马正从火车路基上滑下，他看见一个抱麻袋的人靠着乘降所的墙蹲着。

大洋马说："你靠这儿干什么，火车都走了。"

拉提琴知青说："等明天那班。"

现在，李火焰离开荞麦地，前面曾经是一片苗圃，树苗给挖走了，地凹凸不平地空着。李火焰先用两脚、再用两手把土地尽量抚平。

然后，他坐下，想歌词。天上的云彩一朵一朵，像摆布安排好了的假纸片一样。**李火焰想：谁把它摆得这么好，好像红卫兵拉练排队形，一律向前看齐，这么好的云彩，关玲金榜他们都看不着了。**

李火焰摸索到一块带棱角的石头，想一句就在土上写，很快写了巨大的一片，有起有伏，四面连上了这一年活灵灵的庄稼。最后，他给字们包围住。

放工的人从远处过来，他们嘻嘻哈哈地问李火焰在干什么。

李火焰大声喊："都别过来！"

人们给一次次突然来的坏事情吓怕了，马上都停在一片惨淡无光的夕阳里。

李火焰说："别踩了，那是我写的歌词。"

1999 年 9 月—2001 年 1 月　深圳

2001 年 2 月 28 日　郑州改定

后　记

很多年以来，我都不能忘掉我对七年农村生活的记忆（一九六九年随父母下放三年，一九七四年作为知青插队四年）。它自然而然地自我逐渐沉淀过滤着，在我和我的同代人这里，它越来越接近着客观和真实。

一九九六年，我开始准备用长篇的形式写这段生活。在我以前，已经有相当数量的知青的作品，我感觉，二十几年过去，在我头脑中最后永久留下来的东西和以往作家们的作品都相当不同。

我插队的后期，在东北农村的一个县的“知青办”编辑知青报，能比较广泛地接触各种各样的知青，因此我把我的故事设定在一个特定的空间——方圆四十里的一个公社，和特定的时间——一年中的四个季节之中，并且在作品之前附了公社地图和人物表。

我想这个长篇遵循着以下几个认识：

１、真正的生活本身经常缺少必然的关联，它们常常自然地散布、发生着。特别在那个年代，生活中充满了不可知，经常无人关心某人从哪来又向哪去，那是一段相当混沌的生活。

2、叙述者的身份不是一个像老鬼或梁晓声那样的亲历者。我把他设定为一个冷静的旁观者。因此，叙述中不去特别地强调苦难，同等地写到了自然发生着的欢快、自虐、被害和害人。

3、这篇小说没有人物外貌描写，极少环境描写。当我回想起那个年代，人们的语言、服饰、环境、陈设几乎都是一样的。

4、我要写一部充满了动作的东西。一九七五年，知青中曾有这样的流言：四肢发达，头脑简单。文中几乎没有心理描写，极少出现的“想”，我使用了黑体，并且，想者包括了人以外的其他万物，以示生活本身的公正和无动于衷。人是本能地吃和睡，牛是本能地走和停，大地是本能地由绿到黄。

5、小说的文字大约可以分为两大类，即陈述与对话。我努力让叙述尽量平实、节制，使用书面语。而对话，我全部使用东北方言，增强通篇的生命气息。

6、设置一百二十六个小的段落，每段有相对独立的情节，散点式地最终凝集为一体，尽可能丰富、多向、有张力、多角度、多人物地去推进大的趋势性的总情节。

全部这些，都基于一点：使这个东西更接近那段生活真实。

今天，一场由几千万人参与的人口大迁徙，同它的亲历者已经有了相当的距离。中国七十年代的后期知青生活，有着相当丰富复杂的文化内涵。应当有人以新鲜的手法、客观的角度，超越某一个体某一事件（如《怀念声名狼藉的日子》），以更开阔的视野去冷静沉着地讲述它。在大约三年的写作中，我的目标一直就是这个。